거꾸로 가는 시내버스

거꾸로 가는 시내버스

안건모 씀

보리

버스 운전사와 글쓰기

홍세화_〈한겨레〉시민편집인

내가 안건모 씨의 글을 처음 대한 것은 〈한겨레〉 지면을 통해서였다. 그이의 글 끝 버스 '운전사'라는 소개말에 먼저 눈길이 갔다고 해야 할 것이다. 파리에서 택시 운전을 그만둔 뒤 시간이 꽤 흘렀지만 아직도 운전사라는 말은 나에게 아련하면서 애틋한 느낌을 갖게 한다. 운전사라는 직업은 일상을 홀로 수행하기 때문에 이런저런 애환들을 개인이 경험한다. 운전사들끼리 서로에 대한 이해의 폭과 깊이가 남다를 수 있는 까닭이다. 말머리만 꺼내도 무슨 말이 뒤따라올지 가늠할 수 있을 만큼 비슷한 경험을 공유한다. 내가 '운전사'에게 어줍지 않게나마 동료 의식을 간직하고 있는 것도 그런 까닭일 것이다.

그이의 글에서도 알 수 있듯이 운전사의 일상은 힘겹다. 그러나 열악한 일상의 연속인 고달픈 세상살이 속에서 운전사들은 훈훈한 인정을 느끼기도 한다. 안건모 씨의 글 속에는 그러한 느낌들이 알뜰살뜰 담겨 있다. 그이의 글 속에 깃들어 있는 인간에 대한 연민은 개인적인 도량의 크기 때문이라기보다 고단한 일상 속에서 사람들과 숨쉬면서 자신을 되돌아보며 조련한 데서 비롯된 것이리라. 그이가 쓴 소박한 글이 흡입력을 갖는 까닭이다.

안건모 씨는 지리멸렬한 개인적 일상의 궤도를 벗어나 사회라는 커다란 공동체로 자신을 끌어내 비로소 사회와 함께 엮인 자신을 바라보게 되었다고 했다. 더불어 그 자신을 이해할 수 있게 되었다고 했다. 그리고 사람과 사람을, 사회를, 국가를, 세계를 이해할 수 있었다고 했다.

여전히 그이의 일상은 이전의 그것과 달라지지 않았을 수도 있다. 그러나 일상의 주인인 그이의 생각과 세상을 보는 시각의 변화는 요소요소에서 구체적인 변화를 가져왔을 것임에 틀림없다. 그 변화의 시작을 가능하게 한 것은 책을 통해서 만나게 된 글이었겠지만, 그 변화를 차분하고 진술하게 진행할 수 있게 한 것은 바로 자신을 정직하게 드러낸 글쓰기가 아니었나 생각한다. 자신의 이야기를 쓴다는 것은 가상의 이야기를 만들어내는 것과는 또 다른 작업이다. 그러나 그이는 허술하고 소박한 자신과 적나라하게 대면함으로 결코 바로 보고 싶지 않았을 현실과 아무에게서도 위로받은 바 없는 자신에 대한 연민과 애정을 확인하고 세상과 마주할 수 있는 뱃심을 가질 수 있었다. 그것이 바로 글의 힘이며 글쓰기의 미덕이다.

세상을 바로 보는 눈. 자신을 이해하는 눈으로 그이는 남루한 일상들 속에 묻힌 소중한 것들을 찾아내려 한다. 많은 사람들이 지나치고 있는 소중한 것들에 대해 이야기하고, 그것들이 나와 우리와 저들이 함께 살아야 하는 까닭이고 의미임을 정직하게 말하려 한다. 그이가 쓴 글은 때로는 정감 어린 수다로, 때로는 농담 섞인 푸념으로 우리들의 옆구리를 지그시 찌른다. 사는 게 그리 슬프기만 한 것은 아니라고, 서로 부대끼고 사랑하고 가끔 미워하기도 하며 더불어 살아 보자고.

그이가 이제 새로운 모색을 시작했다. 오래전부터 어쩌면 벗어나기를 꿈꾸었을 수도 있는 노동 현장을 떠났다. 그러나 그것은 조금 더 편안해지기 위한 것이 아니며 근사해지기 위한 것도 아니다. 일하는 사람들에게 그이가 경험했던 글쓰기의 성과들을 더욱 적극적으로 나누기 위한 선택이었을 뿐이다. 오히려 더 낮은 박봉과 길어진 근무시간, 그리고 편집장의 스트레스처럼 결코 녹록지 않은 것들이 그이를 기다리고 있을 것이다. 그리고 안건모 씨가 버스 운전을 그만두었다고 하지만 그이의 마음까지 운전대를 떠날 수는 없을 것이다. 안건모 씨는 여전히 운전사이고 그 눈으로 세상을 바라볼 것이다. 내가 그러하듯이.

인간의 노동은 존엄한 것이다. 인류가 자랑하는 역사와 문화가 온통 인간 노동의 열매다. 노동은 한 사람 한 사람에게 정신을 바로 세우고 마음을 추스르게 한다. 가끔 힘겨운 노동 현실에 대한 좌절감으로 노동의 가치에 대해 비아냥대기도 하지만 그것은 희망이 보이지 않는 현실에 대한 비명과 다르지 않다. 노동은 구체적으로 내 것과 남의 것을 정확하게 인식하게 하고, 따라서 빼앗는 것과 빼앗기는 것의 경계를 분명하게 학습하게 된다. 또한 내가 할 수 있는 것과 해야 할 것을 알게 함으로써 타인과 공존함에 대한 필요성과 책임을 인정하게 한다. 즉 책임과 의무 그리고 권리에 대한 체험 학습인 것이다. 시시각각 생활로 인한 압박이 우리에게 굴종을 강요하더라도, 노동은 우리가 우리의 자리로 복귀할 수 있게 하는 근원적 힘이 될 것이다. 이러한 노동의 가치와 힘이, 이제까지와는 상당히 다를 수 있는 일을 해 나가야 하는 안건모 씨를 언제나 바로 설 수 있게 하는 버팀목이 되기를, 스스로 자신을 추스르게 하는 비빌 언덕이 되기를 바란다.

한국 사람들의 참모습

미야우치 마사요시_ 일본 도쿄 시내버스 운전사

한국에 여행 갔을 때 우연히 안건모 씨가 월간 〈작은책〉에 연재하고 있던 일터 이야기를 보게 되었다. 같은 버스 기사라는 일을 하는 사람으로서 나는 호기심이 생겼고 또 한국어 공부에 도움이 될 것이라고 생각해서 구독을 신청했다.

1년 365일 동안 달리는 시내버스 운전석에서 바라보는 세상은 일본이나 한국이나 비슷했고 현장에서 느끼는 고생과 기쁨도 그다지 다를 바가 없어서 남의 일이 아니라고 느꼈다. 승객들 또는 동료들과 때로는 어울리며 때로는 비격거리면서 진지하게 살아가려고 하는 모습에는 공감이 가기도 하고 회사 관리자와 맞서 정정당당하게 싸우고 또 어용노조를 비판하는 모습은 속 시원하고 통쾌하기도 했다. 또 어려운 형편에서 벗어나기 힘든 이웃들을 보는 눈에 따뜻한 정을 느끼기도 했다.

"처음 버스 회사에 들어오면 손님들한테 친절하게 대답하고 잘 알려주지만 버스 운전을 오래 하면 할수록 친절은 사라지고 대꾸조차 잘 하지 않게 된다. 친절해야지 하다가도 운전사를 무시하는 손님을 만나 자주 싸우게 되면 '에이 다 소용없어' 하는 마음이 든다."('아저씨, 남대문 아직 멀었어요?) 그래 그렇다. 글쎄 말이야! 우리 회사 기사들과 똑같네. '버스 식당 아주머니'는 지금도 환한 웃음으로 기사들을 반겨 주는 건가? 내가 일본에서 버스를 모는 사람이 아니라 마치 안건모라는 동료와 같이 동해운수에서 운전대를 잡은 기사가 된 듯. 착각하면서 읽었다. 내게 힘이 되어 주는 믿음직한 '동지'가 일하는 동해운수에서…….

안건모 씨의 글은 직장에서 보게 되는 일들을 단순히 묘사하고 비판하는 데 머무르지 않고 사회를 움직이는 것은 바로 자신들, 곧 노동자라는 신념으로 일관되어 있으며 일하는 사람이 이 세상의 주인공이라는 관점에서 사회와 사람을 보는 것이었다. 이 책을 읽고 그런 관점에 놀랄 수밖에 없었다.

지은이는 월간 〈작은책〉을 알게 되었을 때부터 10년 이상 계속 글을 써 왔다고 한다. 자신의 솔직한 생각을 글로 표현한다는 것은 힘든 일도 많을 것이다. 그래도 글을 쓸수록 세상과 자신의 모습이 선명히 보이게 되고, 그 결과 써야 할 것이 더 있다는 마음이 간절해지는 것이 아닐까? 그것이 바로 사상적 재산이라고 할 수 있을 것이다. 솔직히 말해 같은 버스 노동자로 부러울 따름이다.

지은이는 머리말에서 '이 책을 읽고 누구나 글을 쓸 수 있는 자신감을 얻어 쉬운 우리말과 우리글을 살리면서 글을 많이 쓰게 된다면 정말 좋겠습니다'라고 한다. 아마 독자들 가운데 자신이 느끼는 희로애락을 글로 표현해 보고 싶다는 강렬한 유혹을 억누르지 못하는 사람은 한두 명이 아닐 것이다. 그리고 마음만 있으면 누구나 할 수 있는 일이라고 느꼈을 것이다. 일하는 한 사람 한 사람이 그런 마음으로 자신을 표현하게 될 때 일하는 사람이 주인공이 되는 참세상의 문이 열릴 것이라고 나는 확

신한다. 나에게 이 책은, 한국의 버스 노동자를 둘러싼 문제는 물론, 일본 언론에 보도되지 않는 한국과 한국 사람들의 참모습을 알 수 있게 해주는 길동무가 되었다.

'한국 축구' 같은 안건모, 그리고 그이의 글

정범구_ 시사 평론가

안건모의 글을 읽으면 그이의 '깡다구'를 느낄 수 있다. 원래부터 깡다구가 있었던 사람 같지는 않은데 험한 세상 살다 보니 '깡다구'가 생긴 것 같다.

그이를 알고 지낸 지 10여 년 되어 간다. 그이를 처음 안 것은 〈작은 책〉을 통해서였다. 독자로서 읽는 그이의 글은 참 시원시원했다. 나는 이른바 '먹물' 출신이지만 남들 다 아는 이야기를 일부러 어렵게 풀어놓는 '먹물들의 이야기'는 별로 좋아하지 않는다. 공자님도 그러셨다지 않는가? "시장에서 떡 파는 아주머니가 알아들을 수 없는 이야기는 진리가 아니"라고.

그이의 글이 맘에 들어서 만나 보니 인간이 맘에 든다. 별로 사근사근하지도 않고 멋대가리도 없어 보이지만 꾸밈없는 그 모습이 좋다. 또 그동안 얼마나 말 잘하는 놈들에게 당해 왔을까 하는 생각도 든다.

안건모나 그이의 글은 '한국 축구' 같다. 강자에겐 강하고, 약자에겐 약한. 별것도 아닌 것 같고 위세 떨고 뚱폼 잡는 이들에게 안건모는 시원시원하다. 이런저런 핑계로 임금 떼어먹을 궁리나 하는 버스 회사 회장이나 "기사들을 종처럼 부려 먹으려는 관리자들"이 그이를 만난다면 제대로 임자 만난 것이다.

"성질이 워낙 엿 같아서 관리자가 기사들을 억압하면 그 꼴을 보지 못한다. 더구나 근로기준법이나 단체협약을 밥 먹듯 위반하면서도 기사들한테 땍땍거리면 그 꼴을 봐 줄 수가 없다"('관리자 탐구') 책상에 앉아 바쁜 기사들 오라가라하는 구청 공무원들 향해서는 이렇게 한마디 한다. "콱! 돈하고 빽만 있으면 귀싸대기 한번 갈기고 구청장 책상 뒤집어 놓고 나오고 싶다"고.('동떨어진 법 억지 단속 기막혀')

그런 안건모는 한국 축구를 닮아서인지 약한 이들에게는 한없이 약하다. 그이의 둘레에 있는 가난한 이웃들에 대한 태도는 한없이 약하고 따뜻하다. 여든이 넘은 할머니와 같이 사는 정희네 세 식구 이사 가는 날 함께하는 그이와 동료들. 만선 씨, 만선 씨 이삿짐센터에서 같이 일하는 이들, 형호, 경호 씨. 모두 약자에겐 약한 따뜻한 이들이다.('정희네 이사 가는 날')

안건모는 생물학적 나이로는 나보다 젊지만 나로서는 마치 옛날 시골의 마을 어른 보는 것 같다. 형편이 아무리 어려워도 일에 대처하는 모습이 지혜롭고 능청맞다. 아무리 같은 기사 처지지만 길 물어보는 손님에게 "기사가 그걸 어떻게 알아요?" 하고 퉁명스럽게 대답하는 동료 기사를 보면 한마디 한다. "아니, 그럼 기사가 알지, 의사가 아나 변호사가 아나?"('아저씨, 남대문 아직 멀었어요?')

지금, 명색이 추천사라고 이 글을 쓰고 있지만, 사실은 내가 글쓴이에게 졸라서 간신히 글 쓸 기회를 얻었다. 나는 그래도 안건모의 '왕 독자'라고 생각하고 있었는데 추천하는 글 같은 거 한 편 써 달라고 부탁하지 않는 그이가 패씸하다. 한편 괜히 찔리기도 한다. 여기저기, 정치판까지 돌아다니다 온 나를 좀 무시하는 건 아닌지…… . 그래도 그이는 지난 20년 동안 한눈팔지 않고 한길을 꾸준히 걸어오지 않았는가? 일하는 사람들이 대접받고 주인되는 세상을 만들기 위해 기죽지 않고, 할 말 다 하면서 살아온 그이의 이력을 생각하면 내 글을 받아 준 그이가 오히려 고맙다.

조금 걱정도 된다. '일하는 사람들의 작은책'을 위해 그이는 20년 동안 몸담았던 버스일터를 떠났다. 이제 버스로는 돌아갈 수 없게 되었다. 버스업계에서는 그이가 사표 낸 날 아마 대대적인 자축연을 열지 않았을까 싶다. 그러니 '작은책'이 잘 되어야 할 것 같다. 그리고 그이가 써낸 이 책도 좀 많이 팔려야 할 것 같다. 그이가 이 일에 완전히 재미 붙여 딴 생각을 못 하도록.

그리고 이 책이 좀 팔리면 그다음에 그네들의 이야기를 듣고 싶다. 달님이나 은희, 정희 할머니, 연변에서 온 버스 식당 아줌마, 엄마 찾아 혼자 서울역을 가는 일곱 살짜리 민정이, 주엽동 17평 임대아파트의 '한지붕 세 가족', 특히 준형이, 그리고 이상한 단골손님 '떡장수 아줌마', 만선 씨 같은 사람들, 이 시대를 온몸으로 헤쳐 가면서 살아가는 이들의 이야기를 안건모의 눈과 귀를 통해 계속 전해 듣고 싶다. 그러자면 우선은 이 책이 좀 팔려야겠다.

나이 마흔 무렵에야 '열심히 일만 하는 근로자'에서 '이 세상 주인 노동자'로 삶을 바꾸었습니다.

책이 제 삶을 바꿨습니다. 《쿠바와 카스트로》라는 만화책을 가장 먼저 보았습니다. '세상 사는 게 왜 이렇게 답답하고 힘들까. 내가 못나서 그럴 거야. 못 배운 게 죄지.' 이렇게 막연하게 생각하며 살다가 그 만화책을 한 권 보니 깜깜한 굴속에서 빠져나오는 것 같았습니다.

그 책 첫 장에는 '막대한 희생을 무릅쓰고서 마침내 승리를 쟁취한 쿠바의 민중들에게 뜨거운 마음으로 이 책을 바친다'고 써 있었습니다. 그 책을 보고 저는 카스트로라면 김일성만큼 무서운 독재자라고만 알고 있다가 엄청나게 충격을 받았습니다. 그때부터 《태백산맥》을 보고, 남미의 혁명가 《체 게바라》, 《찢겨진 산하》, 《거꾸로 읽는 세계사》, 《노동의 새벽》, 《새는 좌우의 날개로 난다》 같은 책들을 골라서 읽었습니다.

그 책들을 읽고 저는 학교와 사회에서 멸공 극우 사상과, 어처구니없는 독재 사상만 배웠다는 걸 알았습니다. 또 이 세상에서는 북녘의 김일성과 쿠바의 카스트로보다 한국의 전두환과 쿠바의 바티스타가 먼저 없어져야 한다는 걸 알았습니다. 또 그 독재자들 뒤에 제국주의 미국이 버티고 있다는 것도 알았습니다. 그 독재자들 밑에서 멸공 극우 사상을 등에 업은 자본가들은 노동자들이 권리를 찾으려 하면 '빨갱이' 사상이라고 몰면서 목숨을 빼앗고 부귀영화를 누린다는 것도 알았습니다. 그 밑에서 이 세상 주인이 되어야 할 우리 노동자들은 지옥 같은 현장에서 죽도록 일만 하고 임금도 쥐꼬리만큼 받고 겨우겨우 살아온 것입니다.

하지만 저는 그 뒤로도 무엇엔가 가슴이 억눌려 살았습니다. 제가 보고 생각한 것을 글로 나타내지 못해 남한테 널리 알릴 수 없었기 때문입니다. 글은 '배운 사람들'만 써야 하는 줄 알았고, 맞춤법이나 띄어쓰기 같은 문법을 먼저 알아야 쓰는 줄 알았습니다.

그런데 1996년 우연히 월간 〈작은책〉을 보면서 '아! 우리 같은 노동자도 글을 쓸 수 있구나' 하고 깨달았습니다. 그리고 작은책 글쓰기 모임에서 이오덕 선생님이 "글은 일하는 사람들이 써야 하고, 누구나 읽기 쉽게 써야 한다"고 말하는 것을 듣고 자신이 생겨 글을 쓰기 시작했습니다.

저는 살아온 이야기와 일터 이야기를 쓰면서 가슴이 확 뚫리는 것 같았습니다. 어렵게 살아왔던 지난 이야기들을 풀어냈고, 일하면서 사업주와 관리자들이 탄압하는 그 유치한 행태를 마음껏 비꼬면서 얼마나 통쾌했는지 모릅니다. 그동안 노동자로 살아오면서 주눅 들고 억눌렸는데, 그 마음에서 벗어나 우리 노동자가 이 세상 주인이라는 걸 분명하게 깨달았습니다.

그동안 쓴 글들을 묶어 책으로 내려니 가슴이 벅차오릅니다.

이 책이 우리 버스 기사들의 일터 이야기만 보여 주는 데 머무르지 않고, 일하는 현장을 올바르게 배우고, 일하는 사람들이 이 세상 주인이라는 걸 깨닫는 그런 책이 된다면 좋겠습니다. 또 이 책을 읽고 누구나 글을 쓸 수 있는 자신감을 얻어 쉬운 우리말과 우리글을 살리면서 글을 많이 쓰게 된다면 정말 좋겠습니다.

저는 2004년 12월을 끝으로 버스일터 현장을 떠나 작은책으로 오게 되었습니다. 저를 믿고 함께하던 동료들이 눈에 밟히기도 하고, 임금도 줄고, 또 버스 운전만 하던 제가 〈작은책〉 편집 일을 할 수 있을까 하는 걱정이 앞섰지만 나 같은 노동자들이 읽을 수 있는 진보 월간지 하나는 반드시 살아남아야 한다는 절박한 심정으로 작은책에 몸을 담을 수밖에 없었습니다. 또한 한편으로는 버스 현장보다 더 넓은 곳에서 올바른 언론 운동, 문화 운동을 할 수 있다는 희망도 있었습니다.

마지막으로 제가 글을 쓸 수 있게 처음에 용기를 주신 이오덕, 차광주, 강순옥 선생님 그리고 늘 어려운 살림을 하면서도 나와 함께한 아내와 아들, 저를 여기까지 이끌어 주신 모든 분들 정말 고맙습니다. 일하는 사람들이 꼭 봐야 하는 월간 〈작은책〉을 만들면서, 이 땅의 모든 억압과 불의에 맞서 싸우면서, 열심히 살아가겠습니다.

2006년 5월 26일
안건모

차례

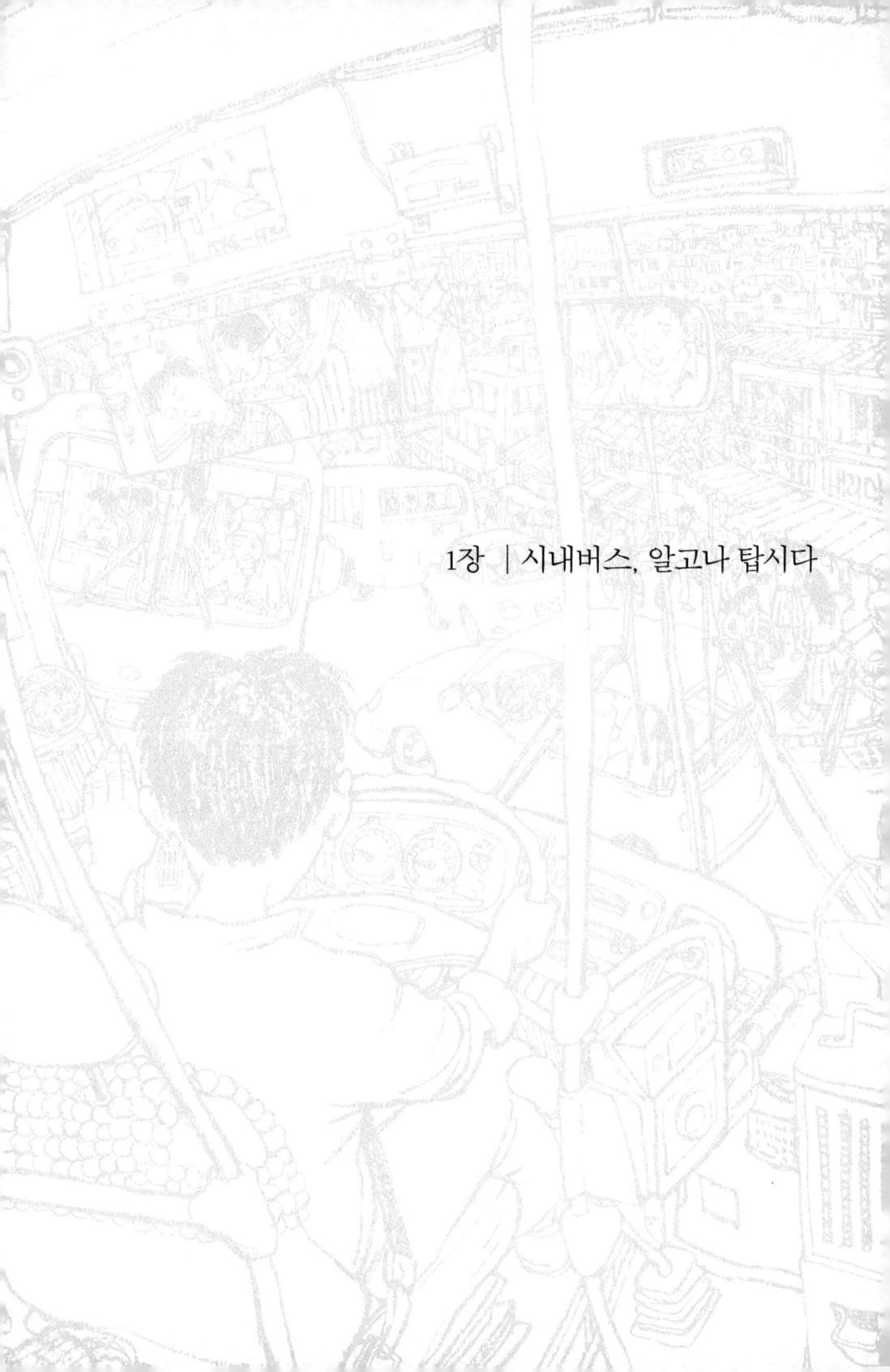

1장 | 시내버스, 알고나 탑시다

시내버스 알고나 탑시다

"서울에서는 시내버스를 타기 위해 최소한 네 가지 정도 능력을 갖추고 있어야 한다. 첫째는 눈이 좋아야 하고, 둘째는 달리기 실력이 있어야 하고, 셋째는 눈치가 빨라야 하고, 넷째는 인내심이 있어야 한다. 그래야 겨우 시내버스를 타 보기라도 할 수 있다. 왜 그런가? 우선 눈이 좋아야 자기가 원하는 버스 번호판을 멀리서 읽을 수 있다. 그 번호가 몇 번인지, 파란 번호판인지 빨간 번호판인지, 알아야만 버스를 탈 수 있는데, 눈이 나쁘면 오는 버스마다 달려가서 확인하지 않으면 안 된다. 눈이 좋다 하더라도 달리기 실력이 없으면 아무 데서나 멈추는 버스를 탈 수 없다. 그리고 아무리 달리기 실력이 좋고 시력이 좋더라도 차가 어디서 멈출지를 예측해 낼 수 있는 눈치가 없으면 달려 다니다가 끝이 난다. 그리고 언제 올지도 모르는 버스를 기다리려면 인내심이 대단하지 않으면 차라리 밤새

위 걸어가는 것이 나을 것이다."

윗글은 내가 쓴 글이 아니라 얼마 전 성균관대 교수 박승희 씨가 어느 신문에 쓴 글이다. 타는 손님 처지에서 어쩌면 그렇게 꼭 집어서 이야기하는지 감탄했다. 하지만 운전하는 사람 처지에서 반대로 생각해 보면 그럴 수밖에 없는 까닭이 있다는 것을 알 수 있다.

"서울에서는 시내버스를 운전하기 위해 적어도 네 가지 정도 능력을 갖추고 있어야 한다. 첫째는 눈이 좋아야 하고, 둘째는 달리기 실력이 있어야 하고, 셋째는 눈치가 빨라야 하고, 넷째는 참을성이 있어야 한다. 그래야 살벌한 시내버스 회사에서 운전할 수 있는 자격이 있다. 왜 그런가?

우선 눈이 좋아야 멀리 숨어서 단속하는 경찰관을 발견할 수 있다. 눈이 나쁘면 일 년에 몇 번씩 정지 먹는 딱지를 뗄 수밖에 없다.

달리기 실력이란 속된 말로 '조진다'고 한다. 운전하면서 옆 차 백미러와 내 차 백미러 사이에 두꺼운 도화지 한 장 끼우면 딱 맞을 정도로 사이를 두고 70, 80킬로미터로 조질 수 있는 실력이 있어야 한다. 그래야 종점에 들어가서 오줌 눌 시간을 벌 수 있다.

또 아무리 눈이 좋고 잘 조진다 해도 눈치가 없으면 정류장을 통과할 수 없다. 저 손님이 내 차를 탈 '말뚝 손님'인지 아닌지 판단해야 하고 술에 취한 사람인지도 판단해야 한다. 정류장을 통과해야 밥 먹는 시간 5분을 벌 수 있다. 그리고 지독하게 참을성이 없으면 끝없이 싸우자고 덤비는 옆 차 기사들과 또 손님들과 하루 종일 대가리 터지도록 싸울 수밖에 없다."

'진흙탕에서 싸우는 개꼴'이라 하는가. 정작 싸움 붙인 사람들은 뒤에서 느긋하게 즐기고 있다. 누구인가. 시내버스 사업주와 정부가 싸움을 붙인 장본인이다. 결국 피해자는 시민과 운전사들이다.

하지만 버스에 대해서 전혀 모르는 사람들은 진짜 열받는 일이다. 한 20분을 기다렸는데 통과하다니 '저런 개새끼.' 오죽 화가 났으면 택시 타고 쫓아와서 싸우는 사람도 있을까……. (1996년 10월)

정류장을 서지 않고 가 버린 버스를 쫓아 택시 타고 종점까지 쫓아가는 일은 실제로 가끔 있었던 일이다. 그럴 때 버스 기사들은 버스를 재빨리 종점에 세워 두고 피해 버린다.

동떨어진 법 억지 단속 기막혀

"아니, 구청에서 떼는 건 도로교통법이야? 아니잖아. 운수사업법 아니야? 도로교통법, 그 위험한 중앙선 침범도 벌금이 7만 원인데 무슨 50센티미터 위반이 10만 원씩이야. 뭐 걸핏하면 벌금 10만 원, 20만 원이야. 아니 운전사가 봉이야? 더러버서 못살겠다."

원규 형이 화가 나서 떠든다. 우리 기사들은 그 소리를 듣고 열 안 받을 사람들이 없다. 세상에, 홍종식 씨가 인도와 50센티미터 벌어졌다고 얼마 전 10만 원 벌금 통지서가 나왔다. 너무 억울해서 안 냈더니 홍종식 씨 자가용을 압류한단다.

무슨 소린가 하면 버스가 정류장을 들어갈 때 손님이 타기 좋게 인도에 바짝 붙이라는 말인데 그게 버스 바퀴와 인도 턱 사이가 50센티미터가 되어야 한단다. 50센티미터가 넘으면 '정류장 질서문란'이라고 10만 원 세금(?)을 내야 한다.

법도 문제지만 이 서울 녹번동 정류장은 정말 억울하다. 그 정류장 가까이는 늘 택시가 정차해 있다. 택시가 없어도 신문 가판대니 또 장사하는 리어카, 택시를 잡으려는 손님들 때문에 도저히 인도에다 50센티미터 붙일 수가 없는 곳이다. 게다가 그 안쪽 아스팔트가 푹 파여서 들어갈 수도 없다. 또 버스가 오면 손님이 가만있나? 우르르 차도로 내려선다. 한마디만 더 하자. 버스 백미러 튀어나온 부분만 해도 50센티미터는 넘는다. 그렇게 바짝 대다가는 사람들 얼굴 하나도 안 남아나겠다.

그딴 법을 만든 놈들이나 집행하는 놈들이나 똑같다. 요즘 은평구청과 서대문구청은 아주 신이 났다. 그런 정류장에서 인도에다 50센티미터 붙이는 버스들이 있나? 언제라도 나가서 사진만 찍으면 벌금 10만 원이니 구청 수입이 여간 짭짤한 게 아니다. 그래서 그런지 아주 무식하게 막무가내로 단속하고 있다. 홍종식 씨 말고도 원규 형, 규현이, 경호, 대규…… 뭐 거의 안 걸린 사람이 없다.

하긴 그것뿐이랴. '만만한 게 홍어 좆'이라고 우리 버스 기사들한테 딱지 말고도 벌금 받아먹을 거는 쌔고 쌨다. 버스전용차선도 그렇다. 우리 버스 잘 빠지라고 만든 전용차선인데 전용차선에 주차한 차가 있어서 길이 막혀도 옆 차선으로 빠지기 겁난다. 그것도 사진 찍히면 10만 원 벌금이니까.

내가 전에 옆 차선으로 잠깐 빠졌다가 걸려 서대문 구청에 한번 간 적이 있다. 항의를 했더니 담당자 하는 소리가 "그 차가 갈 때까지 기다려야죠" 한다. 콱! 돈하고 빽만 있으면 귀싸대기 한번 갈기고 구청장 책상 뒤집어 놓고 나오고 싶었다.

정류장 '원거리 정차'도 기가 막힌 법이다. 정류장 팻말에서 10미
터 떨어져 정차하면 벌금 10만 원이다. 10미터? 버스 한 대 길이가
10미터인데 정류장에 맨 앞차 한 대가 손님 태우고 간 뒤 그 뒤 버
스가 팻말 가까이 가서 손님 태우라는 소리다. 울화가 치밀어 뒤집
어질 노릇이다.

법을 위반했으면 벌금을 내는 건 당연하다. 하지만 지킬 수 있는
법을 만들어 놓고 벌금을 내라고 해야지 이건 뭐 조선시대 '삼정의
문란' 때처럼 뱃속에 있는 애한테까지 받았던 '군포' 같은 세금 걷
는 것도 아니고 정말 '드러워서' 못살겠다. (2000년 9월 4일, 한겨레)

아저씨, 남대문 아직 멀었어요?

"아저씨, 남대문 아직 멀었어요?"

서대문을 지나는데 스물이 조금 넘어 보이는 젊은 여자 손님 하나가 자리에 앉은 채 묻는다. 운전석 윗거울로 쳐다보면서 대답했다.

"다음, 다음요."

그 손님은 고개를 끄덕거린다. 그리고 조용하다. 차 안에는 내리는 문 쪽에 너덧 사람밖에 없다. 가만히 생각해 보니까 아무래도 남대문시장에 가는 손님인 것 같았다.

"이 차, 남대문시장까지는 안 가요."

나는 '시장'에 힘을 주어 말했다. 우리 147번 버스는 경찰청 다음 서울역 연세빌딩 앞에 서고, 그다음은 남대문시장 옆으로 해서 시청까지 간다.

"어, 이거 간다고 했는데."

"남대문시장까지는 안 가요. 우리는 서울역 남대문이에요."

"어, 이거 간다고 했는데……. 남대문시장은 안 가요?"

"남대문시장은 조금 비켜나요. 서울역 다음에 시청으로 가요."

그 여자 손님은 손전화를 꺼내더니 누구한테 전화로 물어본다.

"얘, 이거 남대문시장 안 간대. 어, 시청 앞, 전 정류장? 알았어."

전화를 끊더니 또 묻는다.

"아저씨, 시청 앞, 전 정류장이 어디에요?"

"거기가 서울역이에요. 거기서 남대문시장 걸어가시면 5분밖에 안 걸려요."

"시청 앞에서 내리는 게 더 안 가까워요?"

"딱 중간이에요."

"어디가 더 가까워요?"

누구 약 올리나? 나는 슬슬 짜증이 나기 시작한다. 남대문을 가든 서울역을 가든 아까 아무 소리 하지 않고 내버려둘걸.

"똑같아요. 서울역에서 내리나 시청에서 내리나."

"어느 게 더 쉬워요. 가는 방법이라든가……."

자기도 자꾸 물어보는 게 미안한지 멋쩍게 웃으면서 혀를 날름 내민다.

"똑같아요. 남대문에서 내리면 차가 가는 방향으로 더 걸어가야 하고 시청에서 내리면 거꾸로 거슬러 내려와야 하는데 그냥 비슷하지 정확히 어느 쪽이 더 가까운지는 몰라요."

"아, 그럼 서울역에서 내릴게요."

늘 있는 일이지만 손님들한테 친절히 대해 주면 손님들은 다른 걸 끊임없이 묻는다. 그래서 오랫동안 버스를 운전한 사람들은 손님들이 물어도 대답을 잘 하지 않는다. 오늘도 그 손님이 남대문이 아직 멀었냐고 물을 때 다른 운전사들처럼 퉁명스럽게 "다 왔어요" 하거나 "방송에 나와요" 하거나 아니면 대답을 안 하면 끝이다. 그 손님은 속으로는 '에이 쓰발, 그 새끼 졸나게 불친절하네' 하겠지만 더는 물어보지 않을 것이다. 사실 뭐 이런 손님한테는 조금 짜증나더라도 손님이 모르니까 물어보겠지 하면서 당연히 대답해 줘야지 생각한다.

하지만 어떤 손님들한테는 정말 열받을 때가 많다. 언젠가는 손님 하나가 술에 취해 비틀거리며 아이를 데리고 정류장 팻말을 조금 벗어난 곳에서 "서울역 가요?" 하고 물었다. 정류장 팻말도 벗어났는데 그냥 가 버릴까 하다가 그래도 아이까지 데리고 있는데 그럴 수 있나 하고는 친절히 "네, 타세요" 하고는 태웠다. 그런데 얼마 못 가 서울역으로 멀쩡히 차가 가는데 "야, 이 새끼야. 이거 서울역 안 가잖아? 반대 방향이잖아" 하고 대드는 게 아닌가. 그럴 때는 정말 머리 뚜껑 열리는 건 둘째 문제고 '역시 손님들한테 친절해 봤자야' 하는 생각부터 든다. 더구나 '술 취한 손님 태워 봤자 나만 손해야. 왜 내가 이런 우라질 놈을 태웠을까' 하고 후회가 밀려오면서 확인하고 또 확인한다. '다시는 너 같은 놈 안 태워.'

어제만 해도 그렇다. 우리 화전 종점에서 내 차가 고장이 났다. 종점에서 노선을 따라가다 셋째 정류장 있는 곳에 우리 회사 공장이 있어 가려고 했다. 손님을 안 태우고 그냥 종점에서 출발하려고 하는데 손님 하나가 차를 타려고 한다. 나는 안 된다고 손을 저으면서 '붕' 출발했다. 그 손님이 막 따라온다. 종점에서 나가자마자 큰길이 나오는데 빨간 신호에 걸려 멈춰 서 있었다. 그 손님은 거기까지 따라와서 문을 막 두드린다. 그러거나 말거나 그냥 가 버리면 될 걸 그래도 내 딴에는 설명을 해 주려고 문을 열었다.

"아저씨. 이거 차가 고장 나서⋯⋯" 하고 설명해 주려는데, "뭐가 고장 나? 왜 손님을 안 태워?" 하고 돼지 멱따는 소리를 하면서 차로 뛰어올라 온다. 이런 개 같은 경우가 있나. 얼굴이 벌겋고 눈이 풀린 게 대낮부터 술 한잔했군. 대머리에 나이가 쉰은 넘어 보였다. 나는 한 번 더 차근차근하게 설명했다.

"아저씨, 이 차 고장 나서 공장에 올라가는 거예요. 조금 아까 차 나갔고 또 뒤차가 금방 나올 거예요."

"뭐가 고장 나? 가! 공장까지 갈 거야! 무슨 고장이야. 왜 손님을 안 태워?"

"아저씨, 이 차 고장 났어요. 내려요."

아무리 설명해도 막무가내다. 공장이고 영등포고 간단다. 그래? 맘대로 해라. 나는 그냥 문을 확 닫아 버리고 공장으로 쏙 들어갔다. 그 사람이 차에 앉아 있다 벌떡 일어나 나한테 오더니 고래고래 소리를 지른다.

"어어? 왜 이리 오는 거야? 왜 이리 와?"

"내려! 내가 공장 간다고 했잖아. 내려서 회사 사장한테 가서 따져! 안 내려?"

손 브레이크를 채우고 일어서면서 소리를 버럭 지르니 허둥지둥 내린다. 나는 그놈을 내려놓고 다른 버스를 끌고 다시 화전 종점으로 내려왔다. 그놈은 애꿎은 공장 경비한테 항의를 하고 난리가 났다나 어쨌다나. '별 거지 같은 놈 다 있네.'

나는 벌써 버스 운전만 15년 넘게 했다. 그동안 내가 이런 손님들한테 얼마나 당했나. 더구나 손님들은 좌석버스나 고속버스 기사들보다 우리 입석버스 기사들한테 막 대하는 편이다. 처음 버스 회사에 들어오면 손님들한테 친절하게 대답하고 잘 알려 주지만 버스 운전을 오래 하면 할수록 친절은 사라지고 대꾸조차 잘 하지 않게 된다. 친절해야지 하다가도 운전사를 무시하는 손님을 만나 자주 싸우게 되면 에이 다 소용없어 하는 마음이 든다.

어떤 손님은 자신이 잘못한 건 생각하지 않고 무식하게 욕을 할 때가 있다.

"야 새꺄. 이런 버스나 운전하는 주제에 까불고 있어 이 새끼야. 평생 버스나 해 처먹어라."

그럼 버스 운전사가 거의 대꾸하는 말이 있다.

"이거 봐. 600원짜리 버스 타고 다니는 주제에 뭐 잘났다고 떠들고 있어."

나는 그렇게 말하지 않는다. 정말이다. 나는 이렇게 대꾸한다.

"그래, 이 새끼야. 나 버스밖에 할 거 없어. 평생 버스 할 거야."

(2001년 5월)

첫차

오늘은 내가 첫차다. 새벽 4시에 일어났다. 베란다 창문가에 가 보니 비가 온다.

오전반 첫차는 일산 종점에서 새벽 5시에 나간다. 그때부터 5분 간격으로 버스가 차례로 나가는데, 오전반 막차가 7시에 나가면 내가 첫차로 노선을 한 바퀴 돌고 와서 7시 5분에 두 번째 탕을 나가야 하는 것이다. 그러니까 첫차로 6시 40분까지는 노선을 한 번 돌고 와야 한다. 그래야 밥 먹는 시간을 한 20분쯤 벌 수 있다. 아니 똥을 누고 자판기 커피 한 잔 뺄 시간이라도 있으려면 밥을 한 10분 안에는 먹어야 한다. 그래야 7시 5분에 나갈 수 있으니까. 그러려면 1시간 35분 안에 노선을 돌아와야 한다는 얘기다.

그렇지만 여기 일산 대화동 종점에서 출발해서 광화문을 거쳐 서울역을 돌아서 아현동, 신촌으로 돌아 다시 일산으로 들어오는 데

1시간 35분으로는 절대로 돌아올 수가 없다. 하지만 다른 운전사들은 갔다 온다고 큰소리치고, 또 실제로 갔다 온다. 방법은 이렇다.

먼저 한 5분을 땡겨 나가는 것이다. 그러니까 5시에 나가는 게 아니라 4시 55분에 나간다. 어떤 기사는 4시 50분에도 나간다. 그리고 신호를 어긴다. 새벽에 신호를 어길 수 있는 것은 손님이 많이 없어서 눈치를 안 봐도 되고, 또 다른 차들이 많이 없어서기도 하지만 가장 중요한 까닭은 단속하는 경찰이 없기 때문이다. 사실 새벽이나 밤에 신호를 어기는 게 낮에 신호를 어기는 것보다 더 위험하다. 밤에는 어두워 언제 어디에서 차가 튀어나올지 모른다. 그래도 교통경찰이 없기 때문에 걸려 딱지 뗄 염려가 없으니 마음 놓고 신호를 어기는 것이다.

이렇게 신호를 어기면 1시간 35분에 갔다 올 수 있다. 내가 기사들한테 "야, 어떻게 1시간 35분에 갔다 올 수 있어? 신호 위반해야 갔다 올 수 있지" 하면 다른 기사들은 그런다.

"신호 위반 안 해도 갔다 올 수 있어!" 하지만 천만에. 다 거짓말이다. 기사들은 자기가 운전 실력이 최고라고 은근히 뽐내면서 큰소리치지만 다 김밥 옆구리 터지는 소리다.

"아, 형은 길 막히는 낮에도 두 시간에 갔다 오면서."

동료 기사가 나보고 잘 다니는 사람이 엄살 피운다고 한다.

"그래, 낮에는 다른 사람도 위반을 못 하니까 내가 다른 사람들보다 더 잘 다닐 수 있어. 다른 사람들은 밤이라고 신호 위반하니까 빨리 갔다 올 수 있는 거야. 나는 밤에도 신호 위반을 안 하려니까 그 시간에 못 갔다 오는 거야."

아까도 말했지만 다른 사람들은 5시 정각에 출발하지 않고 5분이나 10분씩 땡겨 나간다. 1시간 35분에 갔다 오려고 10분을 땡겨 나가면 그건 자기 근무시간을 스스로 늘리는 짓이다. 시간이 없으면 운행 시간을 더 달라고 회사에 요구해야지 땡겨 나간단 말인가?

나는 회사에서 정해 준 시간 5시를 지키려고 58분에 차에 올라 출발했다. 오늘은 더구나 비가 온다. 비가 오면 미끄러워 빨리 달릴 수가 없다. 4시 59분에 정문으로 나갔다. 정류장 세 곳까지는 손님이 없다. 성저공원 정류장에서부터 한두 사람씩 탄다. 그다음 정류장에 너덧 명이 있다. 그리고 가면 갈수록 손님들이 많아진다. 서울역을 돌아 아현동으로 가는데 원당에서 출발한 915번 버스가 앞에 간다. 저 차도 첫차 아니면 둘째 차겠지. 아현동 정류장에서 손님이 내 차를 타면서 화를 낸다.

"어휴, 원당 차 서너 대 오니까 한 대 오는군."

설마 저 앞차 원당 915번이 넷째 차는 아니겠지. 원당 915번 첫차도 우리와 비슷한 시간에 서울역을 돈다. 나중에 알고 보니까 그 차는 넷째 차였다. 그러니까 내가 그만큼 늦게 온 것이다.

일산 종점을 들어가니까 6시 55분이다. 본래 7시 5분에 나가야 하는데 아무리 밥을 빨리 먹어도 그렇게 먹을 수가 있나. 잽싸게 퍼 넣어도 10분이 걸려 7시 8분이 된다. 뒤가 묵직하지만 똥 눌 생각도 못 하고 오줌만 누고 차에 올라가니 10분. 7시 11분에 두 번째 탕을 나가게 되었다.

셋째 정류장까지는 손님이 없다. 넷째 정류장 성저공원에 가니 한 열댓 명이 서 있다. 얼굴들이 팍 찌그러져 있다.

"아니, 이 차 몇 분 배차예요?"

나는 아무 소리 하지 않았다. 대꾸해 봐야 잘못하면 싸움만 날 뿐이다. 대꾸해도 싸움, 안 해도 싸움이면 대꾸 안 하고 싸우는 게 낫다. 어떤 아가씨도 한마디 한다.

"이 차 왜 이렇게 늦었어요? 한 대 빠졌어요?"

그 말에는 대꾸를 안 할 수가 없다.

"아니오. 밥 먹고 나오는데 앞차를 다 보냈어요."

손님들은 그 까닭을 설명해도 모를 거다. 거기까지는 그래도 괜찮다. 다음 정류장으로 가면서 바라보니 무슨 집회하는 사람들이 모여 있는 것 같다. 한 서른 명이 모여 차 앞으로 몰려들 태세다. 차를 대기도 전에 손님들이 우르르 몰려들어 탄다. 아이고. 아예 손 브레이크를 채워 놓고 태우자. 이럴 때 빨리 가려고 서두르면 사고만 난다. 벌써 앉을 자리가 없다.

사람들이 올라오면서 전부 한마디씩 한다. 말 안 하는 사람도 있는데 그 사람들은 더 열받은 사람들이다. 조금만 건드려도 터질 것 같다. 그다음 정류장은 제일프라자 정류장이다. 사람들은 점점 더 많아진다. 문 앞까지 꽉 차서 서 있을 자리도 없다. 앞 유리는 성에가 끼어 잘 보이지 않는다. 앞에 히터를 틀어도 소용이 없다.

그다음 일산 3동 동사무소 정류장에서 손님을 겨우겨우 태우고 사거리를 건너갔다. '어? 그런데 저게 뭐야!' 나는 입이 딱 벌어졌다. 저 앞에 7시 막차로 나간 내 앞차가 서 있고, 그 차에서 손님들이 한 4, 50명 내려서 내 차를 기다리고 있다. 차가 고장 난 것이다.

내 차는 어떻게 되었을까? 상상하시기 바란다. (2004년 1월)

졸음운전

　저녁 7시쯤, 눈발이 조금씩 날리기 시작한다. 녹번동에서 홍제동으로 핸들을 꺾었는데 어라, 고갯길이 꽉 막혀 있다. 오늘 웬 차들이 이렇게 많아. 녹번동 고개를 꾸물꾸물 올라갔다. 저녁을 먹고 나왔더니 졸리기 시작한다. '아니 요즘 왜 이렇게 졸리지?'

　눈이 슬슬 감기고 온몸에 힘이 빠지기 시작한다. 고개를 넘어 벌써 홍제동. '가만있어 봐, 내가 금방 홍은동 정류장에 서고 왔나? 사람이 내렸나? 아니면 정차하지 않고 통과했나?' 전혀 기억이 나지 않는다. 잠이 오기 시작하면, 어떻게 왔는지 어떻게 가는지 기억이 나지 않는다. 오로지 앞서 가는 차를 받으면 안 된다고 생각하며 갈 뿐이다.

　졸다 보니 벌써 독립문이다. 앞에는 또 길이 꽉 막혀 있다. 차가 꾸물꾸물 움직이면 더 심하게 졸린다. 휴우! 한숨이 다 나온다. 저 앞에 차가 서 있어서 거기에 도착할 때까지 슬슬 움직이면서 눈을 한번 감아 본다. 깜박하는 순간에 저 멀리 있던 차는 바로 내 코앞에 서 있다. 이크! 끽! 급하게 브레이크를 잡으니 앉아 있던 손님들이 앞으로 확 쏠린다. 다행히 넘어진 사람은 없다.

차 안에 손님은 몇 사람 없다. '아, 저 사람들 한 사람도 없이 다 내렸으면 좋겠다. 어디 한쪽에 세워 놓고 한 5분만 잤으면 원이 없겠다.' 하아! 음, 입이 찢어지게 하품은 자꾸 나오고 눈에는 눈물이 고인다. 사거리에서 빨간 신호에 걸린다. 파란 신호가 터지기를 기다리면서 눈을 감는다. 브레이크를 밟고 있는 발에 힘이 스르르 빠진다. 차가 끼이익 하고 앞으로 조금 움직이면 깜짝 놀라 오른발에 힘을 꽉 준다.

'신호가 터졌는데 차가 왜 안 빠지는 거야?' 창문을 열고 고개를 바깥으로 내다본다. 눈은 이제 오지 않는다. 바람이 시원하다. '어, 경찰이 신호를 잡고 있군.' 사거리 건너 앞에도 차가 막혀 있다. 삑! 잡아당기는 손 브레이크를 잡고 눈을 감는다. 스르르 달콤하게 잠이 오는 듯싶었는데 뒤에서 빵빵거린다. 이크. 차가 언제 빠졌어. 앞차들이 벌써 사거리를 건너가고 있다.

이렇게 졸다 못해 정신이 나갈 때도 있었다. 몇 년 전에 삼화교통 333번을 몰 때는 따블(연장 근무)을 사나흘씩 할 때가 많았다. 잠은 모자라지 체력은 딸리지 정말 버티기 힘들었다.

조는 건지 자는 건지 잘 모르면서 운전을 하던 날, 신설동에서 동대문 쪽으로 우회전을 했다. 그런데 '어? 이상하다. 여기가 어디지?' 눈은 말짱히 떠 있는데 거기가 어디인지 기억이 나지 않는 것이다. 정신이 뻥 돌았다. '어? 여기가 어디지? 분명히 신설동에서 우회전을 했는데.' 나는 큰일났다 싶어 정신을 차리려고 차를 천천히 몰면서 길을 자세히 살폈다.

'이상하다. 정류장이 어디지? 여기가 어디지?' 자꾸만 '여기가 어디지?' 하는 말만 속으로 중얼거리면서 길거리에 혹시 버스 정류장 팻말이 있나 하고 천천히, 천천히 차를 움직였다. 그 시간이 무척 길게 느껴졌다. 그때 동대문이 보였다. '아! 동대문! 살았다. 여기가 동대문이구나. 그래 이제 종로지. 종로 6가 정류장. 그래 저기 있다.' 아니 세상에 이렇게 정신이 나갈 때가 있다니. 나는 그때 속으로 섬뜩했다. '이러다 돌아 버리는 거 아니야?'

또 한번은 미아리에서였다. 종암동을 지나 대지극장 쪽으로 가다 보면 고가도로가 나온다. 그 길은 날마다 지나다니고, 하루에도 대여섯 번씩 지나다녀 눈 감고도 알 수 있다. 그런데 종암동 네거리를 건너자마자 앞에 보이는 고가도로를 보고 나는 정신이 나가 버렸다. '어? 어떻게 된 거지. 가만있어. 내가 저 고가도로를 올라가야 하나? 아니면 밑으로 가야 하나?' 정신을 잃어버린 것이다. 나는 손님들이 뭐라 그럴까 봐 아무 소리도 못 하고 차를 길 가장자리에다 바짝 대었다. 한참을 있었다. 손님들이 웅성웅성하는 소리가 귀에 웅웅거렸다. 내 뒤차가 오더니 내 차 옆으로 바짝 댔다.

"뭐야? 왜 그래? 차 고장이야?"

나는 '그래! 이 차를 따라가면 되겠구나' 생각하고는 손짓으로 먼저 가라고 했다. 그 사람은 이상하다는 듯이 고개를 갸우뚱하면서 나를 앞질러 갔다. 나는 그 차를 따라갔다. '어디로 가나? 아! 고가도로였구나.' 그때서야 정신이 돌아왔다. 대지극장. 그 앞에 정류장.

사람들은 내가 이 이야기를 하면 잘 믿지 않는다. 설마 그럴 리가……. 하지만 지금도 가끔 그런 일이 일어난다. 내가 지금 일하고 있는 동해운수 일산영업소에는 심야 버스가 있어 지금도 옛날 못지않게 힘이 든다.

지난해였나. 어떤 기사가 그 일산 903번 버스를 몰다가 노선을 잃고 헤맨 적이 있다. 능곡에서 일산 새도시로 가려면 왼쪽, 삼성당 쪽으로 꺾어야 하는데 곧바로 가 버렸다. 제 노선대로 안 가고 엉뚱한 길로 가니 손님들이 깜짝 놀라 운전사한테 항의를 하고 차를 세우라고 난리가 날 수밖에. 하지만 그 운전사는 정신이 나간 부처님처럼 입에 지퍼를 채우고 묵묵부답인 채 조용히 차만 몰고 엉뚱한 화정지구로 들어서서 빨간불이건 노란불이건 그냥 무작정 가더란다.

손님들은 손전화로 회사에 전화를 걸고, 신고를 하고 난리를 피웠지만 운전하는 사람을 강제로 끌어내릴 수도 없어 보고만 있었겠지. 화정지구를 한 바퀴 돌고 대곡역으로 해서 결국 종점으로 들어왔지만 잘못하면 큰 사고로 이어질 뻔했다. 그 사람은 옛날 나처럼 정신이 나갔던 것이었을까. 결국은 스스로 사표를 내고 회사를 그만두었다.

나는 졸다 사고 난 적도 있다. 역시 333번을 할 때였다. 서울역에서 용산으로 가다 보면 한강대교 못미처 조금 오르막길이 있다. 차가 밀려 그 오르막길에 멈춰 서서는 한참을 졸고 있는데 내 옆 차들이 나를 보면서 지나치고 있다. 뒤에서는 또 누가 빵빵거린다. 나는 졸리는 눈으로 '아니 저놈이 왜 나를 보면서 앞으로 가는 거야. 또 뒤에서는 누가 빵빵거려?' 했지만 아뿔싸, 그 차들이 앞으로 가는 게 아니라 브레이크를 잡은 발에 힘이 떨어져 내 차가 뒤로 구르는 것을……. 여지 있나. 우직! 누가 뒤에서 내 차를 받는다. 아니 그때까지도 나는 형편을 깨닫지 못하고 있었다. '뭐야, 누가 내 차를 받아?'

차에서 내려 가 보니 뒤따라오던 봉고차 앞대가리가 종잇장처럼 구겨져 있다. 왜 내 차를 받느냐고 하니 그 봉고차 운전사 눈알이 똥그래지면서 '어? 이 아저씨 뭐 이런 사람이 다 있어?' 펄쩍펄쩍 뛰고 복장 터진다고 환장한다. 그때서야 나는 내 차가 뒤로 굴러 받은 걸 깨달았지만 바가지를 씌워 보려고 억지를 썼다.

"당신이 받았잖아."

결국 경찰에서 나와 현장검증을 했다. 경찰도 처음에는 판단을 내리지 못했다. 그 봉고차 운전사는 답답하다는 듯이 말했다.

"버스 탄 사람도 보고 옆 차들도 보고 길 가는 사람들도 봤어요."

'하지만 그 사람들이 지금 어디 있어?' 그래도 거짓말은 드러나게 마련. 봉고차 바퀴가 아스팔트 위 하얗게 칠한 선 위에 있었는데 브레이크를 잡으면서 끌리는 자국이 하나도 안 나 있었다. 그건 봉고차가 달리지 않았다는 증거다. 경찰이 음흉하게 웃음을 띠면서 나를 빤히 쳐다보고는,

"조셨죠?"

으휴, 양심에 찔려서 더는 속일 수 없었다.

"제가 졸았나 봐요."

말이 끝나기가 무섭게 그 봉고차 운전사 방방 뜨면서 나를 죽일 듯 덤볐다. 으, 창피. 경찰이 "이봐요, 그럴 수도 있지. 당신도 버스 운전해 봐. 얼마나 피곤한가" 하면서 내 편을 드는데 그렇게 고마울 수가 없었다. 아니, 고맙기는. 유도 심문을 해서 나를 가해자로 들통나게 했는데.

운전할 때 가장 무섭고, 짜증 나고, 환장하는 이 졸음, 종점에 들어와서 한 5분만 깜박 자면 그나마 개운할 텐데……. 운전대에서 내리면 언제 잠이 왔냐는 듯 말짱하다. 열악한 근로조건이 몸에 배어 이제는 아예 직업병으로 되었나 보다.

졸리는 계절, 봄이 온다. 아! 봄이 무서워. (2000년 2월)

내가 손님이 돼 보니

　　기독교 방송국에서 〈양희은의 정보시대〉에 나오라고 해서 아침 일찍 일어났다. 창밖을 보니 비가 오고 있다.

　　6시 35분이다. 9시부터 방송을 한다니까 별로 서둘지 않아도 되겠지. 느긋하게 신문을 보면서 밥을 먹으니 어? 벌써 7시 18분. 여기 일산에서 기독교 방송국을 가려면 버스로 영등포 전철역으로 가서 전철을 타고 목동까지 가야 한다. 안 되겠다 잘못하면 늦겠다. 생방송이라는데 늦으면 안 되지.

　　버스 정류장으로 부리나케 나가 버스를 기다리는데 요금이 천 원짜리 버스가 온다. 지금 천 원이 문제야? 얼른 집어탔다. 기사가 나이 먹은 사람이다. 노인네답게 차 운전하는 게 느긋하다. 시계를 보니 7시 25분. 능곡까지는 그런대로 잘 왔는데 어라? 능곡에서 자유로 쪽으로 꺾자마자 차들이 꼼짝을 않는다. 운전대 바로 뒤에 앉아 고개를 빼 앞을 보니 차들이 꽉 쩔어(막혀) 있다.

마음이 급해진다. 시계를 보니 벌써 8시 10분이 넘었다. 영등포역에서 오목교 역까지 얼마나 걸릴까. 표를 끊고 기다리고 하면 적어도 20분은 걸릴 테니 늦어도 영등포시장역까지 8시 40분에는 가야 되는데.

내가 탄 버스는 자유로 밑으로 나 있는 굴다리 앞까지 왔다. 그 굴다리는 꽤 길어 꼭 터널 같은 느낌이 든다. 터널 반대편 쪽에는 들어오는 차들이 한 대도 없는데 나가는 차들은 꼼짝 않고 서 있다.

시간은 자꾸만 가고 차들은 움직이지 않으니 애가 타기 시작했다. 기사는 여전히 느긋하다. 옆에서 자가용이 끼어들어 오면 양보해 주면서 꾸물꾸물 움직인다. 자꾸만 시계를 들여다보고 고개를 내밀어 앞을 내다보았다. 기사가 운전석 윗거울로 나를 쳐다본다. '기사보고 빨리 좀 가라고 할까?' 그 생각을 하다 내가 운전할 때 손님과 싸웠던 생각이 났다.

지난여름, 내가 지금 일하고 있는 147번을 운전할 때였다. 우리 노선은 의주로에서 염천교 밑으로 나 있는 지하 차도로 해서 남대문 쪽으로 가야 한다. 그 지하 차도는 2차선 도로다. 2차로를 타고 지하 차도를 빠져나오면 염천교 위에서 내려오는 차들이 남대문 쪽으로 가려고 밀고 들어오기 때문에 언제나 뒤죽박죽 엉켜 꽉 막히는 곳이다. 한마디로 도로 구조가 잘못되었다고 할 수밖에 없다.

그래서 거기를 다니는 버스 운전사들은 지하 차도를 들어서기 전부터 아예 1차로를 타고 남대문 쪽으로 간다. 헌데 가끔 집중 단속 기간이나 딱지 건수가 모자랐을 때 경찰들은 그 1차로를 타는 버스들을 잡아 딱지를 뗀다. 버스가 왜 1차로를 타냐 이거지.

잘라 말하지만 서울역 가는 버스들이 그 지하 차도를 2차로만 타고 다니면 그곳은 교통마비가 일어날 곳이다. 하지만 경찰들이 교통 소통에 관심이 있나? 딱지만 떼면 되지. 그러니 우리 운전사들은 울며 겨자 먹기로 딱지를 떼면서 1차로를 탈 수밖에 없다. 법을 어겨서 걸린 게 아니라 재수 없어 걸린 거라고 분통을 터뜨리면서.

나도 거기서 1차로를 타다가 두 번이나 딱지를 떼었다. 똑같은 자리에서 두 번이나 딱지를 뗐으니 얼마나 분통이 터지겠는가. '차선이 잘못된 건 고칠 생각을 않고 딱지만 떼면 다야? 에라, 그래, 어디 한번 해보자.' 오기가 나서 차가 막히거나 말거나, 앞차와 시간이 벌어지거나 말거나, 손님들이 짜증을 내거나 말거나 딱지를 떼고 난 뒤 며칠 동안 2차로를 탔다.

손님하고 싸운 그날도 길이 꽉 막혀 있었는데 2차로를 타고 마냥 서 있었다. 어김없이 1차로는 텅텅 비어 있고. 2차로에 서 있던 다른 버스들은 못 참고 1차로로 빠져 총알처럼 빠져나가고 있었다. 손님들은 안절부절했다. 다른 차들은 1차로로 잘도 가고 있는데 이놈의 버스는 2차로에서 마냥 서 있으니 화가 안 날 수 있나.

쉰은 먹음 직한 어떤 아주머니 하나가 일어나 운전대 앞에서 왔다 갔다 하더니,

"아저씨, 빨리 좀 가요!" 하고 짜증을 낸다.

"아니, 길이 막혀 있는데 어떻게 가요?"

"다른 차들은 1차선으로 가잖아요."

"아주머니, 내가 엊그제 글로 가다가 딱지를 뗀 사람이요. 딱지

떼면 아줌마가 물어 줄 거요?"

그러고는 나 몰라라 하고 서 있었더니 그 아주머니 금방이라도 손톱을 세우고 달려들 기세다.

"어떻게 해! 어떻게 해! 큰일 났네."

발을 동동 구르면서 정신을 잃을 것 같다.

"아저씨! 저쪽 차선으로 빨리 좀 가요!" 하고 소리를 빽 지른다.

"못 가요."

아무리 시간이 없다고 해도 그 아주머니는 다른 손님들보다 조금 심하다 싶었다. '이상한 사람이네. 그렇게 급하면 집에서 좀 일찍 나오지.' 그러고도 한 10분은 서 있었나 보다. 잘 참고 있던 다른 손님들도 웅성거린다. '이상하네. 오늘따라 더 안 빠지네.'

그 아주머니는 아예 울상이다. 그러니 내가 무슨 똥배짱이라고 더 참을 수 있나. 에라, 딱지 또 한번 떼자. 결국 1차로로 빠져나왔다. 다행히 경찰은 없었다.

그때는 그렇게 운전사보고 빨리 가라고 하는 손님을 이해할 수 없었는데 오늘은 완전히 처지가 바뀌었다. 내가 자꾸만 운전대 옆으로 해서 고개를 갸웃갸웃하고 시계를 연신 들여다보고 울상이니 기사가 눈치를 챘나 보다. 아니면 '길이 너무 막힌다' 생각했거나.

갑자기 핸들을 꺾더니 중앙선을 넘어 터널 같은 굴다리 반대편으로 들어선다. '어어?' 버스는 비상 깜빡이를 켜고 냅다 반대편, 그것도 차선 하나밖에 없는 굴다리를 달린다. 차는 한 대도 들어오지 않지만 마음이 조마조마하다. 거의 다 나갈 무렵 반대편에서 하얀 자가용이 들어서다 기겁을 하고 한쪽으로 비켜선다. 굴다리를 벗어나자 다시 오른쪽 차선으로 찔러 박으려다 반대편 차선에 차가 오지 않으니 계속 중앙선을 넘어 달린다. '야, 되게 무식하게 운전하네' 하고 생각하면서도 한편으로는 '잘하면 시간 안에 갈 수 있다'는 생각이 엇갈려 묘한 느낌이다. 자유로를 들어서서도 길 형편은 마찬가지다.

그럭저럭 성산대교를 들어서니 8시 45분이다. 도저히 안 되겠다 싶어 차 안에 있는 공중전화로 방송국에 전화를 했다. 그때 나는 손전화가 없었고 좌석버스 안에 공중전화가 있었다.

"예, 저 동해운수 안건모입니다. 여기 성산대굔데 아무래도 늦을 거 같은데요."

담당자도 애가 타는지 되는대로 빨리 오라고 한다. 운전사가 내가 전화하는 걸 듣더니 동해운수 운전사라는 걸 알았나 보다. 내가 탄 버스는 선진여객인데 동해운수와 가깝게 있어 서로 얼굴은 몰라도 친밀감이 있다.

"동해운수에 있어요?"

그렇다고 대답하고 사정을 얘기하니 그럼 진작에 얘기하지 하는 투로 "잘하면 시간 안에 갈 수 있을 거 같은데" 하면서 운전을 하는데 꼭 '미친년 널뛰듯' 한다. 버스 운전사끼리 통하는 동료 의식이 발동한 거겠지.

성산대교에서 영등포까지 5분만에 닿았다. 그것도 정류장도 안 가 전철역 어귀에 나를 내려준다. "고맙습니다!" 8시 50분이다. 후다다닥 뛰어 표를 끊고 내려가는데 전철문이 닫히는 중이다. '으아! 나 좀 타자.' 아슬아슬하게 탔다. 오목교역에 다다라 우산을 펴면서 백미터 달리기를 시작했다. 우산을 쓴 데다 노란 은행잎이 거리에 쌓여 비에 젖어 있으니 미끌미끌해서 뛰기가 힘들다. 기독교 방송 국에 들어가니 9시 5분이다. 녹음실에 들어가니 방송하기 전에 하는 '선전'을 하고 있다. 양희은 씨가 반갑게 인사를 한다. 다행히 늦지는 않았다고. 둥굴레차를 내왔지만 숨이 턱까지 차올라 넘어가지 않는다.

날마다 운전만 하는 처지에서 오늘은 내가 손님이 돼 보니 손님들이 시간에 쫓겨 안절부절하는 마음을 이제는 알 것 같다.

(1997년 11월 12일)

시내버스 운전사가 성질이 나빠지는 까닭은

수색역 정류장에서 너덧 사람이 올라왔는데 어떤 여자가 그 뒤쪽 인도에 서서 묻고 있다.

"서울역 가요?"

'예, 가요' 하려다가 잠깐, '여기서 서울역을 가는 건 금화터널로 곧장 빠지는 좌석버스를 타는 게 빠른데' 하고 생각했다.

서울역을 가는 손님들은 대개 기차를 타러 가는 손님들이 많다. 지금 이 여자도, 데리고 있는 아기도 옷 입은 걸 보니 기차를 타고 어디 멀리 여행 가는 사람처럼 보인다.

그런 손님들은 또 시간에 쫓기고 있는 사람들이 많다. 기차표를 끊어 놓고 시간에 맞춰 나오기 때문이다. 그런 손님한테 괜히 서울역 간다고 이 차를 타라 그랬다가 곧장 안 가고 돌아간다고 펄펄 뛰면 나는 할 말이 없다. 시간에 쫓기는 심정은 나도 당해 봐서 알지.

더구나 이 여자는 이 차를 꼭 타려고 물어본 것도 아닌 것 같다. 그럴 손님들은 차 문 앞에 와서 물어보지 저렇게 인도에 서서 물어보지는 않는다. 버스 운전을 오래 하면 눈치가 점쟁이 뺨칠 정도가 된다.

손님들이 갈 곳을 물었을 때 기사들이 금방 대답을 하지 못할 때가 있다. 그럴 때 손님들이 느끼는 건 기사들이 너무 건방지다는 느낌일 게다. 대답도 안 하면서 눈을 지그시 깔고 내려다보면서 고개만 끄덕거리거나 살랑살랑 저어 대거나, 어떤 기사들은 대답도 없이 힐끗 쳐다보기만 하고 문을 닫고 가 버린다. "저런 개새끼. 대답 좀 해 주면 어디 덧나나?" 부웅! 하고 매연을 내뿜으며 떠나는 버스 뒤꽁무니에다 대고 이런 욕을 하는 손님도 있다.

지금도 서울역을 가냐고 묻는 손님한테 내가 얼른 대답을 못 하고 있었더니. '왜 대답을 안 하고 멀뚱멀뚱 쳐다만 봐? 하여튼 시내버스 기사들은 되게 건방져.' 이런 얼굴을 하면서 문 앞에 앉아 있던 남자 손님이 고개를 삐죽이 내밀면서 그 아주머니에게 친절히(?) 일러 준다.

"예, 서울역 가요" 하니까 그 아주머니 얼른 타려고 한다. 어쩌나, 나는 그냥 태울 수가 없다. 어어? 잠깐만. 손을 펴서 막는 시늉을 하면서 "이 차는 조금 돌아가는데요. 좌석을 타면 빨라요" 내 짐작이 맞았을까? 타려고 하던 아주머니가 멈칫한다.

"괜찮아요. 별로 차이 안 나요."

타라고 했던 다른 손님은 무슨 소리 하냐는 듯 시간 차이가 별로 안 난다고 손으로 올라오라는 시늉까지 한다. 그 아주머니는 뒤로 물러서면서 잘라 말한다.

"택시 탈 거예요."

아주머니가 택시를 잡으려고 가는 걸 보고 나는 그 자리를 떴다. 그 손님은 틀림없이 시간이 별로 없는 손님이었다. 그런 손님을 잘 못 태웠다가 기차 시간에 못 대면 원망도 원망이지만 내 자신도 찜찜한 마음이 오랫동안 남는다.

사람들은 우리 버스 기사들보고 불친절하다고 한다. 아니 불친절한 정도가 아니라 너무 못돼 먹었다고 하겠지. 내가 버스 운전사지만 나도 가끔 그렇게 느낄 때가 있으니까. 헌데 기사들이 그렇게 못됐다고 느끼는 것들 중에는 버스 기사에 대해서 너무 몰라 오해하는 부분도 많다. 금방 말한 것처럼 기사들이 대답을 못 하고 멀뚱멀뚱 내려다볼 때도 그 가운데 하나인데, 뜻밖에 기사들은 그럴 때가 많다. 다른 생각을 하면서 운전하다가 손님이 물어볼 때 갑자기 대답이 나오지 않는 것이다. '안 가요' 하거나 '돌아가는데요' 하면 될 텐데 그게 갑자기 나오지 않는다는 얘기다.

우리 기사들은 운전할 때 몸 안에 있는 온갖 감각을 다 쓴다고 한다. 눈으로 보는 것 말고도 귀로 듣고, 냄새 맡고, 맛을 보고, 피부에 닿는, 그 오감 말고도 저절로 깨닫는 감각인 '육감'까지 전부 쓴다고 한다.

운전할 때 무슨 냄새는 맡는다지만 설마 무슨 맛을 볼 일이 있고 피부에 닿는 감각이 필요 있나 하겠지만 그렇지 않다. 차 밑에서 뭐가 새고 있을 때 그것이 물인지 부동액인지 기름인지 알아야 하고, 운전대가 흔들리는 게 어떻게 흔들리는지 그것이 피부에 와 닿는 감각으로 알아야 한다는 얘기다. 그런 육감을 다 쓰면서 손님이 물어보는 걸 금방 알아채고 대답을 할 수 있는 건 그렇게 쉬운 일이 아니다.

그런 것 말고도 우리 기사들이 못돼 먹었다는 욕을 먹을 일은 많다. 손님들이 버스 안에서 뭘 물어볼 때 퉁명스럽게 대답하는 것도 그 가운데 하나다. '아, 그 새끼 되게 맥맥거리네' 하는 소리를 들을 정도로 퉁명스럽다.

그렇게 된 까닭을 곰곰이 생각해 봤다. 물론 턱도 없이 지어내는 이야기가 아니라 흔히 일어나는 일이다. 버스 기사 한 사람이 하루에 손님 이삼백 명을 태우니 별별 사람 다 있겠지.

자, 어떤 기사가 오늘부터 친절히 하자고 마음을 고쳐먹고 일을 나갔다 하자. 빡빡한 운행 시간에 쫓긴다는 걸 먼저 생각하고 살펴야 한다.

어떤 정류장을 들어서니 쉰은 먹어 보이는 아주머니 한 분이 탄다. 차에 올라오기 전에 "응암동 가요?" 하고 물어본다. "예, 가요." 고개를 끄덕거리면서 대답을 했는데 못 들었나 보다. "응암동 가요?" 또 물어본다. "네, 가요!" 조금 더 큰소리를 질렀다. 그때서야 올라온다.

기사는 얼른 문을 닫고 정류장을 뜨고 싶다. 아까 "응암동 가요?" 하고 물어볼 때부터. 뒤에서는 다른 버스가 빵빵거린다. 바로 앞 신호등이 파란불이 꺼질 때가 됐다. 아마 뒤차도 그 신호를 받고 싶은 거겠지. 헌데 그 아주머니 얼른 올라와 주었으면 좋겠는데 층계를 다 올라오지도 않고 아슬아슬하게 서서 가방에서 토큰을 찾고 있다. 버스 기사들은 이렇게 버스 앞, 문, 층계에 서서 토큰을 찾거나 돈 세는 손님들을 가장 싫어한다. 까딱하면 뒤로 넘어지기 때문이다.

"아주머니, 올라와서 찾아요."

이 정도면 아주 속에서 꾹꾹 화를 누르면서 점잖게 하는 말이다.

"아유, 왜 토큰이 없지?"

차는 겨우 부웅 떴지만 앞에 있는 신호등은 노란불로 바뀌었다. "끼익!" 손님들이 넘어질까 봐 발끝의 신경을 곤두세워 브레이크를 잡았지만 손님들이 앞으로 우르르 쏠린다. 뒤에서 누가 중얼거린다. "운전 드럽게 하네." 내 속도 '드'러워진다.

결국 그 여자는 천 원짜리를 낸다.

"어, 이 차는 잔돈이 안 나오는데요."

"안 나와요? 딴 손님한테 받아 주세요."

내 속은 점점 뒤집어지고 신경은 점점 날카로워진다.

"아주머니, 우리는 돈을 손으로 받으면 안 되니까 아주머니가 직접 받아 가세요."

그때는 버스 요금이 500원이었는데 잔돈 거슬러 주는 게 없었다. 더구나 요즘 차 안에 설치한 감시카메라(CCTV)가 신경에 쓰인다.

다른 아주머니 하나가 앞으로 오더니 묻는다.

"아저씨, 증산동이 어디예요?"

"증산동 어디요?"

"증산동이요."

"아주머니, 증산동에 정류장이 많아요."

"증산동회요."

"네, 몇 정류장만 가시면 돼요. 안내 방송에 나올 거예요."

천 원짜리를 낸 아주머니는 손님한테 돈 500원을 받으려고 문 앞에 서서 애를 쓰지만 손님들이 카드로 요금을 내기 때문에 돈을 받기 힘들다. 어쩌다가 돈을 내는 사람보고 "저 주세요" 하는데도 통안에 톡 집어넣는다. 겨우 받아 뒤로 들어가면서 한마디 한다.

"그걸 운전사가 받아 줘야지. 우리가 받으려니 힘이 들잖아."

하지만 우리는 절대 받아 줄 수가 없다. 감시카메라에 찍히면 괜히 골치 아프다.

증산동회에 간다는 아주머니는 운전대 바로 뒤에 붙어서 또 물어본다.

"아저씨, 증산동회 아직 멀었어요?"

"다음, 다음이요."

"이번 말고 다음이요?"

"네."

한 정류장을 지나고 "딩동, 이번 정류장은 증산동회 앞입니다. 다음은 증산시장입니다" 하는 안내 방송이 나온다. 정류장을 들어서서 손님을 다 내려 주고, 태우고 뒷문을 닫고 뜨면서 윗거울을 보니 어? 이 아주머니 왜 안 내렸어?

"아주머니! 내리셔야죠."

"여기요?"

"그래요! 얼른 내려요!"

결국 앞문을 또 열어야 한다.

속에서 부글부글 끓고 있는데 술에 알딸딸하게 취한 젊은 놈 하나가 비틀비틀 올라온다. 앉을 자리도 많은데 내 바로 뒤에 서서 술 썩은 냄새를 피우면서 시비를 건다.

"아저씨, 이거 어디로 가요?"

버스 기사들이 가장 싫어하는 질문이다. 어디로 가는지 노선을 모두 이야기해 달라는 말인가?

혀 꼬부라진 소리로 웅얼웅얼하는데 자가용 하나가 내 앞으로 콱 찔러박는다. "끼익!" 술 취한 놈이 앞으로 고꾸라지려고 한다.

"야! 운전 똑바로 해!"

참아야지, 참아야지. 못 참으면 나만 손해지. 또 친절해야지 하면서도 자신도 모르게 욱 하는 버스 운전사들. 아마 그래도 참을성은 세계에서 최고일 거다. (1998년 1월 26일)

시내버스

요즘에 버스 회사에 운전사들이 많이 들어오는 걸 보니 경기가 안 좋은가 보다. 경기가 좋을 때는 운전하는 사람들이 화물차나 택시로 빠져 시내버스 회사에 운전사들이 모자라지만 조금 경기가 어렵다고 하면 택시 손님도 없고 화물차 일거리도 없어 다시 시내버스로 들어오게 된다. 하지만 이 시내버스 운전도 그리 만만한 게 아니다. 오늘은 시내버스에 대해서 궁금한 사람들에게 시내버스가 어떤 것인가 모든 것을 알려 주고 싶어 이 글을 쓴다.

먼저 시내버스를 운전하려면 당연히 1종 대형면허증이 있어야 한다. 시내버스 1종 대형면허증은 1종 보통면허를 딴 지 1년이 지나야 시험을 볼 수 있는 자격이 생긴다. 시험은 장난이 아니다. 코스 세 가지를 꺾어야 하는데 차에 오르면 밑에 차선이 보이지 않아 여간해서 붙기 힘들다. 핸들을 몇 바퀴 꺾고 돌려야 선을 밟지 않고 나올 수 있는 어떤 법칙이 있다. 나는 보통면허는 일곱 번, 대형면 허는 네 번 만에 붙었다. 나는 학원에서 배우지 않고 그렇게 면허시 험장에서 떨어져 가면서 배웠다. 그때 어떤 이는 쉰 번이나 떨어졌 던 사람도 있었다. 어떤 시험장에 가면 '한 번 실수 두 번 실수 늘어 나는 운전 실력'이라는 표어도 있다. 누구 약 올리는 소리다.

1종 대형면허증이 있으면 버스를 운전할 수 있다. 하지만 시내버 스 뒤 유리창에 늘 '초보환영'이라고 붙어 있어도 무조건 아무나 받 지 않는다. 대개 하는 말이 마을버스 한 6개월만 하다 오면 받아 준 다고 한다. 마을버스 6개월이면 탄광 막장에서 1년을 보내라는 소 리다.

마을버스를 운전하면 머리가 빙빙 돈다. 업주가 쉴 시간을 안 주 고 돌리기 때문이다. 시내버스를 하다 정년퇴직하고 간 사람들이 한 달도 못 버티고 나오는 곳이 마을버스다. 마을버스는 4대 보험조차 들지도 않은 곳이 많고 하루에 18시간에서 20시간을 일해야 하는데 차에서 내려올 시간이 없다. 밥 먹을 곳이 없어 차 안에서 먹어야 하는 회사도 많다. 단 5분이나 10분 만에. 물론 운전사가 도시락을 싸 와야 하는 곳도 많다. 그렇게 해서 한 달에 두 번 정도 쉬고 28일 을 일하면 월급은 130만 원 안팎이다. 그것뿐인가. 차도 엉망인데 고장난 차라도 웬만하면 그냥 끌고 다녀야 한다. 차를 고치면 부속 품 값이 들어가기 때문에 차가 고장 나서 아예 서지 않으면 잘 고쳐 주지 않는다. 게다가 업주들은 1년 퇴직금을 주기 싫어 웬만한 꼬투 리만 잡으면 잘라 버린다. 노동조합? 그런 건 꿈도 못 꾼다.

아주 미련한 곰 같은 사람이 있어 마을버스에서 6개월이 넘고

1년 일하면 시내버스 회사를 들어갈 수 있는데 아는 사람 가운데 버스 기사가 있으면 좀 더 쉽다. 하지만 신원 조회에서 노동운동을 했다는 낌새만 보이면 그 사람은 그 회사뿐만 아니라 시내버스에서 영영 운전을 할 수가 없다. 시내버스는 삼성처럼 '노동운동'의 '노' 자만 나오면 머리를 흔든다. 현재 시내버스 노조는 대부분 한국노총 소속이라 '노동운동'이 없고 '숨쉬기 운동'과 '손바닥 비비기 운동'밖에 없다.

시내버스 회사에 들어오면 임금은 얼마나 받나. 서울 시내버스가 이번에 오른 임금을 보면, 한 시간에 받는 '시급'이 4,937원이다. 그래서 한 달에 26일 일하면 기본급이 947,904원이 된다. 그리고 연장수당이 있고, 나처럼 좀 한곳에서 오래된 사람은 근속수당이 87,000원이 붙어 다른 사람들보다 조금 많은데, 지난 4월 달에 내가 받은 임금을 보면 1,592,868원이다. 거기에서 떼는 돈은 얼마인가. 갑근세 22,240원, 의료보험 41,960원 국민연금 83,700원에 주민세 2,220원, 고용보험 7,170원까지 하면 총 157,290원을 떼였다. 여기에서 나는 조합원 제명을 당해 조합비는 떼지 않는데 다른 조합원들은 임금 총액의 2%인 조합비를 뗀다. 그게 얼마인가. 내가 받은 임금 1,592,868원에서 2%를 떼면 31,857원이다. 거기다 전별비라는 게 있고 부조금이 있다. 그렇게 해서 조합비까지 하면 대개 5만 원에서 10만 원까지 뗄 때가 있다. 그런 걸 안 뗀 내가 4월에 받은 돈을 보면 1,435,578원이었다. 상여금은 기본급의 600%다. 열두 달로 나누어 보면 한 달에 473,952원이 된다. 좌석버스와 일반입석버스는 기본급이 똑같다. 다른 건 우리 좌석버스는 심야좌석버스라 심야수당이 더 붙는다. 우리 버스 운전사들은 새벽 3시까지 일하는 이 심야운전을 안 했으면 하고 늘 바라지만, 어쨌든 이렇게 심야수당과 상여금까지 합하면 대개 200만 원 가까이 된다. 그나마 서울은 전국 시내버스에서 가장 임금이 높다.

참고로 경기도 명성운수 임금을 보면, 중형버스가 시급이 2,948원 대형버스가 3,862원이다. 고속버스는 어떤가. 금남고속을 보기로 들면 시급이 3,860원 정도니 고속버스도 별 볼 일 없다.

이렇게 서울 시내버스는 임금이 다른 곳보다 높지만 그게 다 내 돈이 되지는 않는다. 우리 버스 운전사는 '손실임금'이라는 게 있다. 통계를 내지 않아 정확한 것은 잘 모르겠지만 기사들이 220명 되는 우리 회사만 봐도 한 달에 대여섯 명은 과속이나 난폭 운전으로 걸려 과태료 통고서가 날아온다. 그리고 가끔 사고가 나서 일을 하지 못한다. 나도 지난 1월에 앞에 가던 스타렉스를 받는 사고가 나서 한 15일 일을 하지 못했다. 한 번 사고가 나서 며칠 일을 하지 못하면 몇 달은 허덕거려야 한다. 게다가 그런 사고야 그렇다 치더라도 가장 안타까운 게 사람을 치어 죽이는 '사망 사고'가 일어난다는 것이다. 이 사망 사고는 죽은 사람도 안타깝지만 우리 운전사들도 한동안 충격에서 헤어나지 못하고, 또 피해자와 합의를 보면서 그동안 벌어 놓은 돈을 다 까먹게 된다. 우리 동해운수에서도 벌써 올해 사망 사고가 두 건이나 있었다.

왜 버스를 몰면 이런 사고가 많이 날까. 버스 회사에서는 성질 급하고 난폭한 사람들만 골라서 운전사를 뽑나? 천만에. 아무리 성격이 느긋한 사람들도 버스 운전을 하면 난폭하게 운전을 하지 않을 수 없다. 화물차나 택시 회사에서 운전을 아무리 잘했던 사람들일지라도 버스 회사를 들어와 운전을 해 보면 혀를 내두르게 된다. 도무지 다른 앞차들과 뒤차들 차이를 맞출 수가 없다. 차이를 맞출 수가 없다는 건 무슨 뜻인가 하면 앞차가 나간 지 10분 만에 나갔다 치자. 정류장 몇 개만 가면 벌써 뒤차가 따라붙는다. 서울역을 돌아 다시 종점을 들어오면 앞차하고는 한 20분이 벌어지기도 한다. 그래서 다음 탕부터는 앞차를 따라잡으려고 난폭 운전을 하게 되는 것이다. 안 그러면 버스 회사에서 버틸 수가 없다. 사실 운수 회사는 운전사한테 늦게 들어온다고 뭐라 그럴 필요도 없다. 손님들이 버스가 늦게 온다고 동전을 집어던지면서 짜증을 내면 저절로 난폭하게 운전을 하게 되면서 앞차와 붙으려고 애를 쓴다.

버스 운전사들이 그렇게 빠르게 다니게 되는 건 회사에서 주는 빠듯한 운행 시간 때문인데 그 까닭은 단 한 가지, 사업주의 이윤 때문이다. 종점에 쉬는 차가 없고 길거리에 돌아다녀야 돈을 벌 수 있다는 그 간단한 까닭이다.

그럼 해결 방법은? 시내버스는 시에서 운영하는 '공영버스'를 만들어 운행 시간을 넉넉히 주어야 된다. 지금 시에서 경유세니 뭐니 버스 회사에 지원을 하는데 그럴 필요 없이 버스 회사를 손수 운영하면 된다는 얘기다.

넉넉한 운행 시간만 주면 시내버스 운전사도 정말 좋은 직업이 될 수 있을 것이다. 왜 우리 버스 운전사라고 손님들한테 욕을 먹는 난폭 운전을 하고 싶겠나. 우리도 친절하고 느긋한 운전사가 되고 싶다. 언제나 그런 세상이 되려나. (2003년)

2004년 7월 1일 서울 시내버스는 지금 시에서 관리하고 있는 준공영제가 됐지만 여전히 난폭 운전이 많고 적자에 시달리고 있다.

먼저 난폭 운전이 많은 까닭은 수익금이 적은 회사를 시에서 관리 대상으로 삼기 때문인데 이를테면 수입을 올릴 수 있는 운행 차 대수를 줄이거나 하는 따위로 불이익을 주기 때문이다. 그러니 회사에서는 어떻게든 탕수를 돌려 수익금을 많이 올리려고 하기 때문에 기사들은 난폭 운전을 할 수밖에 없는 것이다.

지금 시에서는 위성으로 버스 운행 전체를 감시할 수 있는 체계가 되어 있다. 이를테면 버스 정류장에서 10킬로미터 이내로 운행해야 무정차 통과로 걸리지 않는 것처럼 말이다. 하지만 그렇게 안전 운행을 하면 탕수가 나오지 않고 탕수가 나오지 않으면 수익금이 적어지니까 회사에서 그렇게 기사들에게 강요하고, 기사들이 그렇게 운행을 해도 모른 체하는 것이다.

둘째, 적자를 보는 까닭에서, 공공사업은 말 그대로 공공의 이익을 위한 것이므로 당연히 적자 사업이 될 수밖에 없다. 하지만 그 적자 내용이 중요한데, 요금을 내리거나 서비스를 개선하는 따위 공공의 이익을 위한 비용 때문에 생기는 적자가 아니라 사업주들에게 지나치게 많은 이익을 보장하기 때문에 나오는 적자라는 데 문제가 있다.

지금 시에서는 시내버스 표준운송원가의 7.2%를 사업주들에게 지원하고 게다가 시 정책을 잘 따르는 회사에게는 1.3%를 더 준다. 하지만 더 큰 문제는 표준원가에 있다. 그 표준원가는 누가 잡았을까. 서울시가 잡았다고 하지만 실제로는 시내버스 사업주들이다. 모든 기본 자료를 사업주들이 제공했고, 서울시는 그걸 근거로 표준운송원가를 잡았으니 말이다. 시내버스 사업주들이 자기들 지원받을 근거로 운송원가를 제출하였는데 정말 양심 있게 잡았을까. 버스 회사를 지원하더라도 그 기준이 되는 운송원가를 양심 있는 전문가들과 같이 제대로 잡아야 적자를 줄일 수 있는 것이다. (2006년 3월)

에어컨보다 시원한 바람

아침 9시. 아침부터 푹푹 찐다. 아무리 더워도 나는 에어컨 없는 버스를 끌고 서울역에 가야 한다. 왜? 먹고살려고 그러지 시민들 발이 되고 싶어서 그런 건 아니다.

화전영업소에는 버스가 열아홉 대 있는데 에어컨이 없다. 동해운수는 일산과 원당영업소에 버스가 백 대도 넘게 있는데 우리 화전영업소에 있는 버스만 에어컨 없이 굴린다. 회사가 돈이 없어서? 하지만 그게 아니니 열받는다.

화전영업소에 근무하는 기사들은 이른바 회사에 '찍힌' 기사들이다. 찍혔다는 건 별게 아니고 기사들이 마땅한 권리를 주장해서 회사에 밉보였다는 말이다. 다른 영업소에서 기사들이 많이 쫓겨 오고, 에어컨도 나오지 않는 똥차들만 있어서 우리는 화전영업소를 '아오지탄광'이라고 한다. 우리 밉보인 기사들 엿 먹이느라 똥차를 모아 놓고 굴리는 것인데 손님들은 까닭도 모르고 찜통 차에서 고생을 하는 셈이다.

날씨도 더운데 오늘따라 웬 손님이 이렇게 많을까. 차에 에어컨이 없으니 손님 타는 게 싫고 그나마 서비스도 꾸며 대기 싫다. 누가 행선지를 물어보면 대꾸조차 하기 싫다. 정류장에 손님이 하나도 없으면 좋겠다고 생각해 보지만 아직 출근 시간이 끝나지 않아 정류장마다 대여섯은 있다. 손님이 탈수록 차 안은 덥다. 얼굴은 따끔거리고 온몸이 끈적거린다.

차 천장 꼭대기에 있는 뚜껑도 열고, 창문이란 창문은 다 열어 놓았지만 차가 달려야 그나마 바람이 들어오는 것 같다. 앞 단추 두 개를 열어 놓고 있지만 목덜미에 옷깃이 스치면 징그럽기만 하다. 목을 길게 내밀기도 하고 목깃이 새까매지지 않도록 목에 손수건을 걸쳐 놓고 끈적거리는 땀을 닦기도 하지만 아무 소용이 없다. 이럴 때 누가 시비를 걸면 폭발할 것만 같다.

손님들은 내 차 앞에 와서 뒤에 에어컨 차가 오나 안 오나 뒤를 돌아보고 있다. 얄밉다. 윽, 이건 또 뭐야. 어떤 손님은 내 차로 올라왔다가 "이 차 에어컨 없어요?" 하면서 내려가기도 한다. '아, 보면 몰라요?' 냅다 한번 쏘아붙이고 싶다.

그래도 녹번동까지는 길이 훤해 그런대로 왔다. 홍은동 미미예식장 앞 홍은동 고가도로 앞에 오니 이놈의 차들이 움직일 생각을 안 한다. 윗거울로 차 안을 보니 손님들이 있는 인상 없는 인상 다 찌푸리고 있다. 내 바로 뒤에서 젊은 아주머니 한 분이 서서 연신 부채질을 하고 있다.

어휴! 너무 더워 절로 한숨이 나온다. 아주머니가 윗거울로 나를 쳐다보고는 웃는다. 나는 고개를 옆으로 저으면서 웃었다. 아주머니가 나한테 가까이 오더니 뒤에서 나한테 부채질을 해 준다. 아! 에어컨보다 더 시원한 바람이 분다. 세상에, 이런 사람도 있구나. 자기도 더울 텐데 짜증은커녕 운전사를 생각하다니. 사업주야, 이런 사람 반만 닮아라. (1999년 8월)

거스름돈 기어코 받아 가자

일요일, 셋째 탕이다. 화전 종점 교회에 자주 가는, 스무 살 남짓 먹은 아가씨가 아이들을 대여섯 데리고 덕은동에서 내 차를 탄다. 2천 원을 내고 아이들과 같이 우르르 안으로 들어간다. 몇 명인데 2천 원이나 내지? 나는 윗거울을 쳐다보면서 말했다.

"얼마 냈어요?"

그 아가씨가 '더 내라는 소리인가' 하다가 나를 보더니 어? 아저씨네 하듯이 반갑게 웃으며 인사를 한다. 단골손님이다. 나도 웃으면서,

"왜 돈을 더 내고 그냥 들어가요? 아이들 다 초등학생이에요?"

"네? ……. 괜찮아요."

아이들을 세어 보니까 여섯이다. 150원이 남는다. 나는 돈을 빼서 가져가라고 했다. 맨 뒤에서 안경 쓴 남자아이가 쿠당탕거리면

66

서 나온다.

그다음 탕, 다시 운행을 나가는데 고등학생으로 보이는 여자아이들이 내 차를 탄다. 앞에 올라온 아이가 카드를 댄다. 삑! 소리가 난다.

"둘이오."

나는 무심코 카드 기계에 써 있는 '일반'을 눌렀다. '아차! 학생이지' 했지만 늦었다. 그 학생은 벌써 카드를 댔다. 삑! 하고 550원이 찍힌다. 학생이 카드에 돈이 찍히는 걸 힐끗 보더니 들어가 자리에 앉는다. 저 학생이 얼마 더 낸 거지? 학생 요금이 410원이니까 140원?

내 둔한 머리로 계산을 하는데 그 뒤에 젊은 아주머니가 아이들 셋을 데리고 탄다. 이제 초등학교 갓 들어갔을까 싶은 아이와 너덧 살 먹어 보이는 아이 둘을 데리고 힘겹게 올라오더니 천 원짜리를 돈통에 집어넣고 저 뒤로 들어간다. 저 아주머니는 또 뭐야? 초등학생은 하나밖에 없는 거 같은데 왜 천 원씩이나 내지?

나는 먼저 돈통 기계 꼭지를 눌러 150원을 빼서 학생들한테,

"학생, 이거 가져가라, 내가 잘못 눌렀어."

하고 말했다. 앞에 앉아 있던 학생이 나와 돈을 집어 간다. 그리고 또 150원을 뺐다.

"저 뒤에 아주머니! 잔돈 가져가세요."

하고 윗거울을 쳐다보면서 말했다. 아주머니가 대답한다.

"괜찮아요."

어, 뭐야. 돈이 아까운 줄 모르나? 150원은 돈도 아니라고 생각

하는 건가? 나는 또 말했다.

"아주머니, 가져가세요."

"아니에요. 저 맨날 천 원 내고 타고 다녔어요."

천 원을 내고 다녀? 분명히 저 아주머니는 아이들 셋을 데리고 타니까 아마 운전사한테 미안해서 그랬나 보다. 운전사들이 늦게 타면 구박하고 짜증을 내니까 그랬는지도 모르지. 실제로 전에 어떤 손님한테 그렇게 말하는 걸 들은 적이 있다.

나는 그 아주머니 옆에 앉은 여자아이한테 말했다.

"꼬마야, 니가 나와서 가져가라."

아이가 그 말을 듣자마자 벌떡 일어나 나오려고 한다. 하지만 그 아주머니가 손으로 가로막는다.

"괜찮아요."

"아주머니, 가져가셔야 돼요."

'아주머니가 그렇게 돈이 많아요?' 하고 말이 나오는 걸 참았다. 그렇게 말하면 기분 나쁘겠지. 결국 아이가 나와 돈을 가져갔다.

버스를 운전하다 보면 별별 손님들이 다 있다. 그중에 거스름돈을 안 가져가는 손님들을 보면, 다른 운전사들은 어떤지 모르지만 나는 조금 기분이 나빠져 기어이 가져가라고 한다. 어떨 때는 초등학생도 거스름돈을 안 가져갈 때가 있다. 그럼 속으로 '저 녀석 집에서 교육을 어떻게 받은 거야?' 하고 생각한다.

동전 몇 개들이 하찮게 보이지만 회사에는 엄청나게 이득이 된다고 한다. 왜 이렇게 돈들을 그냥 놔두는지 모르겠다. 정말 막말로 우리 버스를 타는 시민들이 시내버스 사장보다 더 부자란 말인가?

손님들이 가져가야 할 돈은 꼭 가져가야 한다. '권리'를 따지기 전에, 왜 돈 많은 사장들한테 '큰돈'을 거저 주는가.

요금을 기분 나쁘게 내는 손님들도 있다. 차에 올라와 다른 사람들도 못 타게 문 앞에서 떡 가로막고, 주머니에서 동전을 천천히 찾아 꺼내 엄지와 검지손가락으로 똑, 똑, 똑, 똑, 똑, 똑 여섯 개를 돈통에 떨어뜨리는 손님은 정말 싫다. 또 술에 취해 5천 원이나 만 원짜리를 내고는 거슬러 달라고 떼쓰는 손님도 싫다. 차라리 잔돈이 없다고 하면, 그러냐고 하면서 기꺼이 태워 주는데 꼭 거슬러 달라고 한다. 그것도 천 원짜리로. 전에 다른 회사에서 어떤 운전사가 그런 손님한테 100원짜리 동전으로 거슬러 주다가 되게 맞기도 했다. 돈통에는 100원짜리 동전밖에 없는데 그럼 우리 운전사들은 어쩌란 말인가.

그런가 하면 어린 초등학생들이 버스를 타고 당당히 거슬러 달라고 하면 정말 기분이 좋다. 아이들이 천 원을 내고 "천 원요" 하면서 꼿꼿이 서서 잔돈을 거슬러 달라 해도 예쁘고, 카드를 들고 들릴락 말락 "초등학생요" 하거나 "어린이요" 하면서 혼내지나 않을까 하는 듯이 빤히 바라보면서도 카드 기계에 있는 '어린이'를 눌러 달라고 하면 저절로 웃음이 나온다.

고추장 묻은 떡볶이나 과자를 들고 버스를 타면서 내 눈을 빤히 바라보는 아이들이 있는데 그런 아이들은 대개 돈이 모자란다. 내 눈이 줄곧 그 아이 눈과 마주치고 있으면 아이는 요금이 모자라도 그냥 내지만, 내가 그 아이 손을 바라보고 있으면 얼른 손을 거두고 주머니나 가방에서 돈을 찾는 척하다가 결국은 "돈이 모자라요" 한다. 그럴 때면 속에서 웃음이 터져 나온다. 아이들은 이렇게 천성이 착해 남을 속이려고 하다가도 스스로 고백한다. 나는 웃음을 참으면서 한마디 한다.

"너, 버스 탈 돈으로 떡볶이 사 먹었지? 다음부터는 그러면 안 돼에. 알았지?" (2002년 5월)

IMF와 버스 운전사

얼마 전에 동료 기사 집에 놀러 갔다. 그 집은 김밥도 팔고 술도 팔고 하는 조그만 분식집이었다. 손님이 없어 우리 넷이서 자리를 넓게 차지하고 바둑도 두고 술도 먹고 하니 기분들이 넉넉해졌다.

한 사람이 그 집 아들을 보니 용돈을 주고 싶었나 보다. 초등학교 4학년이나 되었을까 하는 남자아이였다. 이름을 묻고 그 녀석 참 잘 생겼다 몇 학년이냐 하면서 만 원짜리를 꺼내 용돈이나 하라고 주니 그 아이는 고개를 옆으로 저으면서 안 받겠다고 한다.

"괜찮아, 받아. 왜, 작아서 그래?" 하면서 한 장을 꺼내 두 장을 내밀었다. 그래도 그 아이는 받지 않았다. 수줍어서 그런 건 아닌 것 같아 동료 기사들이 그 까닭을 물어보니,

"IMF시대에 만 원짜리를 주시면 어떻게 해요?"

그 엉뚱한 대답에 동료 기사들뿐만 아니라 그 집 부모들까지 푸

하하하! 웃음보가 터졌다. 한참을 웃던 그 동료 기사가 천 원짜리 두 장을 주니 그때서야 받는 것이었다.

웃자고 지어낸 이야기가 아니다. 아이가 얼마나 IMF를 심각하게 생각했으면 만 원짜리 용돈을 싫다 하겠는가.

IMF 때문에 시내버스에 그렇게 모자라던 기사들이 남아돈다고 한다. 갑자기 시내버스 기사들 월급이 먹고살 만치 올라서도 아니요, 근무 조건이 사람 대접을 받을 정도로 좋아진 것도 아니다. 도저히 버스를 해서는 못 먹고살겠다고 덤프트럭으로 빠져나갔던 버스 기사들이 IMF 찬바람에 일거리가 없어 다시 몰려온 것이다.

하루는 고양시 원당에서 서울역을 뛰는 915번을 탔다. 915번은 내가 운전하는 147번과 같은 동해운수지만 영업소가 달라 친한 기사들 몇몇을 빼고는 모르는 사람이 많다.

"안녕하세요. 동해운수에 있습니다."

차를 타면서 동해운수에 있다고 해야 차비를 내지 않는다. 같은 동해운수 차를 타면서 기사 얼굴을 모른다고 요금을 낼 수는 없잖은가. 그런데 어디서 많이 보던 얼굴이다.

"어? 어디서 많이 뵙던 분이네요."

"다시 입사했어요. 저 생각 안 나요?"

"아! 알지요. 그래 그동안 뭐 하셨어요? 얼마나 됐죠?"

얼굴은 많이 본 듯한데 잘 생각이 나지 않는다. 그래도 아는 체해야지 모른다고 할 수 있나? 뭐, 전에 근무하던 사람인데 그만두었다가 다시 입사했겠지.

"한 3년 됐지요. 덤프 하다가 팔았어요. 일거리가 있어야죠."

"얼마에 팔았어요?"

"80만 원이요."

"80만 원이요?"

우리 기사들은 무슨 얘기를 하면 조금 뻥튀기를 하는 때가 많다. 혹시 그런가 해서 내가 눈을 동그랗게 뜨면서 놀라니 말투가 축 쳐진다.

"그것도 사는 작자가 없어요. 도저히 그렇게라도 팔지 않으면 안 돼요. 하루 이빠이 기름값은 12만 원이나 드는데 일거리는 없지, 어쩌다 하나 맡으면 3개월 어음 딱지나 끊어 주지, 우린 흙 파먹고 살라는 얘기밖에 안 되더라구요. 그놈의 IMF가 뭔지."

"그래도 80만 원이면 너무 싸게 판 거 아니요?"

"놔두면 뭘 해요? 덤프트럭이 또 자동차세에다 보험료에다 엄청나요. 놔두면 집안 거덜 나요. 그나마 팔린 게 다행이지. 그렇다고 내가 시내버스 좋아서 하나요? 죽지 못해 다시 들어왔지."

"할부금은 다 갚았어요?

보나 마나 덤프트럭을 현찰로 샀을 리는 없고 분명 할부로 샀겠지 하고 물어봤다.

"지난 달 끝났어요."

다시는 생각하기도 싫다는 듯이 잘라 말하고 운전에 열중한다. 더 물어보지 않아도 그 기사 사정을 알 것 같다.

버스 회사는 기사들이 언제나 모자랐다. 일은 힘들고 임금은 적으니 모자랄 수밖에 없지. 죽자 살자 일해도 먹고살기 힘든 버스를 누가 좋다고 들어오겠는가.

버스 기사 형편을 전혀 모르는 사람들을 위해서 간단하게나마 우리 기사들 사정을 말해 보자.

버스 기사가 1시간에 받는 시급은 3,564원이다. 8시간은 28,512원, 한 달이면 기본급이 684,288원이 된다. 거기다 무사고수당이니 연장근로수당이니 야간근로수당까지 전부 합쳐야 120만 원 정도가 된다.

거기에서 갑근세니 주민세 같은 걸 뚝뚝 잘라 내고, 우리한테는 아무짝에도 쓸모없는 고용보험까지 떼고 나면 110만 원밖에 되지 않는다. 최저생계비에도 못 미치는 그 돈은 하루라도 빠지지 않아야 되는, '만근'을 채워야 받을 수 있는 돈이다.

'만근'이란 한 달에 자기 휴일을 뺀 26일을 꽉 채워 일을 하는 것이다. 우리 기사들은 월급제가 아니기 때문에 그 만근을 채우지 못하면 대충 15만 원에서 20만 원까지 손해를 보게 된다.

"이것 봐, 당신들 상여금이 있잖아" 하고 사업주들이 대들 것 같다. 그렇지, 기본급의 600%인 상여금이 있지. 허나 기본급이 작으니 상여금도 자연히 적을 수밖에 없다. 그것마저 두 달에 한 번 지급하면 오죽 좋으련만 치사한 사업주들은 아주 얄밉게 150%씩 나누어 1년에 네 번을 준다. 그게 왜 얄밉냐고? 시내버스는 '이직률'이 많고 정년이 지난 기사를 쓰는 '촉탁'이라는 제도가 있는데 단체협약에 있는 요상한 조항으로 이런 기사들 상여금을 잘라먹기 때문이다. 이 글을 읽는 이들이 그 조항 내용까지 자세히 알 필요는 없겠지. 그냥 상식에도 없는 조항이 있다는 것만 알면 된다.

그것뿐만이 아니다. 우리 임금을 까먹는 손실 임금이라는 게 또 있다. 빡빡한 운행 시간을 맞추려면 서두르게 되고 그러다 보면 딱지를 떼서 벌금을 내, 그러다 보면 또 면허정지가 나올 때도 있다. 그럴 때는 당연히 월급도 없다. 그런 걸 손실 임금이라고 한다. 쥐꼬리만 한 월급에다 손실 임금까지? 그러니 기사들은 먹고살려면 자기 휴일에도 쉬지 않고 일을 해서 모자란 임금을 채워야 한다는 얘기다.

그나마 IMF시대 전에는 기사들이 모자라 휴일에도 일은 할 수가 있었다. 아니 어쩔 때는 기사들이 몸이 아파 일을 못 하겠다는데도 사람 없다고 반강제로 일을 시키던 사업주들이었다. 기사들한테 아쉬운 소리를 할 때도 있었다. 그런 사업주들이 IMF 때문에 살판 났다. 얼씨구! 나갔던 기사들이 우르르 몰려들어 와 입사 원서가 쌓이니 사업주들은 아주 재미있다. '입맛에 맞는 놈'만 골라 쓸 수가 있으니 이렇게 재미있을 수가 있나.

마음에 맞지 않는 기사들은 쫓아내기 일쑤다. 조그만 꼬투리만 있으면 일을 주지 않아 만근을 시키지 않는다. 어떤 회사는 한 술 더 떠 출퇴근 시간에만 운행을 시키는 변형근로제를 하고 있다. 기사들이 남아도니 싫으면 딴 데 가라 이거지.

IMF를 핑계로 임금도 밀리기 일쑤고 안 주는 곳도 있다. 우리 동해운수만 해도 지난해 11월까지 나오게 되어 있는 상여금을 안 주는 곳도 있다. 지난달에 회사 관리자가 화전 배차실을 들어오기에 회사 동료 기사 한 사람이,

"엄 차장님 밀린 상여금 안 주는 거요?" 하고 물으니 대뜸 "정신없는 소리하네. 지금 때가 어느 땐데" 하고 미친놈으로 몰아 버렸

다. 옆에서 듣던 내가 열받아 쏘아붙였다.

"아니, 빚진 이들이 더 큰소리치네. 다른 데 진 빚은 무서워하면서 노동자들한테 진 빚은 하나도 안 무서운가 보지? 임금도 빚이요. 빚!"

결국 우리 회사는 지난해 마지막 상여금을 50%만 지급했고 어떤 회사는 월급까지 질질 끌면서 안 주고 있다. 이번에 임금협상 때가 되었는데 꼼짝 마라 이거지. 기사들은 속에서 불이 났지만 어쩔 도리 있나 우선 참는 수밖에.

시민들도 꾹꾹 눌러 참는 건 마찬가지다. 시내버스 요금 한번 올리려면 사업주들과 '어용조합'이라는 시내버스 지부가 짜고 '파업' 같은 걸 보여 줘야 통했는데 이번에는 그럴 필요 없이 간단하게 70원을 올려 버렸다. 시민들은 울화통이 터졌지만 어쩌겠나. 'IMF 시대'인데…….

재벌과 언론들은 '1달러 모으기 운동', '금 모으기 운동'으로 우리 서민들을 헷갈리게 하고 있다. 그런 운동은 나라 경제가 이 꼴이 된 게 우리 탓인가 하는 착각에 사로잡히게 만든다. 재벌들은 여전히 뒤에서 웃고 즐기고 있는데 왜 우리만 허리띠 졸라매고 참아야 할까. 얼마나 더 참아야 할까. (1998년 2월)

2004년 7월 1일에 버스 회사 관리가 시로 넘어간 뒤 시에서 버스 회사에 회사 운영비와 서울 운전사들 임금을 다 지급하고 있지만 아직도 버스 회사는 기사들에게 임금(상여금)을 안 주고 밀리는 곳도 많다. 이상한 나라다. (2006년 2월 14일)

개판

버스 중앙전용차선 때문에 시내가 한마디로 개판이다. 그렇잖아도 북적북적한 도시에 사람과 차가 뒤엉켜 정신이 없게 만들었다. 1차로, 양 바퀴가 차선을 물듯 물듯 할 정도로 길이 좁다. 왼쪽은 중앙선. 마주 오는 버스 백미러가 아슬아슬하게 스친다. 내가 아무리 정신 바짝 차리고 잘해도 맞은편 기사가 졸거나 실수하면 그대로 죽는다. 북가좌동 사거리는 아주 완벽하다. 이명박 시장, 좋아하지 마시라. 길이 좋아서 완벽한 게 아니라 아주 완벽하게 중앙선을 넘게 된다는 말이다.

정류장 들어가는 곳도 좁다. 오른쪽 정류장 인도 턱을 피하려면 왼쪽 바퀴는 중앙선을 물어야 한다. 그리고 나올 때도 그렇다. 면허 시험 볼 때 에스 자 코스, 우리말로 태극무늬 코스다. 조금 많이 꺾으면 오른쪽 바퀴가 정류장 끄트머리 턱을 타고 넘을 염려가 있다.

7월 1일, 첫날은 아수라장이었다. 2시간 20분 걸리는 노선이 3시간 20분이 걸렸다. 카드 기계는 전부 먹통이었다. 손님들이 카드를 대면 "감사합니다" 하고 소리는 나오는데 돈은 하나도 찍히지 않았다. 카드 기계가 전에는 손님들이 "한 사람 더요" 하면 '일반'이라고 써 있는 꼭지만 누르면 몇 사람이고 찍혔는데 지금은 안 된다. 어떤 손님은 카드를 대는데 삑! 소리가 나더니 2,200원이 찍힌다. 으악, 이게 뭐야. 손님이 성질을 낸다. 800원을 거슬러 주었다.

손님들이 밀려 올라오면서 길을 묻고, 얼마냐 묻고, 항의를 하는데 정신이 없다. 참, 사업주들이 뼁땅을 칠까 봐 현금을 내는 손님들이 있으면 승차권을 뽑아 줘야 한단다. 카드 기계 꼭지를 '영수증', '일반', '확인' 이렇게 세 번을 눌러야 한다. '몇 사람이 돈을 냈지? 에라 모르겠다.' 대충 눌러 뽑았다.

정류장에서 버스를 기다리는 손님들은 전부 다 얼굴들을 잔뜩 찌푸리고 행선지를 뚫어져라 들여다보거나 버스가 오는 걸 바라보고 있다. 전에는 버스에다 큼지막하게 행선지를 써 놓았는데 지금은 오로지 번호만 있어 시민들은 알 수가 없다.

자세히 보면 행선지가 써 있다구? 이명박 시장은 잘 보일지 모르지만 시민들은 그걸 보려면 전부 현미경 갖고 다녀야겠다. 그것도 동그라미 안에 써 있어 감이 안 잡힌다.

이를테면 일산 - 대곡로 - 수색 - 모래내 - 연세대 - 시청, 이렇게 써 놓으면 사람들은 머리 속에 그 노선 지도가 그려진다. 그런데 동그라미 안에다 '이마트', '연세대' 이렇게 써 놓으면 그게 어디서 어디로 가는 차인 줄 아나. '빨강' 하고 둘째 자리 번호가 '7'이면 일산이나 원당에서 오는 차인 줄 안다고? 에라이 또라이들아, 그건 시에서 니들이 관리할 때나 써 먹어라. 시민들은 자기가 가는 차 번호를 외우지 그런 걸 외울 리가 없다. 게다가 같은 번호 '7'이라도 일산과 원당은 전혀 다른 곳이고 같은 '6'지역이라도 인천과 시흥은 의정부와 임진각 같은 차이다.

빨강차는 R, 파랑차는 B는 또 뭔가. 왜 빨강차는 빠 파랑차는 파라고 해 놓지. 미국 물을 먹었냐 영어 첫 글자를 써 놓게. 열받은 어떤 네티즌은 G, R, Y, B, 그 영어 첫 글자를 따서 '지, 랄, 염, 병'으로 버스에다 그려 놓았는데 어쩌면 그렇게 딱 들어맞는지 모르겠다. 또 행선지 적어 놓기 좋은 버스 옆면에다 '시원한 나무 그늘 아래 남의 눈물을 닦아 주는 모습은 그 얼마나 고요한 아름다움인가' 이런 말도 안 되는 엿 같은 광고만 붙여 놓고 시민들 위해서 버스 개편을 한다고? 돈이라면 사족을 못 쓰는 놈들이……

불편한 건 그뿐만이 아니다. 버스를 탈 때나 내릴 때 늘 횡단보도를 꼭 건너와서 타야 하고, 버스에서 내려서 길을 가려고 해도 횡단보도 신호를 기다려야 한다. 어디 낯선 곳에 가면 정말 애먹게 생겼다. 또 손님들이 버스에서 내려 횡단보도를 건너가려고 기다리는 곳이 너무 좁다. 연세대 같은 곳은 사람이 많아 그 섬 같은 데서 밀려나 차도로 내려온다.

며칠이 지나니까 처음에 정류장에서 얌전히 서던 버스들이, 그 좁은 정류장에서도 중앙선을 물면서 추월해 나가기 바쁘다. 그리고 지선버스도 전용차선으로 못 들어오게 하는 판에 한 명만 태운 관광버스는 왜 들어오게 했을까. 그 차들도 무지막지하게 정류장에서 노선버스를 추월한다. 자가용들 좌회전 차선은 중앙전용차선 오른쪽에 있다. 좌회전하는 자가용들이 위반이라도 하는 날에는 생각만 해도 끔찍하다.

버스 요금 올린 것도 시민들한테 사기를 친 거나 마찬가지다. 지금 버스 요금이 200원 오른 건데 시민들은 요금이 100원밖에 안 오른 걸로 알고 있다. 그 내막은 이렇다. 버스 요금을 올린다고 할 때 요금이 1,300원에서 1,400원으로 오른다고 선전을 했다. 하지만 1,300원은 현금으로 낼 때 요금이고 1,400원은 카드로 계산할 때 돈이다. 말이 되는가? 현금으로 계산하면 1,300원에서 1,500원, 카드로 계산하면 1,200원에서 1,400원으로 올랐다고 해야 맞다.

서울시는 아주 야비한 숫자 놀음으로 시민들을 속였다. 그래서 버스를 타는 시민들은 돈을 낼 때마다 "어, 버스비가 200원이나 올랐어요?" 하고 눈이 동그래지고 입에서 저절로 욕이 나오는 것이다. 시에서는 환승할 때 할인이 된다고 열심히 선전을 하지만 맨 끝에 괄호 열고 '광역버스는 환승 할인이 되지 않습니다' 하고 써 있다. 누구 약올리나?

며칠 전에 나온 〈한겨레〉 만평이 웃긴다. 이명박 시장이 '대권행' 버스를 탔는데 카드를 몇 번이나 대도 안 되니까 운전사 성질 난 얼굴로 "안 되면 내려요!" 하고 고함을 친다. 완전히 구겨진 이명박 시장 얼굴이 볼만하다. 나도 한마디 하고 싶다. "이명박 시장, 하느님께 봉헌하려고 서울 그렇게 만들어 놨소? 아니면 서울 이전한다니까 개판 만들어 놓은 거요? 그리고 서울이 이명박, 당신 꺼야?"

(2004년 8월)

2장 | 시내버스를 타는 사람들

노동자와 변호사

　나는 이번에 어떤 변호사 얘기를 쓰고 싶었다. 하지만 내 짧은 글솜씨로 그 변호사의 아름다운 이야기를 나타낼 수가 없어 쓰다가 포기하고 말았다. 또 내가 그 변호사한테 많은 도움을 받았기 때문에 그 변호사를 칭찬한다고, 아니면 아부한다고 하는 말까지 들을까 봐 더 못 쓰고 있었다. 하지만 다른 글을 써 보려고 했지만 글이 되지 않았다. 글은, 역시 내가 쓰고 싶은 걸 써야 된다는 말이 맞는가 보다. 결국 나는 〈작은책〉 원고 마감 날 이 글을 다시 쓰기 시작했다. 아마 나 때문에 〈작은책〉이 하루 이틀 늦게 나왔을 것이다. 독자들이 믿거나 말거나.

　언젠가 운전을 하다가 사고가 난 명수 이야기를 쓴 적이 있었다. 안 읽은 분들을 위해서 잠깐 설명을 하자면, 그때 명수는 아무런 잘못이 없었다. 그런데 가해자가 돈 있고 빽 좀 있다고 명수를 가해자로 몰았고 경찰은 그 가해자 편을 들어 명수한테 뒤집어씌우려고 했다. 그렇게 열받는 일은 당해 본 사람 아니면 알까. 우리 같은 사람들은 누구한테 물어볼 사람도 없고 참 환장할 노릇이었다. 그럴 때 작은책으로 날아온 엽서 한 통이 있었다. '혹 변호사의 도움이 필요하면 전화를 하라'는 내용이 담긴 엽서였다.

그 변호사는 정연순이라는 여자 변호사였다. 세상에 이런 변호사도 있어? 하고 나는 놀랐다. 나는 명수 사고 때문에 누구한테 물어볼 사람이 필요했지만 전화를 금방 하지 못했다. 솔직히 나는 지식인들을 별로 믿지 않았고, 더구나 변호사라는 직업은 우리 노동자들하고는 어울릴 수 있는 사람들이 아니라고 생각했기 때문이었다. 하지만 한편으로 마음이 든든했다. '나도 아는 변호사가 뒤에 있다.' 명수와 나는 그 정연순 변호사한테 실제로 도움은 받지 않았지만 그런 변호사가 뒤에 있다는 든든한 믿음으로 그 절벽 같은 경찰들과 싸워서 결국 이겼다.

지난해 11월, 정체 모를 놈들한테 뒈지게 맞아서 병원에 입원을 했다. 많은 분들이 병원비에 보태라고 돈을 보내 주었다. 정연순 변호사 또한 말도 없이 나한테 돈을 보내 주었다.

그해 겨울이 끝날 무렵, 정연순 변호사한테 연하장이 날라왔다.

"복직(?)되셨다는 소식을 한겨레신문에서 보고 기뻤습니다. 새해에는 부르릉~ 신나게 버스도 몰고, '버스일터'도 더욱 알뜰히 꾸려 가시고, 무엇보다도 건강이 안건모 님과 가족 여러분과 함께하기를 빕니다."

어떤 사람인지 무척 궁금했다. 한번 찾아가서 얼굴이라도 봤으면 했지만 자신이 없었다. 그때까지도 변호사라는 지식인들은 어딘지 모르게 그 일에 바쁘고 차가운 사람들, 돈만 아는 사람들, 경찰이나 판사나 똑같이 끗발 있는 사람들, 무게를 잡으면서 으스대는 사람들, 뭐 그런 느낌이 남아 있었다고 할까.

"한번 들러 봐요. 갈 때 전화 먼저 하고."

작은책 강순옥 선생님은 정연순 변호사한테 한번 들러 보라고 나한테 말했다.

"전화는 왜요?"

"변호사들은 바빠서 전화로 미리 약속을 해야 돼요."

하지만 나는 그게 싫었다. 어디를 갈 때, 더구나 변호사 같은 사람들을 만날 때 먼저 전화를 걸고 약속을 하는 것, 시간이 있어요? 찾아가도 돼요? 나는 그런 전화를 하는 게 무척 싫었다. 혹 "아, 안 돼요. 지금 바빠요" 하면서 바쁜 척하기라도 하면 아, 쪽팔려.

결국 나는 내 방식대로 불쑥 한번 찾아가기로 했다. 가서 없으면 말고, 바쁘다고 하면 그냥 오면 되지 하는 마음으로. 꽃 몇 송이를 들고 은근히 걱정하면서 갔는데 이럴 수가! 그 반가워하는 환한 얼굴. 그 웃음은 내가 가져간 꽃보다 더 환했고, 그건 일부러 꾸밀 수가 없는 표정이었다.

"와, 스타가 팬을 찾아 주시니 정말 영광이네요."

장난말을 하면서 아이처럼 천진난만한 웃음을 짓는 정연순 변호사는 내가 생각했던 그런 지식인이 아니었다.

"호떡을 사 올까 뭘 사 올까 하다가 점심을 든 거 같아 이 꽃을 사 왔어요."

"호떡 사 오죠. 하긴 제가 지금 다이어트 중이라 그런 거 잘 안 먹을라고 해요."

일부러 호떡 얘기를 해 보니 가볍게 받아넘기는 정연순 변호사는 예쁜 얼굴이지만 공주병 환자가 아닌 소탈한 분이었다. 바쁜 척도 안 하는 게 마음에 들었다. 나한테 이런 친구가 하나 있다면 얼마나 좋을까. 형식 없이 전화로 야, 도대체 사업주가 이렇게 우기는데 도대체 어떤 게 맞냐? 하거나 아무 때나 찾아가 내가 모르는 걸 마음대로 물어보고. 술도 한잔할 수 있는 친구였다면 하는 생각이 들었다. 옛날 전태일 선배가 대학생 친구를 바랐던 마음이 이런 마음 아니었을까.

그 뒤, 두 번째 찾아갔을 때 나는 우리 '버스일터' 소식지에 '고문 변호사'라고 이름을 좀 걸어 놓으면 안 되겠냐고 물었다. 정연순 변호사는 얼마든지 해 주겠다고 하면서 팩스로 궁금한 것 물어보면 언제든지 답해 주겠다고 했다.

그 뒤 춘현이 형이 해고를 당했다. 그 집 딸 형주가 〈작은책〉에 '우리 엄마'라는 글을 썼고 내가 '형주 이야기'를 썼다. 그 '형주 이야기'에는 춘현이 형이 해고를 당하고 난 뒤, 해고무효소송을 걸려고 하면서 소송 비용을 번다고 막노동판 일을 나간다는 내용이 있었다. 그 글을 읽은 정연순 변호사가 나한테 전화를 했다. "뭐예요? 그렇게 쓰면 어떻게 해요? 그럼 내가 뭐가 돼요? 그래도 명색이 고문변호산데. 시간 나는 대로 해고된 자료 갖고 오세요."

친구한테 장난치듯, 살짝 삐진 듯한 말투로 톡 쏘아붙였다.

"소송 비용이라도 벌어야 가지요."

"그냥 오세요. 돈은 나중에 이기면 주든가 말든가."

'아니 세상에 이런 변호사도 다 있나.' 나는 다시 한번 놀랐다. 하지만 그래도 그냥 갈 수야 있나. 벼룩도 낯짝이 있지. 그 변호사는 또 남춘현 씨의 딸 형주한테 돈을 보내 주었다. 아니 정확히 말하면 우리 '버스일터'에 후원금으로 보내 준 돈인데 내가 착각을 한 것이다. '버스일터' 통장이 춘현이 이름으로 되어 있어 형주한테 보내 준 것인 줄 알고 "그거 형주한테 보내 주신 거죠?" 하고 전화를 했더니 그렇다고 대답을 했다. 아마 형주한테 보낸 게 아니라고 하면 내가 미안해 할까 봐 그랬겠지.

거기까지는 그런대로 괜찮았는데 그다음이 문제였다. 나는 장난기 있는 말투로 웃으면서 "아니, 가진 게 돈밖에 없는 변호사가 3만 원이 뭐예요? 3만 원이" 했다. 그 소리를 듣고 대꾸가 없다. 아차! 했지만 지나간 버스 보고 손 들기였다. 하지만 뭐 그리 심한 장난도 아닌데 뭘 하고 깊이 생각하지 않았다. 며칠 뒤 춘현이 형이 막노동일로 50만 원을 마련한 뒤 정연순 변호사한테 다시 전화를 했다.

"여보세요. 저 안건묹니다."

"네에…… . 그런데요?"

윽! 전화에서 들려오는 그 싸늘한 목소리. 역시 변호사는 어쩔 수 없군. 우리가 돈이 너무 없을 것 같으니까 그러는 거지. 흥, 본색을 드러내는군. 역시 '변호사'라는 지식인은 안 돼. 하지만 목마른 놈이 우물 판다고 어쩌랴. "내일 찾아 뵙기로 했는데…… ."

아, 나는 이런 전화를 왜 그렇게 하기 싫을까. 이튿날 만선이와 춘현이 형과 같이 변호사를 만났다. 정연순 변호사는 속으로는 꽁

하고 있었겠지만 천성이 워낙 착하고 마음이 여려 겉으로는 그걸 나타내지 못했다. 정연순 변호사는 소송을 맡아 주겠다고 했다. 소송 비용은 생각도 않는 듯했다. 우리는 춘현이 형이 막노동 일을 해서 번 돈 50만 원을 내밀었다. 정연순 변호사는,

"어머, 이렇게 많이 갖고 올 줄은 몰랐어요" 하고 놀랐다.

우리는 너무 고마웠다. 만선이는 이런 변호사 처음 봤다는 듯이 자꾸 나를 쳐다봤다. 얘기가 거의 끝나갈 무렵 정연순 변호사는 그때 나한테 섭섭했던 일을 말했다.

"그때 돈, 형주한테 보낸 것도 아닌데 형주한테 보내 주신 거죠? 묻더라구요. 그래서 어떻게 해요. 그냥 그렇다고 했지요. 그랬더니 돈밖에 없는 변호사가 3만 원이 뭐냐고 하는 거예요……."

역시 그랬군. 어쩐지 어제 전화했을 때 그 싸늘한 목소리. 나는 가슴이 두근거렸다.

"그래서 집에 가서 엉엉! 그래, 난 돈밖에 모르는 사람이야……."

정연순 변호사는 장난꾸러기처럼 손바닥을 펴서 두 볼을 감쌀 듯하고 고개를 까다까닥하면서 우는 흉내를 냈다. 웃음 띤 얼굴이 더없이 해맑았다.

"미안해요. 나는 그냥 해 본 소린데……."

나는 정말 미안해서 기어들어 가는 소리로 말했다. 정연순 변호사는 웃으면서 손을 내저었다. 가슴이 싸했다. 그런 장난말에 상처를 받고 마음이 여려 그걸 겉으로 드러내지도 못하는 사람. 만선이나 나나 이런 변호사는 처음이었다.

갈 때가 되니 그 변호사는 봉투에서 3만 원을 꺼내 탁자 위로 내민다.

"이게 뭐예요?"

"버스일터 후원금……. 이거 공금이에요, 제가 채워 넣어야 돼요."

우리들은 깜짝 놀라 "어? 그러면 안 돼요. 미안해서 어떻게 받아요" 하면서 사양했지만 결국 받을 수밖에 없었다. 변호사의 티 없이 맑은 얼굴과 진실하고 아름다운 마음씨에 껌벅 죽으면서…….

(1999년)

정연순 변호사는 그 뒤에 민변 여성위원회 위원장을 하다가 2001년 미국 미주리주립대학 법과대학에서 대안적분쟁해결학(ADR) 과정으로 법학 석사과정을 밟고 2002년 한국에 돌아왔다. 올 4월에 국가인권위원회로 자리를 옮겼다. 전화를 하면 지금도 여전히 그 밝은 목소리가 수화기에서 울린다.

명님아 힘내

전화를 하면 늘 물방울 튀는 듯 활기차던 명님이 목소리가 힘이 하나도 없다.

"선배님, 저 손가락이 부러졌어요."

"뭐? 손가락이 부러져? 아니 어떻게? 누가 그런 거야?"

명님이는 한화그룹 계열사 오트론전자에서 해고된 서른이 갓 넘은 여성 노동자다. 동료 상희, 미정이와 함께 '고용승계' '원직복직'을 요구하면서 2년째 한화그룹과 싸우고 있다. 얼마 전에는 회사 관리자와 몸싸움을 하는 과정에서 차 바퀴가 명님이 발등을 완전히 타고 넘어가 얼마 동안 걷지도 못한 적이 있는데 이번에는 출근투쟁하는 명님이가 회사에 과잉 충성하는 부공장장과 몸싸움을 하다가 손가락이 부러지고 말았다.

한화그룹은 해도 해도 좀 너무한 기업이다. 1998년 5월, 오트론에서 세 명을 해고하고 명님이를 포함한 열두 명을 징계를 했는데 그 까닭이 밀린 상여금을 달라고 노동부에 진정을 냈다는 거다. 그리고 그해 아이엠에프(IMF)로 퇴출당할 때 오트론이라는 회사 이름을 구로공장으로 바꾸면서 노동자들 상여금까지 떼어먹으며 전부 사직서를 받았다. 그래 놓고 그다음 날 재입사를 받으면서 그걸 '신규채용' '고용창출'이라고 노동부에서 5억을 받았단다. 준 놈이나 받은 놈이나 쯔쯔쯔. 도대체 이 세상이 어떻게 된 세상인지.

그뿐인가. 한화그룹은 편법으로 자산을 매각하면서 고용승계 거부, 또 어용노조와 짜고 임금 3년간 동결, 단체협약 갱신 거부, 계약직과 임시직으로만 주로 새로 채용하고 임금은 한 달에 50만 원 정도밖에 주지 않는 기업이다.

맨 처음 열여섯 명이 시작해 2년이 넘는 긴 싸움 끝에 하나둘 복직을 포기하고 현장을 떠났고 이제 명님이, 상희, 미정이 세 사람밖에 남지 않았다. 하지만 둘레에는 언제나 학생들과 지역 노동자들이 함께 있었고 지원해 주는 사람들이 있었기에 명님이와 동료들은 버틸 수 있었다.

나는 명님이와 미정이, 상희를 볼 때마다 너무 안타까웠다. 상희는 그 추운 겨울을 구치소에서 보냈고 명님이와 미정이는 그 천막에서 스티로폼을 깔고 추운 겨울을 나면서 먹을 것 제대로 못 먹고 잠도 제대로 못 자면서 무식한 한화그룹에 맞서 싸워 왔다. 또 연약한 몸으로 출근투쟁을 하면서 우악스런 관리자와 동원된 사원들한테 밀려 찬 아스팔트에 누워 버티다가 끌리고 밟혀 셋은 늘 온몸에 시퍼런 멍이 들어 있었다. 지난 5월 18일에는 혈서를 썼다고 손가락에 붕대를 감고 있는 모습도 안쓰러워 보였는데 손가락이 부러진 모습을 보니 억장이 무너졌다.

"명님아, 괜찮니? 너 언제까지 버틸래?"

다음 날 전화를 다시 했더니 늘 그렇듯 살짝 웃는 듯한 웃음소리와 자신만만한 목소리로 명님이는 대답한다.

"괜찮아요. 복직할 때까지요."

아무래도 한화그룹은 이번에 임자를 만난 거 같다. (2000년 5월)

정희네 이사 가는 날

정희네 식구는 셋이다. 여든이 넘은 할머니와 재작년에 고등학교를 졸업한 언니가 있다. 정희 아빠는 여섯 살 때 돌아가시고 어머니는 그때 집을 나간 뒤 지금까지 소식이 없다. 정희 할머니는 아들 삼형제 가운데 둘을 잃고 손녀들하고 이렇게 기구한 삶을 살아왔다. 하나 남은 아들이 어디 의정부에 있다는데 어디가 무척 아팠다고 해서 지금 일도 못 하고 있는 형편이란다.

할머니는 키가 무척 작아 초등학생 2, 3학년만 하다. 재작년에 처음 봤을 때보다 더 말라 보인다. 그래도 그 나이에 돌아다니시는 걸 보면 건강한 편이다. 나는 지난해 녹색소비자연대 사무국장 김미영 씨한테 소개를 받아 정희를 알게 되었다.

정희네가 이사를 하는 날, 나는 걱정이 좀 들었다. 오늘 사람이 몇 사람이나 와 줄까. 영석이는 허리가 아프다고 해서 전화를 안 했다. 광현이도 오후반이라 오지 말라고 전화를 했다. 이삿짐 나를 사람도 사람이지만 이삿짐센터 사장이 된 만선 씨가 오늘 이삿짐 차 한 대를 빌려준다고 했는데 쉬는 차가 있으려나 하는 걱정도 했다.

또 그 주인집에서 이사 비용을 선선히 주려나 걱정이 들었다. 정희네는 아직 기한이 안 됐는데 나가라고 해서 이사를 가게 된 거라 이사 비용을 받아야 마땅하다. 하지만 주인 할머니가 너무 빡빡한 할머니다. 20평 정도 되는 좁은 아파트에 방만 빌려준 거라고 정희네 식구가 거실을 왔다 갔다 하는 것조차 싫어했단다. 주인 할머니는 또 정희 언니 정아가 그 집에 들어오는 걸 싫어해서 정아는 친구 집을 떠돌면서 살았다.

주인 할머니를 어제 만났다. 기한이 안 돼 방을 갑자기 빼라고 할 때는 복비(복덕방 비용)하고 이사 비용은 집주인이 줘야 하는데 이 할머니는 복비는커녕 이사 비용도 못 주겠다 하면서 막무가내로 나가라고 했단다. 정희 할머니가 따지니 주인 할머니가 복덕방에 물어보았나 보다. 그때서야 복비는 준다고 했다. 하지만 이사 비용은 못 주고 대신 자기가 이삿짐센터에서 13만 원에 1톤 차를 빌려주겠다고 했단다. 돈을 아끼려고 하는 것이었겠지. 하지만 아무리 없는 살림이지만 내가 보기에 1톤 차 가지고는 어림도 없었다. 그래서 내가 할머니를 설득을 하려고 만났는데 할머니는 꼭 싸우려고 덤비는 싸움닭 같았다. "네, 저 보자고 했어요? 왜요? 무슨 일이에요?" 하면서 꼿꼿이 서서 따지듯이 덤벼들었다. 나는 "할머니 우선 앉으세요. 저 싸우려고 온 거 아니에요" 하고 달랬다.

나는 그 주인 할머니한테 이사는 내가 알아서 할 테니 1톤 차를 빌리는 그 돈 13만 원에 2만 원 더해서 15만 원을 정희 할머니 드리라고 했다. 나는 그 돈을 받아서 정희 고등학교 들어갈 때 교복값으로 남겨 두려고 했다. 그 할머니는 군대 조교처럼 되게 댁댁거렸다.

"1톤 차면 될 텐데 왜 15만 원을 줘야 돼나?"

"할머니 저 짐 보세요. 1톤 차 가지고는 안 돼요. 1톤으로 하면 두 번 실어 날라야 하고, 그러면 돈을 결국 더 줘야 돼요."

결국 할머니는 15만 원을 준다고 했다.

12시가 되어 정희네 집에 닿았다. 정희, 정아는 이사할 집에서 잤다고 한다. 어제 이사할 집을 가 보았다. 지하실이었다. 완전 지하는 아니었지만 낮에도 불을 켜고 살아야 할 것 같다.

"어? 지금 거기 들러서 오는 길인데 문이 잠겨 있기에 그냥 왔지. 애들이 자나 보군요."

"네, 아마 자나 봐요."

아이들 방을 들어가 보았다. 방에는 상자가 널려 있어 발 디딜 틈이 없었다. 조금 있으니 정아와 정희가 왔다. 정아는 어제 처음 봤다. 천안 어딘가 친구집에서 자면서 일하다가 이사 간다고 어제 올라왔다고 한다. 정아는 할머니를 닮았는지 귀엽고 작은 얼굴에 몸집도 가냘프다. 어릴 때부터 부모 없이 자라서인지 무척 당차게 보인다. 올해 중학교를 졸업하는 정희는 언니보다 키와 몸집이 통통하다. 늘 밝게 웃으려고 애쓰지만 걱정이 있는 얼굴을 감추지 못하고 말할 때 조금 울상을 짓는 듯, 찡그리는 듯 어딘지 그늘이 있다.

나는 아이들이랑 아직 정리가 안 된 짐을 상자에 넣어 쌓았다. 할머니는 베란다에 나가서 뭘 하신다. 나가 봤더니 찌개를 끓이고 계신다. 앵글과 널빤지로 만든 찬장 비슷한 게 있고 그 위에 가스렌지가 놓여 있었다. 가스렌지는 할머니 머리보다 높이 있었는데 그 가스렌지에 올려 있는 밥통 같은 큰 냄비에 새우젓을 넣으려고 하고 있다. 키가 작아 수저에 새우젓을 담아 손을 있는 대로 뻗어 간신히 넣고 있다. 정아가 "할머니, 보이지도 않는데 잘 하네" 하고 약을 올린다. 나는 웃음이 나오다가 가슴이 싸한 게 목구멍으로 차올랐다. 저렇게 남의집살이에 부엌도 없는 곳에서, 보이지도 않는 냄비 속에 양념을 넣으면서 저렇게 힘들게 사셨구나 하는 생각이 들었다. 나는 그래도 부엌을 집주인과 같이 쓰는 줄 알았는데 베란다를 부엌으로 쓰고 살았던 것이다.

우리는 점심을 먹고 이삿짐을 하나둘 밖으로 내어놓기 시작했다. 정희와 정아는 이사 가는 게 좋은지 이삿짐을 나르면서 연신 웃었다. '마니 무거워'라고 정희가 써 놓은, 책을 담은 상자를 내가 들고 가면서 "야, 이거 정말 많이 무거운데" 하니까 정희는 나오지도 않는 웃음을 깔깔거렸다. 정아는 이제야 집에 들어와서 살 수 있다고 웃으면서 이삿짐을 날랐다. 그동안 밖으로 떠돌아다니면서 얼마나 마음이 아팠을까.

이삿짐을 한참 꺼내 놓고 있는데 오전반 일을 마친 형효, 경호가 왔고, 그 뒤에 최만선 씨가 차를 끌고 왔다. 최만선 씨는 명성운수에서 버스 기사로 일을 하다가 얼마 전에 때려치우고 이삿짐센터를 인수받았다. 그 바쁜 중에도 누구를 도와준다니까 열 일 제쳐 놓고 와 준 것이다. 게다가 이삿짐센터에서 같이 일하는 두 사람이 따라왔다. 그 사람들은 본래 일이 끝난 사람들이었는데 최만선 씨가 차를 끌고 나오려고 하니까 어디 가냐고 자꾸 묻더란다. 그래서 최만선 씨가 "어려운 사람이 이사하는데 도와주려고 가는 거야. 뭐 짐도 별로 없어서 금방 끝낼 수 있는 거니까 따라올 필요 없어" 하고 그렇게 말렸는데도 그 소리를 듣더니 기어코 가야겠다고 따라오겠다고 했단다. 아, 아직 세상 인심은 살아 있구나 나는 자꾸만 목이 메었다.

"저 사람들은 이사 전문가야."

이삿짐을 차에 싣고 있는 그 젊은이들을 가리키면서 최만선 씨가 말했다. 그 사람들은 정말 번개 같았다. 짐을 차에 올려 주는 대로 쌓는데 한 치도 어긋나지 않게 차곡차곡 쌓는다. 돈을 받고 일을 하는 것도 아닌데 저렇게 열성으로 하다니. 형효, 경호도 부지런히 짐을 날랐다. 할머니와 정아, 정희는 자꾸만 고맙다는 말만 했다.

이삿짐을 싣고 이사할 집으로 갔다. 이삿짐을 집 안에다 들여놓고 정리를 했다. 이삿짐센터에서 온 젊은이들은 옷장 수평을 맞춰 준다고 열심이다. 나는 전구가 나간 걸 새로 사 와 끼우고 뒤처리를 했다. 문촌 복지관에서 온 어떤 젊은이는 쌀을 한 포대 갖고 왔다. 우리보고 어디서 왔냐고 묻기에 그냥 자원봉사한다고 대답했다.

주인 할머니한테 받은 돈 15만 원을 정아를 주면서, 자기 일도 밀렸는데 차를 빌려준 최만선 씨한테 5만 원만 줘 보라고 했다. 정아는 조금 뒤 나한테 오더니 울상이다.

"아저씨가 안 받겠대요."

"그럼 놔둬야지 뭐. 최만선 씨한테 정말 미안한데……. 그거라도 받으면 정아도 마음이 편할 텐데……."

옆에 있던 경호가 "만선이 형이 받겠어? 절대 안 받지" 하고 한 마디 한다. 맞아. 받을 사람이 아니지.

"야 배고프다. 정희야, 정아야 우리 짜장면 시켜 먹자. 경호 아저씨가 쏜대." (2002년 2월 1일)

정희는 올해 고등학교를 졸업하고 파주에 있는 엘지(LG)필립스 회사를 들어갔다. 중학교 2학년이 끝날 무렵 만났으니 햇수로 5년째다. 정희는 여든둘이 된 할머니와 언니랑 지하방에서 살고 있다.

단골손님(1)

오늘부터 오전반이다. 시내버스가 다 그런 건 아니지만 대개가 일주일은 오전, 일주일은 오후반으로 교대를 한다.

오후반을 하다가 하루 쉬고 오전반으로 넘어간 첫날은 언제나 졸면서 운전을 한다. 오후반을 나가면서 늦게 일어나다 갑자기 새벽에 일어나 일을 나가기 때문이다. 가는 눈발이 날려 길도 미끄럽다. 졸음과 싸우면서 한 탕을 겨우 돌았다. 아침밥을 먹고 7시 9분에 배차를 받아 나가는데 종점 앞에 사는 은희가 탄다.

"늦지 않았니?"

"조금 늦었어요."

은희는 발산동인가 하는 곳에 있는 덕원예술고등학교를 다니는 여자아이다. 지금은 방학 중이라 보충수업을 하기 때문에 7시가 넘어서 나가지만 정상수업을 받을 때는 6시 30분에 차를 타는 아이다. 언제나 차가 떠날 때쯤에 허둥지둥 뛰어나오는데 그 차를 놓치면 증산동을 6시 50분에 지나가는 통학버스를 놓치게 된다.

은희처럼 똑같은 시간이 아니더라도 비슷한 시간에 늘 우리 147번을 타는 사람들이 있다. 우리 버스 기사들은 그런 낯익은 손님들을 단골손님이라고 부른다. 단골손님 가운데는 은희처럼 반가운 손님도 있지만 타기만 하면 영 께름칙한 손님도 있다.

"아, 그 떡장사 아주머니?"

기사들한테 얘기하면 금방 아는 아주머니가 있다. 그 아주머니가 타는 곳은 꼭 정해져 있지는 않다. 독립문에 있는 영천시장에서 타기도 하고 세란병원 정류장에서 타기도 하고 수색시장에서 타기도 한다. 무거운 떡을 가득 담은, 커다란 고무 대야를 들고 타기 때문에 시간에 쫓기는 기사들이 그리 반가워하지는 않는다. 또 차를 타기만 하면 신발을 벗어 놓고 그 좁은 의자에 책상다리를 하고 꾸벅꾸벅 졸아 떨어질까 불안하다. 아마도 집은 향동동 146번 종점인가 본데 꼭 내릴 때면 다른 손님들 다 내리고 문이 스르릉 닫힐 때에 고무 대야를 들고 나온다. 아니면 차가 부웅 하고 떠나려고 하면 그때서야 "내려요!" 하고 나오니 기사들이 좋아할 리가 없다.

"난, 그 여자 혼자 있으면 안 태워."

어떤 성질 급한 기사가 그 여자만 보면 안 태운다고 하니,

"아, 그 아주머니는 먹고살려고 애쓰는데. 불쌍하잖아."

"맞아. 그런 아주머니는 잘 태워 줘야지" 하고 다른 기사들이 성질 급한 기사에게 무안을 준다.

생김새는 멀쩡히 생겨 가지고 차만 타면 괜히 시비를 거는 손님

도 있다. 동료 기사가 그 손님에 대해서 물어본다.

"야, 근데 그 또라이는 요즘 안 보이데."

"누구?"

"왜, 거 증산동회에서 타는 놈. 멋쟁이처럼 하고 다니면서 괜히 시비 거는 놈."

"아, 그 사람! 그래, 맞아. 그 사람 요즘 못 봤어."

얘기하는 걸 보면 그 사람하고 안 싸운 기사들이 없다. 쉰 살도 넘게 보이는 아주 멋쟁이 신사인데 차만 올라타면 기사 뒤에 서서 깐죽깐죽 말을 시켜 시비를 건다. 그래 놓고 '불친절'로 신고를 하는 손님이다. 이사를 갔는지 요즘은 보이지가 않는다.

'또라이'라고 부르는 단골손님은 또 있다. '본사 정류장 앞에서 타는 또라이' 하면 기사들은 금방 되묻는다.

"누구? 꽃장사 아줌마?"

"아니, 맨날 술 먹고 운전대 바로 뒤에 앉는 여자 있잖아."

진짜 1년 내내 술 안 먹는 날이 없을 정도로 차에만 올라오면 술 냄새가 풀풀 나는 아주머니가 있다. 나이는 한 쉰대여섯? 적선동 무슨 빌딩에서 청소를 한다는데 나도 그 여자만 타면 기분이 별로 좋지 않다. 한번은 그 여자가 내 차를 타고는 바로 운전대 뒤에 서서 나한테 말을 걸면서 내 머리를 툭툭 친 적이 있다. 무슨 말을 하다가 그랬는지는 생각이 나지는 않지만 하도 어이가 없고 '야, 이 여자 좀 이상한 여자구만' 하는 마음에 다시는 쳐다보지도 않았다.

또 한번은 내 뒤에 중학생인 여자아이가 앉아 있었고 한 아이는 서서 그 앉은 아이와 얘기를 하고 있었는데 그 여자가 탔다. '아이구, 저 여자 또 타네.' 쳐다보지도 않고 운전을 하고 가는데 무슨 소리가 나서 윗거울로 뒤를 쳐다보니 내 뒤에 앉은 여학생 가슴을 쥐어박고 있는 게 아닌가.

아마도 자리를 양보 안 했다고 그랬는가 본데 아이들이 얘기를 하다가 못 볼 수도 있었고, 또 그 여자는 할머니처럼 보이지도 않는다. 어떤 까닭이건 아이들 가슴을 때려서야 되겠나. 화가 나 서부세무서 정류장에 차를 세우고 우선 주먹질하는 그 여자 손목을 잡고 아이한테 자리에서 일어나 뒤로 가라고 했다. 그랬더니 아이가 일어나지도 못하게 그 아이를 자꾸만 밀어 주저앉히는 게 아닌가.

손님들도 뭐 저런 여자가 있냐고 막 손가락질하고 또 중간쯤에 앉아 있던 한 손님은 일어나 여기 앉으라고 해도 막무가내였다.

"뭐 이런 여자가 다 있어?"

차를 세운 뒤 그 여자를 강제로 끌어 중간쯤에 있는 자리에 앉혔지만 아이들은 무섭다고 내릴 정류장이 아닌데도 내려 버렸다. 그 여자는 태연하게 자리에 앉더니 금방 꾸벅꾸벅 졸고 있다.

똑같은 자리에서 타는 꽃장사 아주머니는 진짜로 정신이상인 여자다. 손수레를 끌고 다니는데 정류장에서 탈 때는 꼭 먼저 차에 올라타서 뒤에 타는 손님들한테 그걸 올려 달라고 한다. 손님이 낑낑대고 올려 주면 그걸 차 중간 바닥에다 뉘어 놓고 맨 뒤로 가서 앉아 떠들기 시작한다.

"전두환이는 말이야. 정치를 어떻게 했는데……."

하는 말로 시작하면 나중에는 무슨 말인지도 모르게 한 20분 떠들거나 옆 사람한테 횡설수설하기도 한다. 조금 돈 여자는 분명한데 아까 그 여자처럼 무식하게 남한테 피해는 주지 않는다. 그래도 기사들이 태우기 싫어하는 단골손님이다. 그 여자가 내리는 곳은 서울역이다.

그 밖에 자주 만나는 단골손님은 대개 반가운 손님들이다. 향동동에서 타는 새까만 아저씨가 있다. 몸은 뚱뚱하고 얼굴과 손은 깜둥이처럼 새까맣다. 황소처럼 두 눈은 꿈벅꿈벅하면서 느릿느릿 움직인다. 이분은 무얼 하는 분인지 참 궁금했다. 한번은,

"아저씨는 무얼 하세요?" 하고 물었더니 두 눈을 꿈벅꿈벅하면서

"일하지."

가만히 생각하니 바보처럼 물어봤구나 생각했다. '당연히 일을 하겠지.'

그 손님은 경찰청 앞에서 내리는데 가끔 퇴근 시간에 일이 끝나고 거기서 탈 때면 일에 지친 듯 힘이 하나도 없다. 온몸이 먼지투성이인 걸 보면 아마도 청소일이나 막노동일을 하는 분인가 보다.

날마다 술에 취해 타는, 웃음이 나오는 손님이 있다. 와산교 정류장에서 타는데 언제나 몸을 못 가눌 정도로 취해 있다. 흐느적흐느적거리며 차에 올라오면서 게슴츠레한 눈으로 날 쳐다본다. 내가 웃으면서 인사를 하면 난 줄 알고 잘 돌아가지도 않는 입으로 씨익 웃는 걸 보면 절로 웃음이 나온다. 자리가 없으면 내 옆에 쪼그리고 앉는다.

"아저씨, 또 술 잡수셨군요?"

"응, 일을 하면……, 할 땐, 한 잔씩 먹어야 돼. 그래야…… 힘이 안 들지."

"그렇게 잡숫고 내일 일 나갈 수 있으세요?"

"일은 나가야지."

그렇게 술을 먹고도 일이 있는 날은 한 번도 빠지지 않았다고 한다. 덕은동이 집인데 내가 오전반일 때 그 손님이 아침에 타는 걸 보면 아주 말짱하다. 틀림없이 어제도 흐느적흐느적대면서 몸을 가누지 못했을 텐데.

경기도 화전에서 서울역까지 가는 이 147번 노선에서 운전을 한지 벌써 4년 반이 됐다. 그동안 많은 사람들이 내가 모는 버스를 타고 다녔겠지. 운전을 험하게 하지는 않았나, 불친절하지는 않았을까? 누가 뒤에서 내 욕을 하지는 않았을까. 곰곰 생각해 본다.

은희가 내릴 때가 됐다. 증산동이다. 어? 건너편을 보니 은희가 타고 다니는 통학버스가 벌써 지나간다. 아이고, 저걸 어째.

(1998년 1월)

단골손님(2)

봄 날씨치고는 별로 좋지가 않다. 황사현상도 아닌 거 같은데 매연이 잔뜩 낀 것처럼 흐릿하다. 날씨 탓인가. 기분이 우울하다.

오후 1시 38분에 일을 시작했다. 지겨운 이놈의 버스 운전. 으휴 배부른 소리. 남들은 일하려고 해도 못 하는 사람들도 많은데 내가 그런 소리를 하다니 천벌을 받지. 그래도 똑같은 일을 하려니 지겨운 마음이 드는 건 어쩔 수 없다.

그렇게 지겹게 하루 종일 운전을 할 때는 참 심심하다. 누구하고 말할 사람도 없고 누가 말 거는 사람도 없다. 아니 솔직히 잘 모르는 손님하고는 말하기도 싫다. 우선 일하는 게 힘이 들고 말하다 보면 괜히 짜증 나게 하는 사람들이 많기 때문이다.

운전을 하면서 정말 별의별 손님을 다 태운다. 한신차고에서 타는 손님은 아침부터 술에 취해서 탄다. 나는 처음에 이 사람이 아침부터 술을 먹었나 하고 생각했는데 그게 아니었다. 이 사람은 광화문에 직장이 있는지 거기서 퇴근을 하는 사람인데 타는 걸 보면 완전히 술에 쩔어서 탄다. 아마 술상무쯤 되나 본데 그렇게 저녁에 먹은 술이 아침까지 안 깨는 것이다. 그래도 그 사람은 운전사한테 절대 시비도 걸지 않고 잠을 자다가 내릴 때가 되면 신통히 깨서 내리는 사람이라 아무리 비틀비틀거리면서 타도 짜증이 나지 않는다.

나한테 시비도 걸지 않는데 괜히 얼굴만 보면 짜증 나는 단골손님도 있다. 한 사람은 화전역 정류장에서 타는 손님이고 한 사람은 증산동사무소에서 타는 손님인데 이 사람들은 차만 타면 피곤한 듯 눈을 감고 잔다. 자는 건 누가 뭐라나. 세상 고뇌는 자기들이 다 씹고 있다는 듯 있는 인상을 왜 그렇게 팍 찌푸리고 잠을 자는지 그 찌푸린 얼굴이 우리 마음까지 찌푸리게 만드는 것이다. 게다가 동사무소에서 타는 그 손님은 안 자고 있으면 더 골 때린다. 뭐냐 하면 내가 운전을 하는데 누가 옆에서 갑자기 끼어들면 "저런 개새끼" 하고 자기가 대신 욕해 준다. 그것조차 짜증 나게 만드는 일이다.

종점 근처에 사는 털보는 완전히 깡패다. 늘 술에 쩔어 사는데 눈에 뵈는 게 없다. 물론 우리 버스를 타면 돈도 내지 않는다. 저만 안 내면 그것까지 좋다. 얼마 전에는 그 털보가 친구인지 세 사람을 데리고 타려고 했다. 종점에 차가 서 있는데 지가 먼저 올라오면서 뒷사람들한테 돈을 내지 말라고 "아, 괜찮아. 그냥 타!" 아주 호기 있게 큰소리를 치면서 올라왔다. 그러면서 나한테 "아, 형님" 하면서 고개를 거들먹거리면서 거수경례를 붙인다. 돈을 받지 말라 이거지. 개똥이다, 이놈아.

"돈을 내셔야 됩니다."

점잖게 한마디 했다. 그 털보 대뜸 "뭐야, 야 이 새끼야! 돈을 내?" 하면서 길길이 날뛴다. 그러면 내가 '죄송합니다. 그냥 들어가십시오' 하나? "돈 안 내면 내려!" 결국 차에서 내려 보냈더니 길길이 날뛰면서 배차실로 간다. 또라이 새끼 가거나 말거나. 하여튼 정말 별 손님 같지 않은 손님도 있다.

그런가 하면 정말 더운 여름철에 한줄기 시원한 소나기마냥 반가운 단골손님들이 있다. 달님이 같은 아이들이다. 달님이는 선일여상 2학년을 다닐 때 알았는데 올해 스물세 살이니 벌써 5년이 되었나 보다.

달님이는 녹번동에서 탄다. 회색 교복을 단정히 입은 달님이는 얼굴이 정말 이름처럼 하얀 달처럼 생겼다. 아참 달님이는 달처럼 생겼다고 하면 싫다고 한다. 나는 예쁘다는 뜻으로 말하는 건데 자기는 뚱뚱하다는 소리로 들린단다. 하지만 달님이는 뚱뚱하지 않다. 정말 얼굴이 곱고 예쁘다. 걸음걸이가 가벼워 그런지 살랑살랑 봄바람 같은 아이. 달님이는 머리가 늘 청순한 느낌이 드는 아이다.

달님이는 졸업을 한 뒤에도 우리 버스를 타고 다녔다. 6시에 일이 끝나 6시 20분에 적선동에서 우리 차를 탔는데 나는 6시 20분쯤에 거기를 지나게 되면 달님이가 타기를 바랐다. 혹시 화전종점에서 5시 10분쯤에 출발하는 날에는 어김없이 적선동을 6시 20분에 맞췄다.

달님이는 내가 길이 막혀 조금 늦게 가면 회사에서 기다렸다 나오기도 했다. 어떤 날은 시원한 주스를 사서 주기도 했다. "달님아,

이런 거 왜 사 와? 돈도 없을 텐데" 하면 달님이는 그저 환하게 웃었다. 달님이는 3년 넘게 직장을 다니다가 올해 경기도 평택 근처에 있는 연암축산원예전문대를 갔다. 한 2, 3일 강의가 없어 오늘 집에 올라왔는데 내 차를 탄 것이다.

우리 회사 차 번호 전체를 외우고 내 차 1774호를 알고 기다리느라 어떤 날은 정류장에서 3, 40분씩 일부러 기다리던, 초등학교 5학년 때부터 만났던 수연이, 그 동생 정우. 내 차를 타고 내릴 때 인사를 한 열 번은 하던 현지.

또 조금 까불까불하던 성은이, 와산교 할머니 집에 자주 가던 지혜, 그리고 얼굴이 갸름했던 미정이, 내가 병원에 있을 때 수연이랑 면회 왔던 윤이. 뚱뚱했던 소영이와 그 남동생, 주유소에 아르바이트를 나가면서 옷차림을 이상하게 해 나쁜 길로 빠질까 봐 마음 졸였던 미숙이, 키가 작아 놀림받던 덕제, 덕제 동생 은영이……

이제 그 아이들은 보이지 않는다. 이사를 간 아이도 있고, 또 졸업을 해서 하나둘 화전에서 떠나 이제는 우리 147번을 타고 다니지 않는다. 내 차를 타면 그렇게 반갑던 그 아이들은 다 어디로 갔을까.

달님이는 지난 2004년 9월 일산에서 결혼식을 했다. 내 차를 30분씩이나 기다리던 수연이는 대학을 다니다 지금은 한의원에서 아르바이트를 하고 있다. 수연이 친구 윤이도 결혼을 했다. 이제 결혼들을 하면서 그때 알던 아이들이 자신들의 생활 속으로 빠져들어 가는 거 같다. 부디 행복하게 잘 살기를 빈다.
그때 그 틸보는 지금도 술에 쩔어 살면서 가끔 기사들하고 싸운다고 한다.

꼬마 손님

벌써 날이 어둑어둑해졌다. 신양극장 정류장으로 들어서니 치마가 달린 빨간 옷을 입은 여자아이 하나가 내 차를 탄다. 언뜻 보니 대여섯 살밖에 안 돼 보인다. 뒤에 엄마가 따라 타려나 하고 보니 아무도 타지 않는다.

아이가 200원을 내고 들어와 문 앞 둘째 의자 손잡이를 잡고 선다. 키가 작아 의자에 달린 손잡이가 제 키만큼 높다. 운전을 하면서 윗거울을 보니 아이 앞에 앉아 있던 중학생이 일어나 아이보고 앉으라고 한다. 아이는 부끄러운 듯 고개만 옆으로 살랑살랑 흔들고 있다. 중학생이 한 번 더 앉으라고 해도 아이는 똑같이 고개만 흔든다. 중학생이 멋쩍어 웃으면서 도로 자리에 앉는다. 내가 고개를 돌려 물었다.

"애기야, 너 혼자 가는 거니?"

아이가 나를 돌아보더니 들릴 듯 말 듯,

"네."

하고 대답한다.

"어디까지 가?"

"서울역이요."

소리는 작지만 또렷또렷하다. '야, 녀석 대단하네.' 여기서 서울 역까지 가려면 한 40분이나 걸린다. 손님들이 신기한 듯 그 아이를 바라본다.

세 정류장을 지나가니 내 뒤에 앉아 있던 남자 손님이 내릴 때가 됐는지 자리에서 일어난다. 그 사람이 아이에게 "여기 앉아" 하면서 뒷문 쪽으로 가니 그 아이가 앙증맞은 몸짓으로 얼른 내 뒷자리로 올라가 앉는다. 속으로 허허 웃음이 나왔다. 녀석 봐라. 자리를 양보받기는 싫고 저절로 자리가 생기면 앉을 권리가 있다 이건가?

차가 신호에 걸리기에 고개를 왼쪽으로 돌려 아이를 돌아다보았다. 가만히 보니 까만 눈동자에 눈물방울이 반짝이고 있다. '녀석, 울려고 했군.' 아이가 나를 보더니 눈길을 살짝 왼쪽 창문으로 돌린다. 아이들 말투를 흉내 내면서 물어보았다.

"이름이 뭐야?"

"안민정이요."

"안민정? 우와, 아저씨도 안 씬데. 몇 살?"

"일곱 살이요."

아이는 내가 스스럼없다고 느끼는지 똑바로 쳐다보면서 또박또박 대답한다. '일곱!'에다 힘을 주는데 입 모양이 예쁘다.

"서울역은 왜 가는 거야?"

"엄마가 식당에서 일해요."

"엄마가 일하는 데로 오라 그랬어? 집에서 기다리지."

"집에 아무도 없어요."

서울역으로 가면서 아이 이야기를 들어 보니 아빠는 집에 늦게 들어오고, 집에는 자기 혼자 있다고 했다. 아무도 없이 집에서 혼자 있다가 엄마 올 때쯤 같이 오려고 가는 거라고 한다. 가슴이 싸해지고 콧등이 시큰해진다.

내가 어릴 적에 우리 부모님도 맞벌이를 했다. 아버지는 노동일을 하러 나가서 늦게 들어오고 어머니는 길에서 장사를 했다. 설탕을 녹여 붕어 모양이니, 동물 모양을 만들어 아이들에게 파는 '뽑기' 장사. 학교 갔다 돌아오면 집에는 늘 아무도 없었다. 반겨 주는 엄마가 없는 빈집처럼 쓸쓸한 일이 있을까. 그 빈집에 들어갈 때 가슴이 싸한 느낌을 지금 우리 아들 태희도 많이 느꼈을 것이다. 우리 부부도 맞벌이를 하기 때문에 낮에는 언제나 집에 없다. 하지만 태희는 그런 걸 잘 참고 지내 왔다. 배고프면 저 혼자 라면도 끓여 먹고 꼬박꼬박 시간 맞춰 학원에 가는 걸 보면 참 어른스럽다고 생각했다.

지금 저 아이도 그렇다. 이제 일곱 살, 아직 학교에도 들어가지 않았는데 혼자 엄마를 찾아간다고 서울역으로 가고 있으니 얼마나 또랑또랑한가. 물론 서울역으로 혼자 가는 게 처음이라 불안하기는 하지만 이 아이는 분명 제대로 제 엄마 있는 곳을 찾아갈 것이다.

서울역에 왔다. 아이가 일어나 앞문으로 온다.

"민정아, 잘 찾아갈 수 있어?"

"네."

엄마 있는 데가 가까워져 그런지 아이 얼굴이 아까보다 밝다. 정류장에 들어서 앞문을 여니 아이가 콩콩! 발판을 뛰듯이 내린다.

"안녕!"

"안녕히 가세요"

정류장에 있던 손님을 다 태우고 정류장을 떴다. 천천히 움직이면서 아이가 어디쯤 가나 살폈다. 아이 모습이 보이지 않는다.

(1998년 10월)

버스 식당 아주머니

"식당 아줌마 우는 거 봤어?"

비좁은 배차실, 식당에서 밥을 먹고 나오니 원규 형이 나한테 묻는다.

"식당 아줌마가 울어요? 왜요?"

"아까 울더라구."

"누가 뭐라고 했나 보죠?"

"아냐. 집에 딸내미가 뭐 운동하다 팔이 부러졌나 봐. 우는 거 보니까 안됐더라."

원규 형이 그렇게 말하면서 정말 자기 일처럼 안쓰러워한다. 어쩐지 조금 아까 밥을 먹으러 들어갔는데 분위기가 이상하더라니.

식당 아주머니는 중국 심양에서 왔다. 나이는 서른대여섯쯤이라고 했나? 그 나이보다 조금 아래로 보이고, 날마다 일하느라 꾸미지 못해서 그렇지 얼굴은 아주 예쁘다. 늘 어린아이처럼 환하게 웃고 화낼 줄도 모른다.

아주머니가 여기 동해운수 식당에 온 지 벌써 1년이 되었다. 맨 처음 여기 왔을 때는 누가 뭘 물어도 대꾸도 않고, '안녕하세요?' 하고 인사를 해도 눈길을 돌려 무척 쌀쌀한 것 같았다. 그 까닭을 나중에 알았다.

"어떻게 해요? 중국에 가 봐야 아이들하고 먹고살 게 없는데. 아무거나 해야지요. 그렇게 일을 하기 시작했는데 아무하고도 말하기 싫었어요."

아주머니는 그때 이야기를 하면서 쓸쓸하게 웃었다. 남편이 서울에 먼저 돈을 벌러 와 있다가 아주머니가 여기 동해운수에 들어오기 바로 전에 교통사고로 죽었다고 한다. 아주머니는 남편 장례식을 치르려고 왔다가 중국에 그냥 돌아가면 먹고살 길이 막막해 차라리 여기서 일을 해야겠다 생각하고 그대로 주저앉았다고 한다. 그렇게 몸과 마음이 힘들 때니 누가 뭐래도 대꾸할 힘조차 없었겠지.

중국에서 할머니가 딸을 데리고 있는데 그 아이가 체육 시간에 운동을 하다 팔이 부러져 오늘 아주머니가 운 것이다. 아이들이 놀다 보면 그럴 때도 있겠지만 멀리 떨어져 얼굴도 못 보는데 그랬으니 얼마나 마음이 아팠을까.

시내버스에서 일하는 사람들, 운전사, 정비사, 청소하는 아저씨들, 경비, 기름 넣는 사람, 배차, 이 가운데에서 힘들지 않은 사람이 있겠냐마는, 아주머니는 식당에서 하는 일은 정말 여자 몸으로 버티기 힘들다.

　시내버스 식당 일은 보통 식당 일과 다르다. 우선 기사들 새벽밥 때문에 출퇴근하기가 힘들고 늘 매여 있어야 한다. 차가 들어오는 대로 운전사들이 한 사람씩 밥을 먹으니 밥을 다 먹으려면 적어도 한 끼 먹는 데 두어 시간은 넘게 걸린다. 그러니 아침밥하고 치우면 또 점심때가 되어 밥해야 하고, 또 치우다 보면 저녁을 해야 하고, 하루 종일 밥하고 반찬 하고 치우는 것이 시내버스 식당 일이다.

　시설이나 좋고 돈이나 많이 주면 그나마 조금 낫지. 시내버스 식당이 조금 좋은 곳도 있겠지만 동해운수 식당은 판자에 벽돌이 붙어 있는 하꼬방 같은 건물(?)인데, 한 3, 40년 되어 낡고 허물어질 것 같다. 새까만 부엌 천장에는 전깃줄에 시커먼 먼지가 쌓여 얼기설기 엉켜 있고, 전등은 썩어서 곧 떨어질 것처럼 아슬아슬하게 달려 있다. 밥을 하는 부엌이고 하수구고 지저분해 쥐새끼들이 판자로 된 천장이고 냉장고 뒤고 신이 나서 날뛰며 돌아다닌다. 부엌하고 아주머니 자는 방이 붙어 있는데 그 방에는 안 들어가는지 모르겠다. 그리고 희한하게도 여름에는 숨이 막히도록 덥고 겨울에는 또 어디에서 바람이 그렇게 들어오는지 완전 시베리아 벌판이다. 그런 곳에서 한 달 내내 매여 있는데 월급이 80만 원 정도라 한다.

　이런 데서 일하는 아주머니들은 시설도 낡고 일도 힘들고 월급이 적기도 하지만 또 다른 까닭에 일하기 힘들어한다. 운전사들이 투덜대며 불평하면 이게 또 아무것도 아닌 것 같지만 엄청 짜증 나는 일이다. 운전할 때 손님들한테 아무것도 아닌 것 가지고 불평 한마디씩 들으면 얼마나 짜증 나는가. 그거하고 같은 것이다. 식당 아주머니들도 그렇게 스트레스가 쌓여 오래 못 있고 길어 봐야 1년 버티면 잘 버티는 것이다.

식당 아주머니들이 아무리 일을 잘 하려고 해도 안 되는 게 있다. 이 시내버스 식당은 본래 직영으로 하기로 되어 있는데 동해운수처럼 하청을 준 곳도 있다. 운전사 한 사람 밥값이 1,200원짜리인데 하청을 주었으니 반찬이 오죽할까. 식당 아주머니가 무슨 죄가 있나. 위에서 사다 주는 걸로 반찬을 하니 반찬이 맛있게 나올 리 없지. 맨날 김치에, 만만한 콩나물에, 흔한 무나물이고, 가끔 미역과, 가뭄에 콩나듯이 꽁치가 나오는데, 운전사들이 "기사들은 풀만 먹고 사냐"며 사업주는 눈에 보이지 않으니 욕은 못 하고, 눈에 보이는 아주머니한테 불평을 터뜨리는 것이다.

그런데 이 중국 아주머니가 온 뒤로 이상한 일이 생겼다. 기사들 불평이 어디론가 사라진 것이다. 반찬을 잘하나? 아니다. 아주머니는 전에 있던 할머니보다 오히려 반찬도 잘 못해 맛이 없다. 기사들은 반찬이 너무 짜서 먹을 수가 없을 때도 아줌마한테 아무 소리 않고 그냥 물에 말아 먹는다. 언젠가는 밥을 하다가 불이 나가 밥이 생쌀로 그냥 나왔다. 그전 같으면 기사들이 "아줌마! 이게 밥이야?" 하고 난리가 났을 텐데 뭐 뱃속에 들어가면 다 익느니 어쩌니 하면서 고맙게도 잘 먹어 주는 것이다.

처음 여기 화전에 들어올 때 전에 일하다 나간 아주머니들이 화전 기사들은 드세서 오래 못 버틸 거라고 해서 아주머니는 어떻게 일하나 걱정했다고 한다. 그런데 들어와서 보니 아저씨들이 전부 그렇게 좋은 분들이라고, 너무 고마운 분들만 있다고 어린아이같이 웃었다.

아주머니는 부지런하다. 지저분한 식당이지만 한 번이라도 더 쓸고 닦고 훔치고 한다. 기사들이 식당으로 들어오면서 "아줌마! 밥이요!" 하면 "네!" 하고 금방 대답하면서 잽싸게 밥상을 차린다.

"아줌마 잘 먹었어요."

"네에!"

마지못해 "네에!" 하는 게 아니고 반가움이 묻어난다. 그 대답에 기사들이 점수를 많이 주었을까.

한번은 아주머니가 아무 표정 없이 겨우겨우 밥상을 차리고 있었다. 왜 그런가 물어보니 감기몸살이란다. 아픈데 일을 해야 하니 얼마나 힘들까. 내가 아플 때 운전을 해 봐서 알지만 그것처럼 고통스러운 것도 없다. 운행을 나가 서울역 정류장에 잠깐 버스를 세워 놓고 약을 사 와서 아주머니 방에다 갖다 놓았다. '아주머니, 아무도 없이 낯선 땅에 혼자 계시는데 몸이 건강하셔야 해요' 하고 쪽지를 써서.

다음 날 아주머니는 다시 환하게 웃는 얼굴로 시원하게 대답하면서 우리 기사들을 반겼다. (2000년 1월)

한 지붕 세 가족

　내가 사는 곳은 고양시 일산구 주엽동이다. 전철 주엽역이 있고 그랜드백화점, 마그넷 같은 쇼핑센터가 있는 번화한 거리다. 일산의 명물 호수공원 끝 무렵에서 오른쪽으로 꺾어지면 길 양옆으로 학교가 있고 그 뒤에 우리 아파트가 보인다.

　일산은 아파트 숲이다. 앞집, 옆집을 전혀 모르고 산다는 삭막한 아파트. 하지만 우리 아파트는 없는 사람들이 사는 17평 임대 아파트라 '계단식'이 아니고 학교마냥 복도식으로 되어 있어 그렇게 삭막하지가 않다. 한 층에 여덟 가구가 사는데 겨울이 아니면 문들을 다 열어 놓고 살아 자연히 왔다 갔다 하면서 친하게 어울리면서 살고 있다.

　그러다 보니 자기가 사는 층뿐 아니라 위아래 층까지도 누가 어떻게 사는지 알고, 친하게 지내는 이웃들이 있다. 우리는 그 가운데에도 바로 옆집 908호 근형이네와 604호 지한네하고 정말 친척보다 더 가깝게 지내면서 살았다.

근형이 아빠는 중소기업 관리자라 나하고 대화는 잘 맞지 않는다. 성격도 맞는 부분이 별로 없다. 우리나라 정치도 서로 전혀 다르게 생각을 한다. 하지만 그래도 우리는 만나면 그런 대화를 될 수 있으면 피하고 서로 이해했다.

근형이 엄마는 늘 집안을 깨끗이 치우고 예쁘게 꾸미고 산다. 예쁜 얼굴에 조금 잘난 체하는 거 같고 깍쟁이처럼 가끔 톡톡 쏘지만 본심이 아니고 장난기로 하는 거라 밉지가 않다. 정이 많아 늘 이웃들을 생각한다.

우리들이 처음에 이사 왔을 때 근형이 동생 준형이는 두 돌이 안된 아기였다. 뒤뚱뒤뚱 걷다가 신발을 신은 채 아무 집이나 들어가던 준형이가 얼마나 이쁜지. 그 녀석은 9층 어른들은 다 자기 엄마 아빠였다. 우리한테도 '엄마, 아빠' 하고 부르면서 우리 집에서 반은 컸다.

그렇게 건강하던 준형이가 한번은 죽을 고비를 넘긴 적이 있다. 그저 단순한 감기인 줄 알고 감기약만 먹이고 며칠을 그냥 놔두었는데 아이가 눈이 풀리면서 축 처져 못 일어났던 것이다. 그때서야 부리나케 세브란스병원에 가 보니 뇌수막염이라고 했다. 의사는 준형이가 상당히 위험하다고 했다.

준형이가 병원에 입원했을 때 우리는 정말 우리 아들이 아픈 거처럼 안타까워했다. 우리 집사람은 병원에 가서 울고 있는 준형이 엄마를 달래면서 같이 울먹거렸다.

"근형이 엄마, 울지 마. 준형이 괜찮을 거야."

우리는 축 처져 있는 준형이를 보고 속으로 빌었다. '준형아 살아야 돼. 살아서 우리한테 엄마! 아빠! 하고 부르면서 안겨야지' 그렇게 까불거리면서 놀던 준형이는 힘없이 까부라졌다.

준형이는 성격이 차분하고 참을성이 많았다. 의사 말로도 뇌수막염이 너무 심해 상당히 위험했는데 아이가 참을성이 많아 살았다고 했다. 우리는 준형이가 퇴원해서 오는 날 아들이 살아온 것처럼 기뻐서 어쩔 줄 모르고 눈물이 핑 돌았다.

준형이는 얼마 동안 머리를 가누지 못했고 걷지를 못했지만 금방 건강해졌다. 한 달 뒤 병원에서는 재활 치료를 받으라고 연락이 왔지만 그럴 필요가 없었다. 준형이는 예전처럼 아무나 보고 '엄마! 아빠!' 하면서 9층과 6층을 휘젓고 다녔다.

604호 지한이 아빠도 근형이네처럼 아들만 둘이다. 키가 작지만 무슨 일이든 아주 꼼꼼하게 일 처리를 하는 사람이었다. 주식회사 LG를 다니다 명예퇴직하고 지금은 용역 회사에서 자가용 운전사로 일을 한다.

지한이 엄마는 경상도 사투리가 심하다. 노래를 잘 못하지만 노래방에 가는 걸 좋아하고 춤도 잘 추고 신이 많은 아주머니다. 틈만 있으면 지한이 아빠와 같이 9층으로 올라오거나 "삼겹살 궈 놨어. 내려와" 한다. 요즘 맞벌이를 한다고 미장원에서 허드렛일을 한다.

그 밖에도 903호 다은이 아빠도 잘 어울리는 성격이지만 워낙 일에 바빠 만나기가 쉽지 않아 근형이네, 지한이네 우리 세 집만 자주 어울렸다. 토요일에는 내가 일 끝나고 오기를 기다리면서 우리 집에서 모여 술을 먹고 있기도 했다. 서로 먹을 게 있으면 꼭 불러 한 집에서 상을 차렸다. 아이들을 놔두고 부부끼리 어디 갈 데가 있어도 말 안 해도 서로 봐주는 이웃들이 있기에 아무 걱정 없이 갔다 올 수 있었다. 아이들은 부모가 없으면 아무 집이나 가서 저녁을 먹고 엄마 아빠가 올 때를 기다렸다. 우리 세 집은 정말 시골 인심처럼 서로 정을 나누면서 살았다.

우리는 어려울 때는 언제든 서로 도와주었다. 언젠가는 새벽에 일이 끝나고 집에서 자는데 지한이 아빠한테서 전화가 왔다. 봉고차 팬 벨트가 끊어져 자유로에서 꼼짝 못 하고 있다고 했다. 나는 자다 말고 자가용을 끌고 가 내 자가용에다 봉고차를 줄로 묶어 끌고 왔다.

또 지지난해 내가 아파트 어귀에서 정체 모를 놈들한테 10분 넘게 각목으로 머리를 맞아 피를 쏟으면서 집으로 기어들어 갔을 때였다. 마누라는 피투성이가 된 나를 보고 놀라 어쩔 줄 몰랐다.

"태희 엄마, 빨리 준형이 아빠하고 지한이네 아빠 깨워. 빨리, 나 좀 살려 줘."

그렇게 머리를 다쳐 정신이 가물가물하는데도 생각나는 게 근형이네와 지한네였다. 한참 곤하게 잘 때인 새벽 3시였지만 부리나케 올라와 봉고차에 태워 일산병원까지 태워 주고 울고 있는 마누라와 같이 밤을 새워 주었던 이웃들이었다.

그런 좋은 이웃들이었는데 이제 헤어질 때가 된 것 같다. 작년에 우리 아파트를 분양받은 뒤 근형이네와 지한이네는 집을 팔고 다른 아파트를 사 놓았다. 우리도 올 10월이면 여기 17평보다 조금 넓은,

탄현에 있는 아파트로 이사를 할 것 같다.

마누라는 여기 일산으로 와 보험회사를 다녔다. 내가 하는 버스 운전으로는 먹고살기도 힘들었을 텐데 그 힘든 보험 설계사 일을 하면서 얼마나 악착같이 살았는지 조금 넓은 아파트를 살 수 있게 된 것이다. 나는 지금 평수면 우리 세 식구 그냥저냥 살 수 있고 여기 정이 들었는데 왜 여기를 뜨나 불만이지만 어쩔 수 있나 힘센(?) 마누라 의견을 따라야지.

하기는 또 그렇게 친하게 지내던 이웃들도 다 떠나간다니까 나도 마음은 싱숭생숭하다. 하지만 나는 또 낯선 곳으로 간다는 게 조금은 걱정스럽다.

거기도 여기 한 지붕 세 가족처럼 서로 도와주고 아껴 주는 이웃들이 있을까? (2000년 6월)

2000년 말 우리 이웃들은 약속이나 한 듯이 일산 탄현동으로 이사했다. 지한네는 지금도 일주일이 멀다 하고 만난다. 그 아파트에 살던 송이네를 여기서 다시 만나 한 지붕 세 가족처럼 살고 있다. 그때 근형이네는 내가 어떤 일로 오해를 해서 다툰 뒤로 지금껏 못 만나고 있다. 올해는 만나서 사과하고 한 지붕 네 가족처럼 지낼 생각이다.

내 몸

바람이 좀 불지만 따뜻한 날이다. 아내가 바람도 쐴 겸 아버지 산소나 가자고 한다. 아들 태희가 면허증을 따고 처음 운전도 해 보고 싶다고 해서 아들이 운전대를 잡고 나왔다. 지하 주차장에서부터 태희가 차를 몰고 나오는데 뭐 그런대로 잘한다. 버스 운전사 아들인데 어련하랴.

벽제 용미리 공동묘지에 다 와 갈 무렵 형수한테 전화가 왔다. 아내가 받아 보니 작은형과 형수도 산소에 왔다고 한다. 부지런히 산을 올라가 보니 두 분이 산소 앞에 앉아 이야기를 나누고 있었다. 나보다 두 살 위인 형과 나보다 두 살 아래인 형수다. 형은 가죽잠바를 입고 있었다. 750cc짜리 오토바이를 타고 왔다고 했다.

산소는 쑥들이 자라 잔디가 자라지 못하고 헐벗어 있다. 몇 년 전에 많은 비가 내려 산소들이 떠내려갔을 때 여기저기 무너져 내린 비석들이 아직도 제자리를 못 찾고 있다. 아버지 산소도 무너져 내릴 뻔했다. 산소는 그대로 있는데 절을 하는 장소가 비스듬하게 내려앉아 아주 불편했다.

가져온 과일과 막걸리를 놓고 절을 한 뒤 산소 앞에 앉아 이야기를 나누었다. 바람 한 점 없이 따뜻하다. 큰형님네 아들인 조카가 이번에 결혼했는데, 여자 집에서 해 준 돈으로 신부 다이아 반지는 해 주면서 어머니한테는 이불 하나 안 해 줘서 섭섭했다는 이야기, 화물차를 운전하는 여주 큰 여동생 남편이 이번에 어디 봉사 활동 갔다가 다쳤다는 이야기, 작은 여동생 미정이가 운영하는 어린이집을 그만둔다는 이야기를 하면서 시간을 보냈다. 본래 말이 없는 태희는 듣고만 있다. 누구를 닮았는지 너무 말이 없어 속으로 무슨 생각을 하는지 궁금할 때가 많다. 막걸리도 한 병밖에 가져오지 않아 형수하고 한두 잔 나눠 먹으니 없다.

저녁 때가 되니 갑자기 바람이 세진다. 우리는 산을 내려오기 시작했다. 형이 말했다.

"어머님이 많이 안 좋아지셨어."

형님이 어머님을 병원에 모시고 갔는데 심장이 많이 부어 있다고 한다. 혈압이 높아 약을 너무 많이 잡수신 탓이다.

지난해 칠순이 넘은 어머님은, 젊을 때 성격이 난폭하고 의처증이 있던 아버지한테 맞아서 몸이 성한 곳이 없다. 내가 군대에 있을 무렵에는 아버지의 의처증이 더욱 심했다. 휴가 나왔을 때 아버지가 막내 여동생이 자기 딸이 아니라고 하면서 어머니를 무지막지하게 때리는 걸 보고 내가 대들어 대판 싸운 적도 있다. 그 뒤로 아버지는 식구들하고 말도 안 하고 쓸쓸히 말년을 보냈다.

아버지는 키가 150센티미터 정도로 작았다. 노동일을 해서 몸이 단단했지만 일을 하다 지붕에서 떨어진 적도 있어 몸속에 침을 꽂고 살았다. 아버지는 술을 한 모금도 하지 못했다. 담배는 하루에 두세 갑씩 피웠지만 심한 기침 때문에 마흔이 넘을 무렵 끊었다. 하지만 쉰 살이 넘을 무렵 당뇨병이 생겼다. 그리고 일흔넷에 합병증으로 돌아가셨다. 그때 내 나이가 서른두 살이었다.

아버지가 돌아가시면서 남긴 유산은 가난뿐이었다. 그리고 자식들의 약한 몸이었다. 배다른 큰형님은 예순 가까이 되는데 건강이 안 좋아 벌써 10년 전부터 아무 일도 하지 못 하고 있다. 간경화에다가 당뇨에 혈압이 높다. 베트남을 갔다 왔는데 전투에는 참가를 안 해서 직접 고엽제 피해를 보지는 않았지만, 아무래도 그 피해도 조금 있을 것이고, 무엇보다 아버지한테 유전받은 것에 영향이 많을지도 모른다.

올해 마흔아홉인 작은형도 건강이 안 좋다. 혈압이 높고 당뇨병이 있어 음식을 철저히 가려 먹는다. 산소에서도 아무것도 못 먹고 토마토만 조금 먹었다. 내 바로 두 살 아래 마흔다섯인 큰 여동생도 당뇨병이 심하다. 얼마 전에는 당뇨병이 있는지도 모르고 생활하다가 쓰러진 적이 있다. 마흔셋인 막내 여동생과 나는 아직 당뇨나 다른 병이 없다. 늘 조심을 하고 있지만 언제 나타날지 모른다.

"너는 건강하냐?"

형이 나한테 묻는다. 아내가 대신 대답한다.

"태희 아빠는 당뇨는 없는데 성한 데가 없어요. 얼마 전에는 무릎 다쳐서 꼼짝 못 했지."

"너 어릴 때 팔도 부러졌잖아."

"팔만 부러져요? 눈 다쳤지, 머리 다쳤지, 안 다친 데가 없을 거예요."

또 아내가 대신 대답한다. 그러고 보니까 다치기도 참 많이 다쳤다. 그리고 어릴 때부터 안 아팠던 곳이 없었다. 초등학교 때 야맹증으로 해만 떨어지면 보이지 않아 고생을 했다. 소 날간을 이 주일가량 먹고 나았다. 그리고 오줌이 자주 마려운 오줌소태가 있었다. 지렁이를 말려서 빻아 구워서 한약처럼 먹은 생각이 난다. 먹지도 못했는데 배가 남산처럼 붓는 병도 있었다. 쥐가 좋다고 해서 쥐를 잡아 구워 먹었다. 산 오리 피가 좋다고 해서 모가지를 따 피를 내 뿜는 오리 목을 입에 대고 빨아 먹기도 했다. 물론 아버지가 다 강제로 먹인 것이다.

그렇게 약하게 컸는데 다 큰 뒤로는 몸이 조금 마른 것 말고는 어디 아픈 곳은 없었다. 모래밭에서 축구를 하면서 자라서 그런지 달리기도 무척 빨랐다. 하지만 그 뒤 살아가면서 다치기도 많이 다쳤다. 가끔 팔꿈치가 빠져 어머니가 끼우기도 했다. 초등학교 3, 4학년 때 친구하고 씨름을 하다가 팔목이 부러져 고생을 했다. 그냥 삔 줄 알고 침만 맞고 놔두었는데 반년이 넘도록 뭘 집으면 시큰거려서 병원에 가 보니 부러져 있었다. 열일곱 살 때 스케이트를 타다가 넘어져 기절해서 한 30분을 깨어나지 못한 적도 있다.

스무 살 무렵에 축구를 하다가 오른쪽 발목이 부러졌는데 깁스한 게 가렵다고 일주일 만에 깁스를 풀어 지금도 발목이 뚝뚝 소리가 나고 시큰거리고 아프다. 축구를 하다가 무릎 연골판도 나간 적이 있어 병원에서 수술을 받았다. 다시는 축구를 못 한다고 했는데 여전히 하고 있다. 노동일을 하다가 녹슨 양철 부스러기가 눈에 들어가 수술을 받기도 했고 해머로 손가락을 짓찧어 신경이 끊어지기도 했다.

군대에 갔을 때 논산 훈련소에서 토요일에 나오는 찐 라면을 먹다가 체해 일주일을 아무것도 못 먹고 훈련을 받은 적이 있었는데 완전히 해골바가지가 됐다. 부모님이 면회를 오셨는데 내가 앞으로 가서 인사를 하는데도 나를 못 알아보는 것이었다. 자세히 보더니 나를 알아보고는 부모님은 눈물을 흘렸다. 부대 배치 받아 가서는 전기톱으로 막대기를 자르다가 손가락 끝이 잘려 꿰매기도 했다. 또 축구를 하다 쇠로 만든 골대에 뒷머리를 부딪혀 기절을 했다. 어릴 때하고 두 번이나 그러고 나니까 기억력이 많이 없어졌다.

지난 1999년에는 정체 모를 괴한들한테 각목으로 뒷머리를 20분 동안 맞아 죽을 뻔했다. 50바늘을 꿰매고 살아났다. 범인들은 못 잡았다. 마지막 다친 것은 얼마 전 북한산을 갔다 오다가 미끄러져 무릎 인대가 파열된 것이다. 무릎 인대 파열된 것은 완전히 치료가 안 되는지 석 달이나 지났는데 지금껏 다른 운동도 못 할 정도로 아프다. 먹고살려니 일은 하지만, 내가 하는 일이 버스 운전이고 게다가 클러치를 밟는 왼쪽 무릎이라 고통이 이만저만 심한 게 아니다.

나는 아버지가 물려준 약한 몸을 튼튼히 하기 위해 무진장 애쓰면서 살았다. 부지런히 움직이면서 노동을 했고 틈틈이 운동을 하면서 열심히 살았다. 담배도 2년 전에 끊고 날마다 먹는 술도 지금은 가끔 먹는다. 그 덕분인지는 모르지만 아직까지 당뇨도 없고 건강하다. 운동을 하다 다치는 곳은 많지만 운동을 안 해서 병들거나 몸이 약한 것보다는 그래도 낫다는 생각으로 열심히 한다.

성묘를 마치고 내려오는데 파헤친 묘가 보였다. 형수가 설명을 한다. 묘지에 정한 기간이 있는데 다 된 묘들은 묘를 파서 뼈를 태워 납골당에 모시거나 그냥 산에 뿌리기도 한단다. 이상한 묘도 보였다. 무덤 밑이 둥그렇게 유리창으로 되어 있다. 형이 설명을 한다. 요즘 유행하는 납골묘란다. 화장한 뒤 유골을 집어넣는 무덤인데 마흔 명까지 들어간단다. 태희한테 우스갯소리로 말했다.

"태희야, 아버지 죽으면 저런 거 하나 만들어 줘라. 우리나라 땅도 비좁은데……."

태희가 오늘 처음으로 말을 했다. 꼭 나 씹을 때만 툭 한마디 내던진다.

"아버지는 장기 기증한대매요."

"장기 기증하고 화장해서 집어넣으면 되지."

그 말을 하면서 생각났다. 아참, 잊어버리고 있었구나. 전에 장기 기증 서약서 쓴다고 했다가 용지를 잃어버려 못 썼는데 늦기 전에 장기 기증 서약서나 써야겠다. 언제 어떻게 될지 모르는 몸, 저렇게 다 가루 한 줌으로 변해서 흙으로 돌아가는데, 죽고 나서 남한테 도움이라도 되면 그게 어딘가. 그러자면 몸이 건강해야 하는데. 남한테 도움이 될 만한 성한 곳이나 있을라나. (2004년 5월)

아내와 사랑하기

아내와 8월 중순에 2박 3일 여행을 갔다 왔다. 늘 한집에 살면서
도 맞벌이를 하기 때문에 얼굴도 잘 볼 수 없는 아내. 내가 새벽반
을 갔다 집에 오면 없고, 내가 오후반이 끝나고 새벽에 들어가면 늘
잠에 곯아떨어져 있던 아내. 그래서 한번 사랑을 나누려면 날을 잡
아야 할 수 있는 아내. 그런 아내와 이번에 밖에서 잠을 자면서 나
는 아내, 아니 여자에 대해 다시 한번 생각하게 되었다. 한마디로
의무방어전 치르듯이 함께하던 그런 아내가 아니었다.

어떻게 보면 아내와 단둘이 한 여행은 이번이 두 번째다. 물론
강원도 처갓집은 많이 갔지만 그건 여행이라는 느낌이 들지가 않았
다. 첫 번째 여행은 아내를 처음 만나서 강촌으로 놀러 갔을 때였
다. 배낭을 메고 떠났던 그 여행 때 아내는 스물두 살, 나는 스물여
섯이었다. 우리는 그 첫 번째 여행 때 텐트에서 잠을 같이 잤다. 물

론 다 큰 처녀 총각이 잠만 잘 수 있었겠나. 만난 지 서너 달 만이었는데 우리는 거기서 부부 아닌 부부가 됐다. 그리고 여행을 갔다 와서 같이 살게 되었고 결혼식은 우리 아들 태희가 다섯 살 때나 되어서 했다.

이번 여행은 첫 여행처럼 그렇게 가슴 설레고 기분 좋게 출발하지 못했다. 내가 여행을 떠나는 그날 새벽까지 술을 마시고 들어와 12시까지 잠을 잤고 술에 취한 채 오후 서너 시쯤에 떠나게 되었으니 아내가 기분 좋을 리 없겠지. 아내는 조금 삐친 얼굴로 술이 덜 깬 나 대신에 운전대를 잡았다. 휴가철이 끝난 뒤라 그런지 길은 별로 막히지 않았다. 양평휴게소에서 커피 한 잔을 먹고 내가 운전을 했다.

우리는 목적지가 없었다. 그냥 정선 쪽으로 가자고 해서 그쪽으로만 갔다. 평소와 다른 건 아내가 늘 집에서 어떻게 하자고 우기는 편인데 오늘은 나보고 마음대로 하란다. "어디로 갈까?" 해도 "마음대로 해" "쉬다 갈까?" 해도 "피곤하면 쉬자"고 한다.

그렇게 하니까 나도 아내가 하고 싶은 걸 따라가고 싶었다. 횡성 무슨 강변에서 점심을 먹자고 해서 먹고, 쉬자고 하면 쉬고, 가자고 하면 갔다. 어둑어둑해지는 길을 따라 아내가 바라는 대로 정선 쪽으로 차를 몰았다. 가다 보니 밤이 깊어져 깜깜절벽이 됐다. 아내는 이렇게 깜깜한 시골길을 가면 무서운지 늘 창문을 닫으라고 한다. 나는 다른 때 같았으면 "창문 닫으면 귀신이 안 들어오냐?"고 우기면서 문을 안 닫았겠지만 오늘은 아내 말을 순순히 따랐다.

밤늦게 정선을 왔다. 우선 잘 곳을 찾아야 했다. 농협 앞에 파출

소가 보여 그리로 들어갔다. 이 근처 여관을 찾는다고 하니 순경이 친절하게 "아직 휴가철이라 빈방이 없을 걸요" 하면서 전화를 돌린 다. "아, 여기 파출손데요, 거기 방 있나요? 없어요?", "빈방 있어 요?" "없다고요?" 한 스무 군데를 돌리더니 딱 한 군데 있다고 한 다.

그 여관은 정선읍에서 4킬로미터나 떨어져 있었다. 깜깜절벽을 지나 위로 기차가 위로 가로질러 지나는 터널을 지나 겨우겨우 찾 아갔다. 온돌방이 딱 하나 있는데 3만 원이란다. 아쉬운 대로 들어 갔지만 방이 너무 지저분했다. 습기가 차 방바닥은 끈적끈적했고 이불은 눅눅했다. 따뜻한 물은 벌건 녹물이 나와 찬물로 대충 씻어 야 했다. 세면대 물은 내려가지도 않는다. 찝찝했지만 깨끗이 씻고 알몸으로 이불 속으로 들어가 아내의 따뜻한 몸을 안으니 아내가 품으로 파고든다. 옛날 아내를 처음 안을 때처럼 느낌이 새롭다.

다음 날 거기를 나와 다시 정선읍을 왔다. 고모님을 만났다. 어 제 갔던 농협 바로 옆에서 장사를 하고 계셨다. 고모님은 올해 일흔 여섯이다. 고모부는 몇 년 전에 돌아가시고 혼자 사신다. 그런데 이 게 웬일인가. 무슨 약속이나 한 듯이 서울에 사는 여동생 식구들이 정선을 왔다. "아니, 니가 여기 웬일이니?" "오빠야 말로 여기 웬일 이야?" 여동생은 신기하다는 듯 깔깔대면서 웃는다. 여동생은 강원 도 속초를 놀러 갔다가 고모를 한번 보려고 가는 길에 들렀다고 한 다. 매제는 체육관을 운영하고 있다. 조카들도 같이 왔다. 우리는 같이 점심을 먹었다.

여동생 식구들과 헤어진 뒤 아내와 나는 화암동굴을 보러 갔다.

일제시대 때 강제 노역을 시켜 금을 캔 광산과 자연 동굴을 이어 놓은 엄청나게 큰 동굴이다. 돌아 나오는 데 두 시간이 넘게 걸렸다.

화암동굴을 나와 화암약수터로 갔다. 약수 맛을 보니 쇳물 맛이 난다. 아내는 못 먹겠다고 얼굴을 찡그린다. 약수터를 내려와서 소금강 쪽으로 갔다. 오른쪽으로 계곡이 보이고 그 뒤로 웅장한 절벽이 끝도 없이 이어져 있었다. 어디 들어가는 곳을 찾다 못 찾고 그저 계곡 따라 가다 보니 영월과 태백으로 갈라지는 길이 있었다. "어디로 갈까?" 우리는 가는 곳을 서로 마음대로 하라고 하면서 정하지 못하고 있었다. 우리는 영월로 갔다.

가다 보니 또 깜깜한 밤이 된다. 어느새 원주다. 아내는 치악산 근처에서 자고 내일 아침 치악산이나 올라가자고 한다. 아내는 산을 별로 좋아하지 않는데 내가 워낙 산을 좋아하니 내 생각을 해 주는 것 같다. "태희 엄마 산 좋아하지 않잖아." 우리는 늘 서로 자기 좋아하는 것만 하자고 했는데 서로 반대가 되었다. "아침 일찍 올라갔다 내려오면 괜찮아." 그래, 좋다. 올라가다 못 가면 내려오자. 다시 치악산 쪽으로 차를 몰았다. 밤은 점점 깊어지고 있었다.

여주에 사는 큰 여동생한테 전화가 왔다. 미정이가 서울 가다가 여기 여주를 들렀는데 원주에서 여주가 별로 떨어지지 않았으니까 집에 들러 한잔하자고 한다. 아내는 나와 단둘이 있고 싶은데, 내가 거기를 갈까 봐 눈치를 준다. "아니야, 내일 여기 치악산 올라가려고 산 밑에 와서 방 잡았어" 하고는 전화를 끊었다.

치악산 밑에 와서 잘 곳을 찾았다. 나는 어제 자던 찝찝했던 여관이 생각나 민박집을 들어가기가 싫었다. 아내도 그런 곳은 싫은

가 보다. 우리는 산에서 조금 떨어진 호텔로 갔다. 방값은 5만 원이었다. 별로 비싸지도 않네. 아마 러브호텔인가 보다. 방을 들어가니 아내가 눈이 휘둥그레진다. 은은한 불빛, 깨끗한 침대, 고급스러워 보이는 화장대, 유리로 된 목욕탕, 침대 옆에 탁자가 있고 마주 앉아 한잔하라는 듯 걸상이 놓여 있다. 아내는 냉장고 문을 열어 본다. "태희 아빠! 맥주도 한 병 있어."

호텔을 나가 길 건너 식당에서 저녁밥을 먹고 나니 아내는 당연하다는 듯 호텔과 반대쪽에 카페가 보이는 쪽으로 발걸음을 뗀다. 시골길이라 불빛도 없고 깜깜하다. 사실 나는 값도 비싸고 먹을 것도 없는 카페가 마음에 들지 않지만 아내 마음을 맞춰 주려고 아무 소리 하지 않고 같이 갔다. 아내는 마음이 들떠 있다. 내 팔짱을 꼭 끼고 걷는다. 조그만 카페가 있어 들어갔다. 왜 여자들은 이런 카페를 좋아할까?

카페를 들어와 메뉴를 보니 칵테일 한 잔에 대략 8천 원에서 만 5천 원이다. 그나저나 이름을 알아야 뭘 시키지. 이름이 좀 야한 뭐 '섹스……' 뭐라더라 하는 걸 물었더니 웨이터가 아, 그건 여자들이 먹는 술이에요 한다. 아내가 웃는다. 그럼 이건요? 하고 뭐 '러시아 어쩌구 저쩌구' 된 걸 물었더니 그건 독해요 한다. 그럼 '섹스 어쩌구'는 아내가 먹으면 되니까 그거하고요 난 이거 주세요 하고 '러시아 어쩌구'를 시켰다. 뭐 이런 데를 와 봤어야 알지.

우리는 그동안 살아온 이야기를 했다. 아내는 나보고 너무 자기 일만 몰두하지 말고 가끔 이렇게 놀러 오자고 했다. 나는 알았어 하고 고개만 끄덕거리고 아무 소리 하지 못했다. 나는 정말 아내한테 죄도 많이 졌다. 아이 키울 돈이 없다고 임신한 지 다섯 달 된 아이를 떼라고 해서 뗀 일은 평생 한으로 남을 것이다. 집에 돈이 없어서 부업을 하는데 시끄럽다고 그런 것도 못 하게 했으니 다른 건 말 안 해도 알 만한 일이다. 그런데 결국은 아들 태희가 조금 큰 뒤로 아내가 회사를 나가 그래도 우리 식구가 누울 집 한 채를 마련했다. 그렇다. 그건 아내가 벌고 알뜰살뜰 살림을 해 준 덕이다. 사실 내 버스 운전으로는 평생 집 한 칸 마련하기 힘들었을 것이다. 무슨 할 말이 있으랴.

하지만 나는 그 뒤로 아내한테 잘 하려고는 했다. 아무리 바빠도 집 청소와 빨래는 내가, 밥은 늘 혼자 차려 먹고 설거지를 했다. 일 끝나고 집에 들어와서도, 새벽에 나갈 때도 잠든 아내가 깰까 봐 살금살금 나갔다. 다만 아내와 같이 시간을 못 낸 것은 노조민주화운동이라고 동료들 만나는 일이 많았고 축구니 등산이니 바둑이니 내 취미가 많았기 때문이었다. 그래, 그건 핑계지. 아무리 그래도 조금 더 시간을 아내와 같이 보낼 수 있었을 텐데 하는 생각으로 아내한테 미안하다고 했다.

우리는 가볍게 한잔을 하고 호텔로 왔다. 여자는 분위기가 있어야 한다는 말이 맞나? 아내는 집에서 사랑을 하던 때와 달랐다. 아내와 20년 가까이 살면서 언제 이런 사랑을 나눈 적이 있었던가 할 정도였다. 뜨거운 입맞춤과 격렬한 몸부림……. 그 뜨거운 사랑은, 자다가 깬 새벽에도 이어졌다.

다음 날, 아니 그날 우리는 치악산을 올랐다. 치악산은 높고 험했다. 가장 높은 비로봉이 1,288미터, 산행 거리가 6킬로미터가 넘는다. 그 가운데에서도 능선과 계곡이 가장 험하다는 구룡사에서 비로봉 가는 길은 능선을 타고 끝없는 층계와 바위가 있는 험한 길이 이어져 있었다. 비가 온다고 다른 등산객들이 올라가지 말라는데도 우린 기어코 올랐다. 중간에 아내가 너무 힘들어하는 것 같아 그만 내려가자고 했는데 아내는 정겹게 웃으면서 앞으로 나아갔다. 아내는 안다. 내가 산을 오를 때 정상을 안 가고 내려온 적이 없다는 걸. "태희 엄마, 올라갈 거야?" 우리는 서로를 생각해 주고 있었다.

숨이 턱에 닿고 비와 땀으로 온몸이 젖고 다리가 후들거렸지만 우리는 기어이 정상에 올랐다. 아내는 탄성을 질렀다. 끝없이 펼쳐진 산 아래로 위로 구름이 몰려오고 넘어오는 광경을 보고 "어머, 저거 봐. 저거 좀 봐!" 하고 환하게 웃고 있었다. 아내랑 처음 만났을 때 까불랑거리던 그때가 생각난다. (2003년 10월)

통일하지 맙시다

오늘은 고양청년회 모임이 있는 날이다. 장기수 할아버지 양희철 선생님이 오셔서 민족의학에 대해서 강연회를 한다고 해서 일까지 빼먹고 참석을 했다.

고양청년회 사무실을 들어가니 고양청년회 회원들 한 서른 명이 모여 있었다. 들어간 지 한 3분쯤 됐을까, 양희철 선생님이 들어오셨다. 내가 생각했던 것보다 훨씬 젊어 보였다. 키와 몸집은 작아 보이지만 가슴을 활짝 핀 모습이 당당해 보였다. 조금 웃는 듯한 온화한 얼굴에서 부드러운 느낌을 받았다.

강연이 시작되기 전 노래패 희망찾기가 노래를 불렀다.

"버려진 사선 철길을 따라 민중의 가슴 차표를 쥐고⋯⋯" 잔잔한 노래 때문인가 양희철 선생님 때문인가 분위기가 가라앉았다.

양희철 선생님은 감옥에서 37년을 사셨다고 한다. 스물여덟에 들어가 예순일곱까지 37년! 말이 37년이지 우리 같은 사람들은 도저히 상상할 수가 없다. 그 속에서 사상전향을 하라는 그 모진 고문, 협박, 매를 버티고 사셨을 생각을 하면…….

양희철 선생님은 그 속에서 병든 몸을 스스로 진단하고 치료하면서 민족의학, 생활의학, 침 놓는 법을 배웠다. 침은 서류를 찍는 조그만 핀을 갈아서 만들었다고 한다.

강의 내용은 색다른 건 없었다. '과음 과식'은 건강에 해롭고, 음식은 고기보다 채소, 그 가운데에서도 콩으로 만든 음식들이 좋다. 또 자기 전 2시간 전에 무엇을 먹는 것은 몸에 해롭다. 몸이 많이 아픈 사람들은 가끔 단식을 하는 것이 오히려 몸에 좋다. 대개 그런 것들이었다.

나는 몸이 조금 마르기는 했지만 어디 아픈 데도 없고 건강한 편이라 민족의학에 대해서는 솔직히 많은 관심이 없었다. 그런 내용들이 그분 체험에서 나온 것들이기 때문에 확실한 믿음이 갔지만 그분이 말씀하신 것들은 다른 곳에서도 가끔 듣는 내용들이었다.

내가 일까지 빼먹고 여기 온 것은 양희철 선생님이 어떤 사상으로, 어떤 신념으로 37년을 감옥 속에서 살 수 있었는지 궁금해서였다. 하지만 그런 얘기들은 나오지 않았다.

강의가 끝났다. 양희철 선생님은 마지막으로 말씀하셨다.

"국가보안법을 철폐하자는 사람이 많은데 그거 철폐하면 안 돼요. 또 통일하자는 사람이 많은데 통일? 그거 하면 안 돼죠."

사람들이 그 소리를 듣고 조용했다. 양희철 선생님은 덧붙였다.

"국가보안법을 철폐하면, 지금 국가보안법 철폐하자는 사람들이

다 실업자가 될 터인데 그 실업자는 다 어떻게 합니까? 그렇잖아
도 실업자가 많은데……. 또 통일하기 싫어하는 사람 몇몇 있어요.
……. 그렇게 싫어하는 사람들 있는데 뭐 하러 통일합니까?"

　아하! 사람들이 낮게 웃었다. 그런 걸 역설법이라고 하나? 양 선
생님 말씀에는 깊은 뜻이 있었다. (1999년 6월 한겨레)

천사 같은 '또라이'들

월간 〈작은책〉이 울산에서 노보전시회를 열었다. 나는 그 노보 전시회에서 어줍잖게 '선전사례'를 발표하게 되어 울산을 내려가게 되었다.

난생처음 비행기를 탄 이야기며 밤에 술 취해서 간 일산해수욕장, 알딸딸한 정신으로 혼자 아침에 나온 방어진 부둣가, 하고 싶은 얘기는 많지만 오늘은 '사람' 얘기만 하자. 마음이 어린애들처럼 맑고 남을 위해 희생하는 사람들, 정열이 넘치는 사람들, 꼭 한두 가지 특색이 있는 사람들, 그저 둥글둥글 더러운 세상과 타협하면서 사는 사람들이 보면 조금 '또라이' 같은 사람들 얘기다.

12월 1일, 노보전시회가 열리는 울산대병원으로 가는데 "어, 선배님!" 하는 소리와 함께 반가운 얼굴이 보인다. 세상에 모르는 사람이 없는 마당발 김치환이다. 내가 여기 와서 선전사례 발표를 하게 된 것도 요 김치환 때문이다. 나는 사람들 앞에 나서는 걸 싫어해 이런 데 안 오려고 했는데 붙임성 있고 예의 바르고 설득을 잘하는 이 김치환 때문에 결국 오게 되었다. 치환이는 노보전시회가 열리는 병원 약도를 그린 화살표를 길에다 붙이러 가는 길이었다.

병원 6층, 화려한(?) 조합 사무실 오른쪽으로 돌아서 노보가 전시된 방을 들어가니 작은책에서 일하는, 예쁜 아가씨 최명희가 보이고, 공주병에 걸린 아줌마 최재희, 사진을 찍는 이정원, 또 김영철이 보인다. 이 사람들 다 또라이들이다. 열정이 없는 또라이가 아니면 이 몇 사람이서 이렇게 큰 행사를 치를 수가 없다.

작은책 강순옥 선생님은 복도 끝에 있는 바깥에서 담배를 피우고 있다. 강순옥 선생님은 '노동자들이 글을 써야 세상이 바뀐다'고 하면서 차광주 선생님과 월간 〈작은책〉을 창간한 사람이다. 한 가정의 주부로서, 며느리로서, 작은책 대표로서, 어느 것 한 가지도 소홀히 하지 않고 1년에 구독료 2만 원짜리 〈작은책〉을 이만큼 키워 온 또라이의 대표격이다.

전시된 노보들을 구경하고 있다 보니 아, 노동자 시인 윤길이 형이 왔다. 윤길이 형은 지난번 울산에서 집회할 때 짱돌을 들고 있는 모습이 사진에 찍혀 옥살이를 얼마 동안 하고 나왔다. 윤길이 형이 경찰에서 한 진술은 "개를 향해 던졌다"나 뭐라나. 노동해방의 열정을 지니고 있는 또라이 아니면 쉰이 다 되는 나이에 엄두도 못 낼 일이다.

선전사례 발표를 했는데 나는 별로 할 말이 없어 1시간에 끝내고 나왔다. 뒤에 나온 이상대는 조금 너무했다. 2시간 반을 하다니. 이

140

또한 정열이 넘치는 또라이가 아니면 도저히 할 수 없는 일이다.

선전사례 발표가 끝나고 공연을 했다. 사회자는 이옥한이다. 몸은 보리출판사에 있고 마음은 작은책에 있는 옥한이는 돼지 멱따는 '소리'에 장구도 치고, 밥을 한 주걱 입에 퍼 넣고 씹으면서도 웃고 떠들 수 있는, 재주가 많은 사람이다. "근디요, 철의 노동자를 한번 불러 볼까요?" 하면서 공연을 시작한다.

아! 거지! 각설이! 아니 또라이! 기만서가 나왔다. 택시 운전을 하다가 운전 때려치우고 노동판을 울고 웃기는 각설이가 되었다는 전설의 인물이다. 기만서는 특징이 너무 많아서 생김새를 한마디로 말할 수가 없다. 부리부리한 퉁방울 눈에, 문어대가리보다 더 맨질맨질한 대머리에 입술은 두툼하고 덩치는 그렇게 크지 않은데도 남을 꽉 누르는 느낌이 있다. 하지만 마음은 어린애처럼 순수하다. 끊임없이 사람을 웃기고 장난을 좋아해 사람들을 즐겁게 한다.

만서가 각설이 타령으로 우리를 한참 배꼽을 쥐고 뒤집어지게 만들더니 탁자 뒤로 숨는다. 금방 까만 안경에 군인 모자를 쓴 친일파 파시스트 정말 또라이 박정희, 아니 다카키 마사오가 되어 나오면서 그 박정희가 하던 말투에 낮은 목소리로 "이봐, 님자. 요즘 나라 경제가 좆나게 어렵다면서……" 하면 관객들이 뒤집어진다.

전두환, "본인은 정의사회규현을 위해……", 노태우, "지금 나라 경제가 보통 어려운 게 아닙니다"에 이어 김영삼의 "학실히 좆 돼부렀습니다", 그리고 김대중의 그 특이한 카랑카랑하고 얇은 목소리로 "좆 돼부렀다구요?" 하는 흉내에 관객들은 발을 구르고 배를 움켜쥐면서 요절복통을 한다. 만서는 "……소문이 쫙 났습니다. 그 집에는 똥개가 산다고" 하는 졸부를 비꼬는 서정홍 노동자 시인의 시를 읊으면서 공연을 끝낸다.

김병수가 나왔다. 병수는 보건의료노조 문화부장이다. 기타 한 대에 마이크만 있으면 어디서든, 몇 시간이든 공연을 할 수 있는 진짜 가수다. 작사 작곡에 편곡에, 못 하는 게 없다. '따따따 따따따 나팔꽃으로' 하는 동요를 편곡해 만든 '나팔꽃 친구'는 씨랜드 참사로 죽어 간 아이들과 한양대병원에서 근무할 때 백혈병에 걸린 아이들을 생각하면서 만든 노래다. '영아야 영아야 지금 어딨니 / 별나라 반짝이는 눈망울처럼……' 하는 구절이 나오면 가슴이 싸하게 아린다. 또 '다시 다시 다시' 하는 노래도 참 좋다. 힘이 저절로 생기는 것 같다.

마지막에 나온 최은희. 최은희 씨는 종로 풍물패 '풍물이랑'을 꾸려 가면서 장구와 '소리'를 가르치는 분이다. 치환이한테 얼마나 멋진 사람이라고 세뇌를 받았는지 나는 그 최은희 씨를 보기도 전에 사모(?)한 사람이다. 얼마 전 오마이뉴스 주최로 열렸던 축구 대회에서 작은책을 응원하러 온 최은희 씨를 처음 보고 나는 열성팬이 됐다.

최은희 씨는 화장기 하나 없는 얼굴에 장난기 가득 머금은 어린 동자 같다. 누가 최 선생님! 하고 부르면 네! 하고 쪼르르 달려가서 초등학생이 선생님 명령을 기다리듯 맑고 호기심 많은 눈동자로 바라본다. 그 모습을 보면 웃음이 저절로 나오고, 누구든지 좋아하지 않을 수 없다.

최은희 씨가 하는 소리는 가슴을 울린다. 조금 쉰 목소리가 어떻게 그렇게 높이 올라가면서 끊어질 듯하다가 어떻게 또 그렇게 이어지는지. 아! 한숨이 푹 나오기도 하고 절로 어깨가 들썩거리기도 한다. 최은희 씨는 형식이 없다. 그저 그 자리에 맞는 노래를 하고 분위기를 살리면서 같이 어울릴 수 있는 사람이다.

공연을 끝내면서 걸상을 뒤로 보내고 우리는 강강술래를 했다. 최은희 씨는 아무렇게나 갖다 놓은 걸상에 장구를 올려놓고 장단을 맞추면서 소리를 한다. 쉰 목소리가 강당을 울려 퍼진다.

"강강술래 강강술래. 청바지만 놀아라, 강강술래. 강강술래 안경 쓴 사람만 놀아라, 강강술래 강강술래……."

우리는 한참 신명이 나서 서로 손을 잡고 원을 그리면서 돌았다.

다음 날 우리는 서울로 가려고 승합차 두 대에 나누어 탔다. 만서는 서울로 오는 14시간 동안 한두 시간 잠 잔 시간을 빼고는 우리를 요절복통하게 만들었다. 겨울에 며칠 굶은 꿩들을 쌀로 유인해 꿩들이 논바닥에 널려 있는 그 쌀을 먹는 동안에 물을 뿌려 꿩 발목이 얼어서 못 움직이면 그 꿩들 발목을 낫으로 오려 자루에 담는 얘기, 또 청둥오리는 잘 때 보초를 세우는데 그걸 잡으려면 몰래 가서 라이터를 한 번 켰다가 얼른 숨는단다. 그러면 청둥오리 보초가 위험하다고 동료들을 깨운다. 그래서 일어나 보면 아무도 없고. 화가 난 청둥오리 대장이 보초를 좇나게 패서 죽인다. 또 다른 보초를 세우면 아까처럼 라이터를 한 번 켰다가 얼른 숨고, 그러면 대장이 보초를 패서 죽이고. 다음 날 가서 죽은 오리만 자루에 담으면 된단다. 그런 이야기를 웃지도 않고 진짜처럼 심각한 얼굴로 하면서 상 밑으로 숨었다 나왔다 하는 모습을 보면 누가 봐도 웃음을 안 터뜨릴 수가 없다.

또 타우너를 운전하고 뒤따라오는 김치환 졸음을 깨준다고 카니발 위로 구멍이 뚫린 곳으로 그 문어대가리 같은 머리를 쑤욱 내밀고 가기도 했다. 맞은편에서 오는 차에 탄 사람까지 뒤집어지는 모습이 보였다. 대경 씨는 머리가 차 지붕 위로 다 나왔을 때보다 맨 처음 나올 때가 '죽인다'고 한다.

김치환, 기만서, 김병수가 음모를 꾸미며 바다를 구경하자느니 영덕게를 먹자느니 해서 엄청 돌았다. 깜깜한 밤중에 가다가 등대가 나오니 또 한참 나가서 구경들을 한다. 마치 어린아이처럼 들떠 있다. 병수는 그 밤중에 피리까지 불고…….

휴게소에서 자장면을 시켜 놓고 밖에서 둥그렇게 모여 율동을 하는 모습들. 또 다른 휴게소에서 '뽕짝' 음악이 나오니 기만서와 최은희 씨가 손을 잡고 춤을 추는데 '묻지마 관광'에서 타락한 중년들이 노는 춤과 전혀 다른 느낌이었다. 아니 마치 그런 타락한 세상을 마음껏 비웃는 모습이었다. 그건 정말 이 세상에 때묻지 않은 사람들만이 그렇게 자신 있게 보여 줄 수 있는 행동이었다. 최은희 씨나 기만서는 천상 선녀, 장난꾸러기 동자였다. 나는 내일 회사를 나가 졸면서 일할 걱정이 앞서는 걸 어쩔 수가 없었지만 그래도 이런 사람들과 같이 있다는 게 정말 좋았다.

새벽녘, 서울이 가까워 오면서 휴게소에 들러 나는 막걸리 한잔을 했다. 교대로 운전을 하게 될까 봐 무척 참았는데 보리출판사 박용석이 끝까지 운전을 할 것 같았다. 막걸리 병에 써 있는 선전문구가 끝내 준다. '트림 무', 트림이 나올지 안 나올지 모르겠지만 맛이 죽인다. 진작 먹을걸.

차에 다시 타려고 하는데 기만서가 잠깐 보자고 한다. 휴게실로 들어갔더니 나한테 우리 '버스일터' 후원금이라고 봉투를 준다. 최은희 씨, 병수, 만서가 돈을 모은 것 같다. 나는 순간 한동안 머리가 멍청해진 것 같았다. 그리고 가슴이 울컥했다. 그렇게 바쁘고 자기 앞길이 바쁜 사람들이 우리 '버스일터'를 생각하고 있었다니.

나는 이게 뭔가. 선전사례를 어줍잖게 발표하고 20만 원이나 주는 걸 뿌리치지 못하고 받은 뒤 그걸 그냥 오늘 아침에 회를 먹는데 다 써 버렸는데……. 아, 머리 돌아 버리겠다. 나이만 먹었지 나는 아직 멀었다. 고맙다는 소리도 못 하고 '버스일터' 총무를 맡고 있는 광현이보고 알아서 하라고 나는 휴게실을 나왔다. 괜히 콧등이 시큰거리고 눈물이 나오려고 한다.

나중에 알았지만 최은희 씨, 만서, 병수는 작은책이 좋아서 공연을 한 거라고 하면서 공연비를 끝까지 안 받으려고 하다가 조금만 받고, 그 돈조차 쓰고 남아 우리 '버스일터' 후원금으로 주었다고 한다. 정말 내 자신이 부끄러워 열받고, 정말 사람의 탈을 쓴 천사 같은 또라이들을 만나 콧등이 시큰거린다.

최은희 씨는 그 뒤 보리출판사에서 일하는 이옥한과 결혼해 잘 먹고 잘 살고 있다. 최은희 씨, 이옥한, 김병수는 지난번 괴산에서 열린 〈작은책〉 창간 10주년 기념 잔치에 참석해서 소리와 장구를 치면서 '청어엮기'로 많은 사람들을 즐겁게 해 주었다. 김병수는 현재 보건의료노동조합 문화국장으로 있다. 문어대가리 기만서는 전라도 무주 어딘가로 귀농해 연락을 끊었다.

3장 | 삶이란 곧 싸움이다

사업주도 파업하네

"죽기를 각오하면 승리한다는 결연한 심정으로 동지 여러분께 강력히 촉구합니다."

"조합원 동지들의 파업 찬성 결과에 의한 파업 명령은 제가 하는 것입니다. 그리고 향후 어떠한 법률적인 탄압에도 당당히 제가 책임을 지고 나아갈 것입니다."

해마다 파업, 파업 하지만 생전 안 붙이던 요상한 공고까지 붙이면서 별스럽게 시작한 파업이 열두 시간도 못 채우고 끝났다. 이번에는 임금 15.7%, 근로일수 24일, 격주 휴무제, 상여금 50%를 요구했지만 콧방귀도 안 뀌던 사업주들에게 노동자 최대의 무기인 파업으로 화끈하게 투쟁하는 것처럼 보였다.

그러나 결론부터 말해서 예전처럼 이번 파업도 우리 노동자들이 일으킨 파업이 아니다. 내가 아는 상식으로는 노조에서 목숨을 걸고 파업을 한다면 아마 회사에서는 '모가지'를 내걸고 무슨 수를 써서라도 파업을 방해할 것이다. 1987, 1988년도이던가, 시내버스가 파업한다고 할 때 회사에서는 기사들이 운행을 안 하고 버티자 온갖 협박을 해서 내보냈다. 그날 첫차에 걸린 기사에게 나가라고 하고, 그 기사가 배짱이 좀 있어 안 나가면 그다음 사람에게, 또 그다음 사람에게 달래 보기도 하고 해고한다고 협박도 하면서 기어코 내보내고 말았다. 처음에는 안 나가고 버티다 기사들이 한 사람 나가고, 두 사람 나가고 하다 보니 결국 전부 운행할 수밖에 없었다.

지난번 노동자 총파업 때도 시내버스가 파업한다고 하니 본사 차고에 있는 차들을 전부 시동을 걸어 놓는가 하면, 그 새벽부터 본사 직원이 둘씩이나 배차실에 나와 기사들이 조금이라도 늦게 출근하면 혹시나 하고 자상하게(?) 전화도 걸어 주었다. 그렇게만 하는데도 파업은 일어나지 않았다.

이번 파업은 다시 한번 말하지만 결코 노동자들이 일으킨 파업이 아니다. 기사들이 말한 대로 '사업주가 파업한 것'이다. 우리 화전영업소만 해도 조합 간부는 한 사람도 영업소에 나오지 않았는데 파업이 이루어졌다. 심지어 어떤 사업장에서는 한 조합원이 지부에서 내리는 파업 지시를 거부하고 운행을 하려고 하는데 회사 영업소 소장이 차 운행을 못 하게 했다고 한다. 얼마나 짜고 한 파업인지는 모르지만 노조가 아니라 회사가 오전 11시 반쯤에 오전반 기사들에게 집으로 그만 들어가라고 한 걸 보면 파업이 끝나는 시간까지도 각본에 있었던 게 아니었을까.

또한 지난번 노동자들 목숨이 걸린 노동법과 안기부법을 더 나쁘게 고치는 것을 막기 위해 총파업을 하려 할 때 지부에서 파업을 하려는 의지가 있어도 회사가 방해하면 결코 못 하겠지만, 시작조차 못 했던 중요한 까닭은 지부에서 서로 책임질 사람이 없었다는 것이다. 그런데 어찌된 일인지 이번에는 지부에서 말하듯이 "어떠한 법률 탄압에도 당당히 책임을 지고 나아갈" 사람이 나타날 수 있었는지 궁금하기만 하다.

그리고 왜 시에서는 시내버스 운영 실태를 언제 조사했는데 이제까지 가만히 있다가 때맞춰 시내버스가 '적자' 운영이라고 발표하는가. "시민들이여, 요금을 조금 올리더라도 아무 소리 하지 말아라. 그나마 시내버스가 없으니 얼마나 불편하던가." 이 소리를 하고 싶었을까.

왜 예전처럼 시민들에게 겁만 주다 새벽 너덧 시에 "파업 직전 극적 타결!" 하는 방법을 올해는 써먹을 생각도 안 했을까. 두 가지 까닭을 짐작할 수 있다. 그 하나는 나도 깜빡 착각한 것이지만, 앞으로 복수노조가 허용되면 기사들에게 '어용'으로 찍혀 있는 서울버스지부가 설 자리가 없어진다는 것인데 파업 과정과 협상 결론을 보면 결코 그것 때문에 '파업'한 것은 아니다. 둘째 까닭은, 그렇잖아도 시내버스 비리 사건 때문에 요금을 내려야 한다고 말도 많은데 그렇게 미지근하게 연극을 하다가는 요금을 올리는 데 시민들이 넘어갈 것 같지 않으니 화끈하게 뭔가 보여 주려고 '파업'한 듯하다.

한국노총 밑에 자동차연맹, 그 밑에 서울버스지부로 되어 있는 지금 우리 상급단체는 우리들 조합비로 자기들 이익만 챙기고, 해마다 회사에 겁주는 파업이 아니라 시민들에게 겁주는 '파업'을 무기로 사업주와 "파업 직전 극적 타결"했다고 연극을 하고 있다. 쥐꼬리만 한 임금 몇 퍼센트 올리는 대신, 지난 1992년에는 '중간 퇴사자에게 상여금을 지급치 않기로' 했고 1995년에는 '매회 지급 대상 기간 마지막 달 입사자는 상여금을 지급치 않기로' 자꾸 뒷걸음질치며 단체협약을 맺어 왔다. 그것도 양에 안 차 1996년에는 아예 '입사일로부터 3개월간은 상여금을 지급치 않는다'고 이해할 수 없는 단체협약을 맺어 놓았다.

이 세 가지 단서로 1년마다 재계약해야 하는 비정규직인 '촉탁 근무자'나, 새로 들어오는 기사들이나, 중간에 그만두는 기사들이나 할 것 없이 상여금을 앞뒤로 잘리는 건 물론이다. 더구나 다른 사람들은 1년에 상여금을 네 번 받는데 '촉탁 근무자'들은 두 번이나 받을 수 있을까 말까 한다. 이번에도 임금 15.7% 인상안은 어디 가고 기본급 5.5%에 상여금 50% 올리는 데 그치고 말았다. 게다가 우리 임금 시효가 1월 31일로 끝나 2월 1일부터 소급(지난 것을 계산해 주는 것)해서 받아야 하는데 그 소급분은 주지도 않고 4월부터 계산해 주기로 하다니, 정말 어처구니가 없어 말문이 막힌다. 그런데 사업주는 올해도 또 어김없이 버스 요금을 인상하기로 약속받았다니 더 말해 무엇 하랴.

노동자 파업이든 사업주 파업이든 이번 파업은 많은 걸 깨닫게 했다. 보수 언론들은 '교통대란'만 이야기하지 기사들 목줄이 걸린 우리 단체협약과 임금에는 아무런 관심도 두지 않았다. 말들도 참 많았다. 하이텔 토론광장에 나오는 의견들만 봐도 '학생들이 차를 못 타고 정류장에서 엉엉 울기까지 했다. 출근길에 학생들 태워 주느라 10시 넘어서야 회사에 도착했다.' '요금 인상한다고 서비스가 좋아지나? 난폭 운전에 배차 시간도 엉망인데 버스가 파업한다니 참을 수 없다.' '요금이 올라야만 서비스 개선한다는 소리 좀 그만 두자. 어차피 개선되지도 않을 거 시민들 목숨을 담보로 파업하지 말라.' '버스 파업으로 모처럼 거리가 한산했다. 오늘로서 누가 교통 혼란에 책임이 있는지 확실히 알 수 있었다.' '시내버스와 전철은 국가가 공유하는 사업으로 돌려서 공익근무요원들을 대거 투입해서라도 운전을 시켜야 한다.'

어떤 말을 들어도 우리 버스 기사를 싸잡아 욕하는 말들이다. 우리 기사들은 억울하다. 우리가 스스로 파업을 하고 그렇게 욕을 먹어도 참기 힘들 텐데, 사업주와 정부, 어용조합이 짜고 파업을 하는데 왜 힘없는 우리 기사들만 욕을 먹어야 하는가. 난폭 운전도, 아이들이 학교 못 가고 엉엉 우는 것도, 배차 시간을 안 지키는 것도, 그래서 공익근무요원들을 대거 투입해야 하는 것도 우리 버스 기사들 탓인가?

잊어버리자 잊어버려. 우리 버스 기사들은 원래 당하기만 하는 '봉'이었으니까. 그러나 그렇게 당하기만 하고 어디다 하소연할 데가 없으니 한이 맺힌다. 사업주한테 당해, 어용조합에 당해, 그렇다고 글솜씨가 있어 어느 일간지 독자투고란에 글을 실을 수 있나, 하다못해 컴퓨터를 잘해 하이텔 토론광장에라도 올려 시민들에게 우리 사정을 알릴 수 있기라도 하나, 열받는 걸 참고 참자니 성질만 더 더러워진다.

또다시 얄팍한 월급과 마누라 맞벌이로 버텨 나가야 한다. 하지만 희망은 버리지 않는다. 앞으로 복수노조가 허용되어 민주버스연맹이 생겨나면 조합원들은 어용조합인 서울버스지부의 상급단체인 전국자동차연맹을 많이 탈퇴할 것이다. 지금은 벙어리 냉가슴 앓듯이 속으로만 끙끙 앓고 있지만 쉽게 쓰러지지는 않을 것이다. 우리가 믿을 수 있는 연맹이 생겨나면 진짜 파업을 할 때 어떤 욕도 참을 수 있고 말할 수 있다. 왜 말 못 해. 버스 파업하면 남들은 출근이 걱정이지만 우리는 목숨이 달린 문제인데. (1997년 3월)

삥땅 전쟁과 감시카메라(CCTV)

　드디어 우리 화전영업소 일반 시내버스도 잔돈을 거슬러 줄 수 있게 토큰 통을 달았다. 전에는 운전대 앞, 네모난 바구니에 담겨 있는 100원짜리 동전을 손님이 거슬러 가느라 불편했는데 이제는 스위치만 콕 누르면 100원짜리 동전 다섯 개가 도르륵 하고 나오니 조금 편하게 되었다.

　하지만 돈이 나오는 곳이 너무 낮아 손님들이 돈을 집어 갈 때 흔들리는 차에서 허리를 숙여야 하니 무척 불편하다. 토큰 통을 만들 때 좀 더 시민들을 생각했더라면 돈이 나오는 구멍을 높게 만들어 손님이 집기 편하게 했을 텐데 사업주들이 그런 데 머리를 쓸 리가 없지. 또 동전도 그렇다. 500원짜리 동전을 넣어 주면 손님이 집어 가기 얼마나 편할까. 하지만 사업주들은 기사들이 혹 삥땅을 치지 않나 의심해서 그런지 500원짜리를 넣어 놓지 않는다.

삥땅! 시내버스가 생긴 뒤로 사업주와 기사들은 오랫동안 삥땅 전쟁을 치렀다. 이 삥땅은 사업주가 감시카메라를 버스 기사 머리 위쪽에 만들어 놓기 얼마 전까지도 남아 있었지만 지금은 벌써 전설 같은 이야기로, 아니면 그저 한때 지나가는 추억담으로밖에 남지 않았다.

이 삥땅 이야기는 쓰기가 참 곤란했다. 혹 기사들이 무슨 도둑놈처럼 비칠 수 있기 때문이다. 하지만 기사들은 사업주들한테 이용만 당한 거였다. 사업주들은 다른 데서 더 많이 떼먹으려면 그렇게 기사들에게 당근을 줘야 했다. 이제는 까마득히 지나간 이야기가 돼 버렸으니 그 삥땅 전쟁에 대해서 이제는 아는 만큼 써야겠다. 이런 이야기를 나 같은 시내버스 운전사가 아니면 누가 쓰랴. '우리 시대의 논객' 강준만 님이 쓰겠는가, '파리의 택시 운전사' 홍세화 님이 쓰겠는가.

삥땅이라는 말이 어디서 나왔는지는 모르지만 그 말뜻을 모르는 사람은 없다. 손님이 내는 요금을 기사가 슬쩍 훔치는(?) 것이다. 사업주들은 삥땅을 넌지시 인정하면서 기사들 임금을 적게 주었다. 기사들은 월급이 적어 당연히 삥땅을 쳐서 생활에 보태야 했다. 그러나 걸리면 도둑놈이라고 죄를 뒤집어쓰고 사표를 써야 하니 기사들은 온갖 머리를 짜내면서 삥땅을 쳐야만 했다.

그 삥땅 치는 방법은 여러 가지가 있다.

먼저 가장 쉬운 방법은 은어로 '피아노를 친다'고 하는데 토큰 통안에 있는 거스름 동전을 스위치를 눌러 빼먹는 것이다. 그 누르는 모습이 피아노 건반을 두드리는 모습과 비슷해서 그런 말이 나온 듯하다. 물론 커피값, 담뱃값 정도뿐이니 그 정도야 회사에서도 그리 크게 문제 삼지 않았다.

또, 손님들이 요금을 내면 그 요금을 직접 손으로 받는 방법이 있다. 기사들 은어로 '악수한다'고 하는데 아마도 그 말은 회사에 걸리면 "아, 아는 사람이 타서 악수한 거야" 하고 기사들이 변명하는 데서 나온 말 같다. 회사는 관리자를 시켜 정류장으로 들어오는 차를 멀리 숨어 있다 무비카메라로 찍게 하는데, 운전사가 돈을 손으로 받는지 악수하는지 분명하게 보이지 않는다. 하지만 고참 기사들 말로 '초짜'들이나 이렇게 한다. 회사에서 손님처럼 꾸며 버스를 타고 기사들이 손으로 돈을 받으면 잡기도 하고, 또 기사들이 돈을 손으로 받으면 시민들이 금방 회사로 전화를 걸어 신고하기도 한다.

기사들은 대개 연장을 만들어 삥땅을 치는데 갈고리, 찐득이 혹은 끈끈이라고 하는 게 있었다. 갈고리는 두꺼운 철사 끝을 구부려 간단하게 만드는데, 구닥다리 연장이라 옛날 토큰 통에나 써먹을 수 있었다. 옛날 토큰 통은 기사가 손잡이를 내려야 중간에 있는 바닥이 내려갔다. 그 바닥을 기사들 은어로 '혓바닥'이라고 하는데 이 중간 혓바닥이 내려가지 않아야 돈이 쌓이고, 돈이 쌓여야 갈고리로 돈을 긁어 올릴 수 있었다. 사업주들은 월급 올려 줄 생각은 안 하고 삥땅을 막으려고 책상머리에 앉아서 열심히 연구했다. 그래서 토큰 통을 만드는 사람들에게 동전이 떨어지면 혓바닥이 자동으로 내려가게 통을 만들어 달라고 주문했다. 기사들은 중간에 걸리지 않고 자동으로 밑바닥까지 떨어져 있는 돈을 갈고리로 긁으려면 좀 더 길게 갈고리를 만들어야 했다.

　사업주들은 또 궁리했다. 이번에는 좀 더 통을 깊게 만들었다. 그리고 돈을 집어넣는 구멍도 갈고리를 못 집어넣게 좁고, 옆으로 비스듬하게 만들었다. 중간 혓바닥도 더 섬세하게 만들어 종이돈이 들어가도 자동으로 밑으로 떨어지게 만들었다. 운전사들은 갈고리로 돈을 긁어내기 어렵게 되자 갈고리 형태를 조금 바꿔 다른 연장을 만들었다. 돈을 찍어 올릴 수 있게 갈고리 끝을 펴고 그 끝에다 끈적끈적한 물질을 발랐다. 그 끈적끈적한 물질은 아주 간단하면서도 기발한 물질이었다. 반창고에 붙어 있는 끈끈이를 라이터 불을 대어서 긁어내기도 하고, '바퀴 오라오라'에서 긁어내기도 했다. 기사들은 그 끈끈이로 종이돈뿐 아니라 동전까지도 찍어 올렸다. 갈고리 철사도 그냥 철사가 아니고 구부렸다 폈다 하기 쉽게 구리에다 피복을 씌운 전기선이나 철망을 잘라 만들었다.

　은어로 삥땅 치는 것을 '작업'이라고 하는데, 이 작업을 할 수 있는 기회가 많지 않았다. 종점에 들어가서 하기도 하지만, 대개는 종점이 다 와 갈 무렵 손님이 한 사람도 없이 다 내렸을 때 했다. 차를 세워 놓고 하면 좋겠지만 버스 노선에 숨어 있다 무비카메라로 찍거나, 회사 관리자들이 가끔 자가용을 타고 뒤에서 버스를 따라오면서 감시하기 때문에 세울 수는 없다. 운전에 '도'가 튼 버스 운전사들이 70, 80킬로미터로 달리면서 한 손으로 작업을 했다.

　사업주들은 열받아 통을 또다시 만들었다. 토큰 통 안쪽 양옆으로 서로 엇갈리게 혓바닥을 몇 개 비스듬하게 붙여 놓았다. 고기 가시처럼 옆면이 넓적하게 생겨 돈이 떨어지기는 해도 올릴 때는 걸리게끔 한 것이었다. 이제는 돈을 꺼낼 수 없을 것처럼 보였다. "힘들겠는데." "야, 들어가는 구멍이 있으면 나오는 구멍이 있는 거야." 운전사들은 뻣뻣한 철사로 만든 끈끈이로 돈을 꺼낼 수 없게 되자 또 다른 연장을 만들었다. 화투장 크기만 한, 두꺼운 철판에다가 양면테이프를 붙이고 거기에 파란 테이프로 줄을 만들어 길게 늘어뜨렸다. 이 찐득이는 통 안에 집어넣으면 어떤 장애물이 있어도 흐느적흐느적하면서 안으로 깊이 들어가 종이돈이 붙어 따라 올라오게 되어 있었다.

한술 더 떠, 더욱 기가 막힌 연장도 나왔다. 문을 열고 닫을 때에 쓰는 경첩으로 만드는데 경첩 안쪽에 끈끈이를 바르고 가운데와 양옆에 질긴 실 세 개를 달아 놓았다. 통 안에 집어넣을 때는 가운데 실을 잡아 집어넣고 바닥에 닿을 즈음 양옆에 달린 실을 잡아당긴다. 경첩은 쫙 펴지고 끈끈한 면에는 종이돈이 잔뜩 달라붙는다. 마지막에는 가운데 실을 잡고 잡아 올린다. 경첩은 오므라들면서 돈을 움켜쥐고 따라 올라오게 되어 있다. 기사들 은어로 '포크레인'이라고 했다.

뻥땅 전쟁은 사업주들이 이길 수 없는 것처럼 보였다. 먹고살자고 하는데 당할 수 있겠나. 그러나 그것은 전쟁이 아니라 부분 전투였다. 회사는 뻥땅을 무기 삼아 기사들을 노예처럼 부려 먹으면서 임금이나 복지시설을 엉망으로 하여 그 손해를 메웠고, 뻥땅하는 기사들을 잡아 퇴직금을 잘라먹었다. "경찰서 갈래? 사표 쓸래?" 회사에 밉보인 기사들을 몇 날 며칠 뒤따라 다니면서 뻥땅 현장을 잡아 이렇게 협박하면서 퇴직금과 임금, 상여금을 포기한다고 각서를 쓰게 하고 쫓아냈다. 그걸 회사에서는 '노무관리'라고 했다.

사실 기사가 뻥땅을 쳐 봤자 얼마나 쳐 갈까. 회사는 오히려 기사들이 뻥땅을 칠 수 있어야 손님을 태우려고 눈에 불을 켜는 걸 알았다. 다른 회사와 노선이 똑같은 경쟁 노선에서 기사들이 뻥땅을 칠 수 없으면 그렇게 죽자 사자 다른 회사 차를 넘어 손님을 태울 리 없다. 그렇기 때문에 회사는 아부하는 기사들은 뻥땅을 쳐도 은근히 봐주는 때가 많았고 밉보인 기사들이 걸리면 여지없었다. (물론 지금은 뻥땅을 칠 수 없게 되었지만 회사 눈치 때문에 손님을 태우려고 애쓰는 기사도 있다.)

기사들은 그 뻥땅 때문에 뭉치지 못하고 모래알처럼 따로따로 놀았다. 손님을 태우려고 질질 끌다가 뒷차하고 싸움도 했다. "야, 이 새끼야! 왜 내 시간을 먹는 거야?" "뭐? 새끼? 임마, 앞차 보내고 한 신호 끊었어. 새끼야!" 밥을 먹다가 식판이 날아가기도 했다. 뭉치지 못하고 서로 아웅다웅하니 회사는 '노무관리'를 더 쉽게 할 수 있었다. 사업주들은 뻥땅 전투에서는 졌지만 전쟁에서 이겨 속으로 재미를 보았다.

시내버스에 카드 기계를 달기 시작했다. 이제 뻥땅은 끝났으니 버스 회사는 좋아라 했을까? 천만에. 버스 회사는 처음에 그 카드 기계를 반기지 않았다. 들어오는 현금을 이중장부를 써서 수입을 조작해 건더기를 건져먹는데, 반길 리 없다. 수익금이 완전히 드러나게 카드 요금제가 완전히 자리 잡으려면 부처님 같은 사업주가 나와야 한다. 하지만 정부 정책이라 어쩔 수 없었다.

카드 기계가 들어왔어도 시내버스 회사 수입이 투명하지 않으니까 시는 버스에 감시카메라(CCTV)를 달아 운전사를 감시하기 시작했다. 이 감시카메라는 보통내기가 아니었다. 24시간 돌아가는 게 아니고 감지기가 달려 있어서 토큰 통 근처에 물체가 움직이면 돌아가게 되어 있다. 버스 발동을 꺼도, 배터리 전기선을 빼도, 축전기가 달려 있어 두 시간 이상은 돌아가게 되어 있다고 한다.

여기까지 이야기하니까 내가 걱정한 대로 우리 기사들이 무슨 도둑놈이나 된 것 같다. 다시 말하지만 우리 기사들은 그럴 수밖에 없었다. 기사들이 삥땅 없이 월급만으로 살 수 없다는 증거를 몇 가지 대야겠다.

경기도 명성운수는 삥땅으로 소문난 회사였다. 다른 지방과 마찬가지로 이런 회사들 임금은 형편없이 적다. 지금도 기본급이 70만 원 조금 넘는 정도니 그때는 얼마였을까. 한마디로 임금이 모자라면 삥땅으로 채워서 갖고 가라는 이야기였다. 이 명성운수에 감시카메라를 달았다. 운전사들은 당연히 삥땅 없이 그 월급으로 살 수가 없었다. 기사들은 우르르 다른 회사로 옮겨 갔다. 명성운수에서는 기사들이 모자라니까 카메라를 달고 그 대신 하루에 1만 5000원을 수당으로 지급한다고 했다. 자, 얼마나 임금이 적은지 짐작하겠는가. 인권을 침해한다고 보상해 주는 돈이 결코 아니었다. 하지만 기사들은 먹고살아야 하니 정말 중요한 '인권침해' 문제는 뒤로 밀려나 버렸다. 뜨내기 기사들이 다시 명성으로 우르르 몰려갔다.

서울 신촌교통 921번에서는 뻔뻔스럽게 수당도 하나 주지 않고 감시카메라를 달아 운전사를 감시했다. 운전사들은 열받아서 손님을 태우려고 하지 않았다. 경쟁 차를 앞으로 보내고 그 뒤만 졸졸

따라다니니 볼 장 다 봤지. 기사들이 손님을 태울지 안 태울지 마음먹기 따라 생각보다 훨씬 심하게 수입이 차이가 났다. 오죽했으면 회사가 감시카메라를 다시 떼려고 생각했을까.

서울 신성교통은 카메라를 달면서 조합원들에게 물었다고 한다. 수당으로 하루에 5,000원씩 줄 테니 카메라를 달아도 되겠냐고. 멍청한 조합원들이 좋다고 했다. 처음 한두 달은 5,000원씩 수당을 잘 주었지. 그러나 그다음 달부터 "아, 회사가 적자야. 안 되겠어" 하면서 적자를 핑계 대고 수당을 못 주겠다고 했다. 사업주를 믿고 5,000원에 인권을 팔았으니, 조합원들만 바보가 됐지.

그 치열했던 삥땅 전쟁은 감시카메라로 끝났다. 감시카메라를 단 뒤에도 얼마 동안은 삥땅이 있었지만 옛날 같은 삥땅은 아니고 겨우 자판기 커피 한두 잔 값 동전 몇 개 정도였다. 하지만 그걸 빼먹는 기사들은 회사 아부꾼들이었다. 회사 아부꾼들은 그 동전 몇 개 때문에 비굴하게 살고 있었다. (1999년 1월)

버스 사고

춘현이 형이 사고가 났다. 사거리 건너 횡단보도 앞에서 갑자기 앞서가던 갤로퍼가 멈춰 서서 그 차 뒤를 받았다. 그곳은 지하철 공사를 해서 철판이 깔려 있었다. 더구나 아침부터 비가 와서 철판은 얼음판처럼 미끄러웠다.

며칠 전에 진선이도 사고가 났다. 그날은 진선이가 바로 내 앞차였다. 눈이 조금 내려 그날도 길이 미끄러웠다. 두 탕째 서울역을 돌아 서부병원 정류장으로 들어서며 보니 멀리서 비상깜빡이를 켜 놓은 채 진선이 차가 서 있었다. 차가 인도 쪽으로 삐딱하게 서 있는 게 멀리서 봐도 사고가 난 것 같았다. '미끄러졌구나.' 그 차 뒤로 살살 다가가면서 보니 거기는 얼음판이었다. 차를 뒤에 대고 내려가니 버스에서 내린 여학생 하나가 휴지를 귀에 대고 얼굴을 찡그리고 있다. 아마 귀를 다쳤나 보다. 할머니 한 분도 얼굴을 찡그리고 다 죽어 가는 듯 쪼그려 앉아 있다. 진선이가 풀이 죽어 나한 테 다가왔다. 내가 물었다.

"다친 사람 많아?"

"한두 사람 다쳤나 봐."

스타렉스를 받는데 스타렉스 뒤가 완전히 찌그러졌다. 우리 버스도 앞 유리에 금이 갔다. 경찰에 신고를 했는지 경찰차가 금방 왔다. 나는 진선이가 당황해 그쪽 차 번호도 적지 않을까 봐 내 수 첩에 그 차 번호를 적고 환자들이 병원에 가는 걸 보고 내 차로 올 라왔다.

나는 걱정이 됐다. 사고가 나면 차 망가진 거야 돈으로 때우면 되지만 사람이 다쳤으니 큰일이다. 아픈 것도 그렇지만 일을 해야 먹고 살 텐데 일도 못 하고 병원에 누워 있어야 하니 말이다. 우리 기사들도 피해가 이만저만이 아니다. 사람이 다치면 먼저 딱지 벌 금 나오지, 무사고 운전 깨지지, 사고 처리한다고 회사에서 일을 안 주니 만근 깨지지, 만근이 깨지면 수당이 하나도 없어 한 달 월급은 거덜 나지, 벌금 점수가 많으면 또 면허정지를 당해 이중 삼중으로 피해를 입어 완전히 피박 쓰는 꼴이다. 사람이 많이 다치면 해고당 해 영영 일을 못 하는 수도 있다.

우리 버스 기사들이 사고를 내는 데는 여러 가지 까닭이 섞여 있 다. 도로교통법으로는 뒤에서 받으면 '가해자'가 되는데, 그걸 떠나 서 사고가 왜 나는지 전부 따져 보자.

춘현이 형이 낸 사고는 자기 실수가 가장 크지만 그 받친 차도 문제가 있다. 받친 차가 문제가 있다는 것은 차가 서면 안 되는 곳에서 섰다는 것이다. 사거리를 지나 바로 횡단보도가 있는데 갤로퍼 운전사는 그 횡단보도 신호등에 불이 들어왔다고 갑자기 선 모양이지만 거기는 그냥 신호를 받고 나가야 할 곳이다. 더구나 철판은 무척 미끄럽고 뒤에 무식한(?) 버스가 따라오는데 그 좁은 사거리에서 그렇게 갑자기 서 버리면 받아 달라고 하는 거나 똑같다. 우리 버스 기사들도 자가용을 몰 때가 많은데 절대로 그런 곳에서 그렇게 서지는 않는다. 운전을 할 때는 앞을 물론 잘 봐야 하고, 백미러로 뒤에 따라오는 차를 확인하며 방어 운전을 해야 하는데 그 운전사는 그렇게 하지 못했다.

또 차 정비 문제로 사고가 나기도 한다. 진선이 차는 정비 불량도 원인 가운데 하나였다. 진선이 사고를 이야기하기 전에 우리 시내버스 정비 상태를 조금 이야기해야겠다.

뭐 다른 차부터 말할 것 없이 내 차만 해도 고장 난 게 한두 가지가 아니다. 운전석이 고장 나 울퉁불퉁한 길을 가면 의자가 토끼같이 깡충깡충 뛰듯이 올라갔다 내려갔다 해서 정신이 없고 또 핸들은 왼쪽으로는 정상으로 꺾이지 않는다. 본사 주유소에서 기름을 넣고 나올 때는 거의 180도 돌아 나와야 하는데 다른 차들은 다 한 번에 돌지만 내 차는 꼭 앞대가리에 걸려 뒤로 차를 다시 뺐다가 한 번 더 꺾어야 나올 수 있다.

한쪽 스프링이 나가 차가 기우뚱 기울어서 가기도 하고, 어떤 차는 센터 볼트가 나가서 차 중심을 잡지 못하고 게처럼 삐딱하게 나가기도 한다. 그런 차를 뒤에서 따라가 보면 앞대가리는 정상으로 가지만, 뒤꽁무니는 뒤틀려서 인도에 있는 가로수가 닿을 듯 스치고 지나가서 보기만 해도 아슬아슬하다.

스프링이나 충격을 흡수하는 '쇽압 쇼바'가 나간 차들도 있다. 그런 차들은 길이 나쁘면 미친년 널뛰듯 한다. 그 밖에 겨울에 히터가 잘 나오지 않아 기사들은 덜덜 떨면서 운행을 한다. 발이 얼면 당연히 브레이크를 쉽게 밟을 수 없다.

또 버스 바퀴가 다 닳아서 바퀴를 갈 때는 두 짝을 한꺼번에 갈아야 하는데 대개 버스 회사들은 타이어를 아낀다고 한쪽씩 갈아 줄 때가 많다. 그렇게 바퀴를 한쪽만 갈아 끼우면 균형이 잘 맞지 않아 속도가 좀 붙으면 사시나무 떨듯 와다다다 떨기 시작한다. 그렇게 고장 난 게 모두 곧바로 사고와 이어지지는 않는다 하더라도 당연히 사고가 많이 날 수밖에 없고, 또 바로 사고로 이어지기도 한다.

회사에 차가 고장 났으니 고쳐 달라고 하면 부속이 없어서 못 고친다고 한다. 세상에 부속이 없다니! 아무리 버스 회사가 투자를 안 하기로 소문났다 해도 너무하지 않는가. 기사들은 차를 고쳐 달라, 고쳐 달라 사정하다 포기하고 그냥 끌고 다닌다. '에라, 내 차냐, 니 차냐. 가다가 퍼지면 말지.' '가다가 퍼진다'는 말은 운행하다 고장이 나서 길에 세워 둔다는 말인데 그렇게 마음먹고 운전하니 운전이 제대로 될 리가 없다. '뭐? 서비스?' 배부른 소리다.

차가 왜 고장 나는지 곰곰이 생각해 보면 한도 끝도 없지만 한 가지만 더 말하자. 차에서 브레이크는 가장 중요한 것이다. 운전하는 사람이면 브레이크 페달을 밟으면 바퀴 네 짝이 한꺼번에 들어야 한다는 것쯤은 상식으로 다 안다. 하지만 버스는 거의 그렇게 브레이크가 제대로 듣지 않는다. 브레이크를 잡으면 앞바퀴가 먼저 듣고, 그것도 똑같이 잡히면 괜찮은데 한쪽만 듣는다. 그런 차는 브레이크를 콱 잡으면 여지없이 한쪽으로 쏠린다. 우리 버스 기사들은 그걸 '가다 브레이크가 듣는다'고 한다.

진선이 사고도 '진선이 실수'가 가장 크다는 건 분명히 인정하지만 '가다 브레이크'가 들었던 것도 사고 원인 가운데 하나였다. 그 차는 날마다 운전하는 고정 기사들이 브레이크가 쏠린다고 고쳐 달라고 성화였지만 부속이 없다고 해서 그냥 끌고 다니던 차다. 고정 기사들은 웬만큼 차가 고장 나도 차 성질을 아니까 사고가 잘 나지 않지만 진선이는 일산영업소에서 쫓겨난 지 얼마 안 돼 그 차 성질, 아니 차가 어떻게 고장 났는지 잘 몰라 분명 사고 날 확률이 많았다. 나 또한 원당 148번에서 일할 때 그런 차를 운전하다가 미끄러운 길에서 앞차를 들이받은 적이 있다.

잠깐, 진선이가 일산에서 쫓겨나? 그렇다. 진선이뿐만 아니라 사고를 낸 춘현이 형, 그 두 사람은 공교롭게도 거의 같은 때에 일산에서 화전영업소로 쫓겨났다. 회사에서는 그 두 사람이 일산에서 일할 때 '접촉 사고'를 내서 화전으로 보냈다고 우기고 있지만 개똥 같은 소리다. 춘현이 형과 진선이는 얼마 전에 다른 버스 기사들과 '버스일터'라는 단체를 만들었다. 이 '버스일터'는 있으나 마나 한 동해운수 노동조합을 민주화시켜 열악한 버스 노동 근무 조건을 개선하려고 만든 단체인데, 소식지를 펴내 회사를 비판하고 있었다. 그 '버스일터'를 만들었다고 춘현이 형과 진선이를 쫓아낸 것쯤은 우리 기사들은 다 알고 있다.

다른 사업주들도 똑같겠지만 더구나 이놈의 동해운수는 재미(?)

로 기사들을 다른 사업장으로 이리저리 쫓아 버리고 있다. 우리 동해운수는 일산에 좌석버스 903번, 915-1번이 있고 원당에 148번 입석버스와 915번 좌석버스, 또 내가 일하는 화전에 147번 입석버스가 있다. 헌데 일산이나 원당에서 일 잘하고 있는 기사들을 괜히 트집 잡아 집하고 먼 화전영업소로 쫓아 버리거나 화전에서 일산으로 보내 엿 먹이고 있다.

기사들이 다른 영업소로 쫓겨 가면 사고가 날 확률이 높아진다. 좌석에서 입석으로 옮기거나 입석에서 좌석으로 옮기면 기사들은 한참 동안 헤맬 수밖에 없다. 또 노선도 그렇다. 기사들은 늘 다니던 길에 익숙해 있다. 기사들은 빡빡한 운행 시간 때문에 총알처럼 조져야 하는데 노선이 낯설면 무리할 수밖에 없다.

사고가 나면 기사들이 늘 난폭하게 운전하고, 안전하게 운행을 안 해서 그렇다고 한다. 하지만 그 한 가지 때문에 사고가 나는 것은 아니다. 정비를 제대로 안 해 주고 밉보인 우리 버스 기사들 엿 먹이느라 영업소를 바꿔 버리는 것도 사고가 나는 까닭 가운데 하나인 것은 분명하다. (1999년 1월)

그 뒤 남춘현 씨는 사고가 나서 해고를 당했다. 소송을 걸어 회사와 합의하고 사표를 쓴 뒤 요즘 택시 회사에서 일하고 있다. 진선이는 다른 사업을 한다고 나갔다가 잘 안 돼 다시 버스 회사에 들어오려고 했지만 받아 주는 데가 없어 요즘은 레미콘 차를 운전하고 있다.

임자 만난 사업주

회사에서 점심을 먹고 있는데 이 아무개 씨가 찾아왔다.

"어? 여긴 웬일이오?"

나는 반갑게 악수를 했다. 얼굴에 근심이 가득 차 있다.

"요즘 마을버스 하신다며?"

"예."

"할 만해요?"

"하루씩 하니까……. 근데 정신없이 뺑뺑이 돌아요."

이 아무개 씨는 지난달 동해운수에서 사표를 썼다. 나하고 영업
소가 달라 그렇게 자주 만나지는 못하지만 그래도 가끔 보면 반가
운 사람이었다. 사람이 착하고 성실해 동료들한테도 인정받고 회사
에서도 군말 없이 일만 열심히 하던 사람이다.

어김없이 지난달에도 동료들이 몇 사람 사표를 썼다. 배차실에

이름하고 퇴직한 날짜를 적어 공고를 붙였는데 가만히 보니 이 아무개 씨는 일주일만 더 있으면 근속 5년을 채울 수 있었다. 그걸 보고 나는 이상하다고 생각했다. 무슨 일이 있었구나. 그렇지 않고서야 일주일을 못 채우고 사표를 쓸 리가 있나.

시내버스는 퇴직금 누진제가 있다. 근속 4년이면 5년 반치, 5년이면 7년치를 받을 수 있는데 만약 햇수를 꽉 못 채우면 열 달을 일했건, 열한 달을 일했건 이 몇 개월치는 퇴직금으로 계산하지 않는다. 결국 이 아무개 씨는 일주일이 모자라 4년을 근무한 것으로 계산돼 퇴직금 1년 반치, 대충 200만 원이 날아간 셈이다. 그뿐인가 상조회비 같은 전별비가 있어 1년에 2천 원씩, 5년치를 조합원 수만큼 받을 수 있는데 4년치밖에 못 받게 되었으니 그것도 40만 원이나 된다.

나는 그렇게만 생각하고 아이고, 무슨 일인지는 모르지만 아무리 회사가 트집을 잡아도 일주일만 더 참지 그래 사표를 쓰냐고, 속으로 분통을 삭이고 있었는데 워메, 사실을 알고 보니 그게 아닐세. 이른바 삥땅 치다 걸려 임금, 상여금, 퇴직금을 전부 포기한다고 각서를 쓰고 한 푼도 못 받고 쫓겨 나갔다는 것이다.

그럼 그게 얼마야? 2월에 23일까지 일한 임금, 대패로 밀어서 한 90만 원? 상여금도 싹싹 깎아서 한 90만 원, 아니지 아무리 봐주어도 지난해 밀린 상여금 4, 50만 원이 있지. 거기다 햇수 5년을 못 채웠다고 애석해 할 때가 아니야. 4년이라고 치자. 누진제까지 5년 반, 곧 평균임금의 165일치, 전부 합치면 아무리 적게 잡고, 푼돈 떼어 버려도 천만 원이나 된다. 천만 원이 누구 애 이름이야? 애기분유 값 없어서 공중전화기 떼어 돈 꺼내다 쇠고랑 차는 시대야. 그런데 뭐? 천만 원이나 되는 돈을 회사에서는 한 푼도 안 주겠다는 이야기야? 이건 완전히 도둑놈에다 칼만 들면 날강도네. 아이고! 나는 그것도 모르고 순진하게 5년을 채웠느니 못 채웠느니 아쉬워하고 있었으니 완전히 헛다리 짚은 거지.

뻥땅을 몇 푼이나 치다 걸렸을까? 알아보니 100원짜리 동전 몇 개라는데 아무리 많아 봐야 그게 얼마나 되겠나. 그나저나 이 아무개씨도 진짜 순진한 사람이다. 요즈음 버스 기사들 뻥땅을 막는다고 운전사 머리 윗쪽에다 감시카메라(CCTV)를 달아 감시하고 있는데 그 눈깔이 빤히 내려다보는 데서 동전을 뺐으니 얼마나 순진한가?

동해운수도 감시카메라를 달았다. 너무도 착하고 앞뒤 잴 줄 모르는 이 아무개 씨가 그걸 생각했겠나. 통 안에 넣어 준 백 원짜리 몇 개가 보이니 나도 한번 커피나 빼먹자 하고 아무 생각 없이 뺐겠지. 하지만 어디 사업주가 그렇게 착한가. 본보기로 누구를 하나 보내 버릴까 궁리하면서 테이프를 꺼내 비디오를 보다가 만만한 사람을 하나 잡았지. 더구나 5년이 다 됐네. 이게 웬 떡이야? "너, 경찰서 갈래? 사표 쓸래? 임금, 상여금, 퇴직금 포기 각서 쓰고 나가." 경찰서 보낸다고 하자 겁이 나서 이 아무개 씨는 그들이 불러 주는 대로 사표와 임금 전부를 포기하겠다고 '포기 각서'를 쓰고 나왔다. 이 아무개 씨는 그래도 혹시나 돈을 줄까 하고 기다렸단다. 3월 10일, 월급 때가 지나서야 자기 월급이 나오지 않은 것을 알고 이 아무개 씨는 그제야 사정이 어떻게 돌아가는지 깨달았다.

이 아무개 씨 부인이 '뚜껑'이 열렸다. 아, 그 돈이 어떤 돈인데 그 돈을 못 받아. 말도 안 되지. "빨리 받아 와요." 억울하기도 했겠지만 아마 집사람 등쌀에 못 이겨 정 부장을 찾아가 한번 달라고 했나 보다. "여태껏 그렇게 나가서 퇴직금 받은 사람이 없어." 그 소리를 듣고도 자기가 지은 죄(?)가 걸려 속으로만 끙끙 앓고 있다가 열 받은 집사람과 함께 다시 회사를 찾아온 것이었다. 나는 이 아무개 씨와 부인한테 임금과 퇴직금은 어떤 경우라도 떼어먹을 수 없으니 사장을 만나서 당당하게 이야기하고, 안 되면 나한테 다시 오라고 했다. 부인이 그 소리를 듣자 남편한테 말했다.

"밑에 사람 상대할 거 없어요. 당신이 무슨 큰 죄를 졌다 그래요? 아니, 아무리 죄를 지었다 해도 퇴직금을 안 준다니 말이 돼요?"

이 아무개 씨 부인이 분을 못 참겠다는 듯이 한마디 하면서 머뭇거리는 신랑을 끌고 사장실로 올라갔다.

많은 기사들이 그렇게 퇴직금을 못 받고 나갔다. 하지만 그 기사들은 돈을 받지 못했다고 떠들지도 않고, 받으려고 하지도 않았다. 그러니 소문만 떠돌았지 확실한 증거가 없었지. 이제는 감시카메라를 달아 기사들 뺑땅이 완전히 없어졌다. 그 마지막으로 이 아무개 씨가 걸렸는지도 모른다. 사업주는 마지막으로 공돈 천만 원을 벌려다 확실하게 꼬리가 잡혔다. 꼬리가 길면 잡히는 법이지.

어떻게 됐나 궁금해 오후에 전화를 걸었다. 이 아무개 씨는 마을버스 일을 하러 가서 없고 부인이 받는다.

"사장이 뭐라 그래요?"

"예, 사장은, 여태껏 그보다 더한 사람도 퇴직금 못 받은 사람이 없었다고 그래요. 그리고 아무것도 모르는 척하면서 열심히 일하라는 식으로 얘길 해요. 마치 우리가 사표를 쓴 것도 모르는 것처럼? 누가 그걸 믿나요? 그러면서도 퇴직금 준다는 소리는 안 해요."

그리고 다시 정 부장, 엄 차장을 만났다고 한다. 정 부장은 사장한테 얼마나 씹혔는지 이 아무개 씨를 보더니 인상이 있는 대로 찌그러지더란다. 그럴 줄 몰랐지. 정 부장은 이 아무개 씨를 약 올리느라 "사장한테 가서 받아" 한 건데 진짜로 사장한테 가서 그렇게 대차게 나올 줄이야. 그때까지도 정 부장은 분위기 파악을 못 하고 자기 부하 직원인 줄 알고 욕을 하더란다.

"야 새끼야! 내가 너한테 얼마나 잘해 줬는데."

감히 자기 하늘 같은 신랑한테 새끼라니. 여자가 듣고 가만히 있나? 발끈했지.

"새끼라니요! 한집안의 가장한테 새끼라니. 잘해 주긴 뭘 잘해 줘!"

할 말이 없어진 정 부장 기껏 한다는 소리가

"차도 새 차 주고……."

말을 어디 여자한테 당하랴. 말이 끝나기도 전에 대꾸가 따발총처럼 나왔다.

"차를 새 차 탄 건 우리 신랑이 성실하니까 탔지. 퍽이나 생각했겠다. 그리고, 조금만 찍히면 금방 똥차 주고 다른 영업소나 보내면서 당신들이 뭘 잘해 줘?"

정 부장, 말로는 안 되겠으니 이제는 배짱이다.

"노동부를 가든가 어디 법적으로 해봐요."

"나도 그 정도는 아니까 남 가르칠 생각 마시오."

아무리 생각해도 회사는 이번에 임자를 만난 것 같다. 이 아무개 씨도 돌이켜 생각하니 아무래도 속고 산 듯했겠지. 이제 싸워야겠다는 생각이 든다고 한다. 아무렴, 우리가 아무리 힘이 없더라도 그런 사업주들을 그냥 놔둘 수는 없지. 여태껏 당하고만 있었기 때문에 이렇게 남을 등쳐 먹는 사업주들이 오락실 두더지처럼 자꾸만 나오는 거 아니야?

사장은 끝내 돈을 안 주려고 했다. 이 아무개 씨는 다시 나를 찾아왔다. 나는 이 아무개 씨한테 혹시 회사에서 삥땅 쳤다고 형사 고소하면 벌 받을 각오가 되어 있느냐고 물었다. 이 아무개 씨는 잘못한 건 벌을 받겠다고 다짐했다. 나는 이 아무개 씨한테 진정서를 써 주고 노동부에 떼어먹은 임금을 달라고 요구하라고 했다. 노동부는 회사를 불러 이 아무개 씨한테 임금을 주라고 판정을 내렸다.

돈을 줄 수밖에 없게 되자 회사는 꼬라지가 났는지 이 아무개 씨를 삥땅으로 형사 고소했다. 검찰은 이 아무개 씨를 기소했지만 법원은 벌금 20만 원을 물라고 판결했다. 그래 20만 원만 물면 되는데, 그놈들은 그걸 협박해서 천만 원이나 되는 돈을 떼어먹으려고 억지를 쓴 것이다. 그게 사업주들 속성이다. (1999년 4월)

이 아무개 씨는 그 뒤 밀린 임금과 상여금을 다 받고 개인택시를 샀다. 사회 부조리에 맞서 이젠 싸워야겠다던 사람이 오로지 자기 자신만을 위해서 산다.

핑계

나보다 나이가 한 10년 아래인 동료 기사가 나를 보더니 형은 좋겠다고 한다.

"내가 뭐가 좋아?"

"월차도 마음대로 쓰고……."

"넌 월차 없냐?"

"있는데, 신청해도 안 받아 주잖아."

그 기사는 말을 하면서 열받는다는 듯이 눈을 위아래로 뜬다.

"야, 연·월차는 회사에서 받아 주고 안 받아 주는 게 아니야. 그냥 내고 오면 돼."

답답하다. 연·월차를 휴가로 가는 걸 회사와 10년 싸워 겨우 따냈더니 이제는 연·월차휴가를 신청해도 회사가 안 받아 준다고 못 내고 있다.

지난달에 나도 월차휴가를 신청했는데 이제 갓 들어온 김 과장이 막무가내로 못 받아 준다고 했다. 나는 동해운수에서 아무도 연·월차를 휴가로 써 먹지 않을 때도 나 혼자 휴가로 써 먹었는데, 무슨 귀신 씻나락 까먹는 소리냐고 월차 신청서를 내던지고 나와 버렸다. 그리고는 그 휴가 날짜에 일을 안 나오니까 회사는 무단결근으로 잡고, "2003년 10월 9일 915-1번 5661호 승무 바랍니다" 하는 전보를 우리 집으로 치는 따위 별 '쌩쑈'를 다 벌였다. 내 차 번호도 모르는지 차 번호도 틀린 전보였다. 그래, 니들 꼴리는 대로 해 봐 했더니 결국 그냥 휴가 처리하고 말았다. 그 뒤 나한테는 이제 연·월차 신청을 안 받아 준다는 소리를 못 하고 똥 씹은 얼굴로 받아 주고 있다. 하지만 여전히 다른 기사들한테는 날짜를 변경하라는 둥, 일요일은 사람이 없어서 안 된다는 둥 김밥 옆구리 터지는 소리를 하고 있다.

　나는 동료들한테 연·월차휴가는 회사가 허락해야 되는 게 아니라 우리 노동자가 필요할 때 쓰는 거라고, 회사가 연·월차휴가를 안 받아 주면 그냥 신청서 내고 오면 된다고 아무리 설명을 해도 소용이 없다.

　"안 해 준다는데 어떻게 내?"

　우리 기사들은 늘 그랬다. 회사에서 부당한 대우를 받을 때, 당하면서 늘 어쩔 수 없고, 그럴 수밖에 없다고 변명과 핑계를 댔다. 이를테면 어떤 기사가 사고가 나서 본사로 불려 들어갈 때 내가 "분명 회사에서 사표 쓰라고 할 거야. 사표 쓰라고 해도 절대로 쓰지 말고 나와" 하면 기사들은,

"야, 내가 미쳤다고 사표를 쓰냐? 내가 사고 한 번 났다고 사표를 쓴다 말이야? 절대 안 써!" 하고 큰소리를 치고 사무실을 들어가지만 나올 때는 "에이, 더러워서 사표 써 줬어. 내가 여기 아니면 일할 데가 없냐?" 하면서 나온다. '더러워서 사표를 써 줘?' 환장할 노릇이다.

사고가 나도 그렇다. 회사에서는 요즘 기사들이 사고가 나면 '자부담'이라고 기사한테 물릴 때가 많다. 분명 노사끼리 맺은 단체협약에 '구상권을 청구할 수 없다'고 되어 있어 기사들이 돈을 물어 주지 않아도 된다. 그래서 사고가 난 기사한테 자세하게 설명을 해 준다. "절대 돈 물어 주지 마. 아마 회사에서는 가불 처리해 준다고 꼬실 거야. 거기 넘어가지 말고, 일하다가 난 사고는 기사들이 물어 줄 책임이 없는 거 아니냐고 따져" 하고 우리 권리에 대해서 가르쳐 주고 설명을 해 주어도 기사들이 사무실을 들어갔다 나오면 달라진다. "에이, 그냥 내가 문다고 했어."

그러고 한다는 소리가 "그거 안 물어 주고 버티면서 며칠 더 일 못 하면 그게 그거지 뭐" 한다. 맞는 말이지만 자기가 받는 조그만 이익 때문에 노동자들 전체 힘을 빼는 소리다.

이런 일도 있다. 지난번 기사들한테 과태료 용지가 한꺼번에 날아온 적이 있었다. 동해운수 일산영업소에서 일하는 기사들한테 거의 빠짐없이 날아왔는데 적은 사람은 10만 원에서, 많은 사람은 150만 원이었다. 자세한 사정을 알아보니 이랬다.

일산에서 서울로 나가는 길 마지막에 '대곡로'라는 큰길이 있는데 그 중간에 고가 차도에 80킬로미터 넘게 달리는 차를 단속하는 무인 카메라가 매달려 있었다. 기사들은 그게 작동이 안 되는 줄 알고, 1년 동안 열심히(?) 과속으로 달렸다. 그 무인 카메라는 그 차들을 신나게 찍었고, 고양경찰서는 그 위반 통지서를 열심히 동해운수 사업자 등록지인 북아현동으로 보냈다. 하지만 그때 회사는 사업자 주소를 성북동으로 옮긴 뒤였다. 옮겨 놓고 주소 이전 신고를 안 해서 고양경찰서가 보낸 범칙금과 과태료 통지서는 북아현동 전 주소지에 차곡차곡 쌓여만 갔다.

그러다가 나중에 주소가 바뀐 것을 안 고양경찰서는 그걸 다시 성북동으로 보냈고, 그게 한꺼번에 동해운수 본사 차고지로 날아온 것이다. 동해운수에서 안 걸린 사람이 없었다. 나는 10킬로미터 초과 위반이 석 장밖에(?) 되지 않아 벌금이 4만 원씩 12만 원밖에 되지 않았지만, 벌금 8만 원짜리 '20킬로 초과'가 많은 사람들 중에는 벌금이 150만 원이 넘는 사람도 있었다. 기사들은 꼭지가 돌았다.

나는 기사들한테 말했다. "만일 과속했다는 위반 딱지가 처음에 기사들한테 날아왔다면 기사들이 거기서 계속 위반했겠느냐. 이건 주소 이전을 늦게 한 회사 책임도 어느 정도 있으니 우리가 다 물 수는 없다"고 했다. 기사들은 "맞아, 맞아" 했다. 그리고 죽어도 낼 수 없다고 했다. 하지만 사무실로 한 사람씩 불려 들어가서는 전부 가불증을 쓰고 나왔다. 가불을 하고 가불증을 쓴 게 아니라 그 딱지 뗀 것을 다달이 임금에서 공제하겠다는 가불증 말이다.

지 소장이 나도 불렀다. 나한테도 가불증을 쓰란다. 나는 눈을 치켜뜨면서 따졌다.

"아니, 내가 가불했어요? 가불증 쓰게? 그게 나한테 날아온 거면 나를 줘요. 왜 회사에서 가불증 받으면서 대신 내주는 거요?"

그래서 과태료 통지서를 가져왔다. 나는 아직까지 내지 않았다.

내가 기사들한테 왜 우리가 누려야 할 당연한 우리 권리를 주장하지 못하냐고 하면 대개 이런다.

"건모 형은 나이가 많고 고참이잖아. 나 같은 쫄따구랑 어떻게 같아?" "안건모 씨는 그래도 집이 안정돼 있잖아." "건모는 아는 게 많잖아."

그리고 또 노동조합위원장이 모든 걸 해결해 줘야 한다고 믿는다. 뒤에서 회사 욕하기 시작하면 뒤따라 노동조합 욕도 따라온다. "노조는 뭐하는 거야? 지부장은 뭘 해?" 하면서.

하지만 노동조합이 힘이 있다는 것은 조합원들 하나하나가 그런 권리의식이 있어야 하는 것이다. 자기는 회사에 찍힐까 봐 뒤로 빠지고 지부장한테 다 미뤄 버리면 지부장은 어쩌란 말인가. 이를테면 연·월차휴가를 회사가 안 받아 주면 "우리 노동자들 권리인데 왜 안 받아 주는 거야?" 하고 싸워야지 회사한테 네! 알았어요. 하고 나온 뒤 "씨발, 노동조합이 약해서 그래!" 하면 장땡인가?

나는 내 권리를 노동조합이나 남한테 맡기지 않았다. 그리고 내가 지금 고참이기 때문에 싸울 수 있다고 말하는 사람들 나이보다 더 어릴 때부터 부당한 대우에 맞서 싸웠고, 지금보다 생활이 더 어려울 때도 싸웠다. 그리고 노동법이니 근로기준법이니 아무것도 모를 때도 싸웠다. 기사들이 말하는 건 다 핑계다. 다만 내 권리 내가 찾는다는 오기로 싸웠을 뿐이다. 짤릴 각오로 싸웠고, 짤려도 그 회사를 끝까지 물고 늘어질 각오로 싸웠을 뿐이다.

"아참, 월차 얘기해서 생각났다. 내일 모레 월차휴가 내야 돼" 했더니 그 동료 기사가 어림없다는 투로 비웃으면서 "안 된대. 6일 날은 안 된대. 나도 못 내고 나왔어" 한다.

"안 되는 게 어딨어? 연·월차휴가를 회사가 마음대로 거절할 수 있나?"

나는 배차실에 있는 연·월차 용지에 내일 모레 6일, 7일 날짜를 쓰고 사무실로 갔다. 그 젊은 기사가 궁금한지 나를 따라오더니 바깥에서 창문으로 몰래 들여다본다. 나는 사무실로 들어가서 월차 용지를 김 과장한테 주고 나왔다. 창문 밖에서 동료 기사가 지켜보고 있다 내가 나오는데 따라오면서 "형 썼어? 아무 소리 안 해?" 한다.

"무슨 소리를 해? 내가 필요해서 쓰는데 지들이 뭐라 그럴 거야?"

했더니 눈이 똥그래지면서,

"에이 씨발, 사람 차별하네. 아니 누군 받아 주고 누군 안 받아 주는 거야? 뭐 그래!"

옆에 있다가 다른 기사가 약을 올린다.

"다시 가서 써 봐."

"아니야, 내일 가서 써야지. 지금은 건모 형 때문에 열받아 있을 텐데 지금 가면 더 열받지."

나는 잘라 말했다.

"관리자들이 열받았을 때 더 열받게 하면서 자기 권리를 주장할 수 있는 배짱이 있어야 다음부터는 찍소리 못 하는 거야."

(2004년 8월)

시내버스 조합장 선거

137, 74, 8!

지난 7월 22일에 동해운수 조합장 선거에서 후보들이 받은 표 숫자다. 우리 '버스일터'에서는 정수를 밀어주었다. 정수는 74표를 얻었다. 뭐 이러쿵저러쿵 이야기할 것 없이 떨어졌다는 말이다. 8표? 여덟 표 나온 사람도 있나? 그 이야기는 나중에 하자.

시내버스 노동조합! 참 복잡하다. 일반 상식이 통하지 않고 좀 다른 세상 이야기 같다. 시내버스 조합장한테는 특혜가 많고 그 때문에 어용으로 빠지기 쉽다는 이야기다. 시내버스 조합장이 되면 우선 위험한 버스 운전 일을 안 하고, 우리 기사들이 26일 일해서 받는 월급에 견주어 40일 일한 것만큼 월급을 많이 받는 데다 상여금으로 임금 총액의 600%를 받는다. 게다가 우리가 조합비를 내면 기밀비나 판공비 형식으로 마음만 먹으면 한 달에 200, 300만 원은 꿀꺽할 수 있고, 또 거기다 임기 3년씩 세 번만 해 먹으면 개인택시를 받을 수 있는데 그렇게 특혜가 많아 어용으로 빠지기 쉽다.

조합장이 그렇게 특혜를 받기 때문에 어떤 시내버스 기사들은 조합장이 되려고 집 팔아 가면서 선거운동을 하기도 한다. 돈에는 못 당한다고, 시내버스에 제대로 노동조합 한번 만들어 보고 싶어 돈 안 쓰고 나오면 언제나 떨어질 수밖에 없으니, 시내버스는 처음부터 노동조합 같지 않은 노동조합으로 갈 수밖에 없었다.

시내버스 조합장은 조합원을 위해 아무 일을 안 해도 그 자리에서 쫓겨날 걱정이 없고 또 연임될 확률이 높다. 감히 조합원들은 불신임하지 못하고 선거 때 '회사'에서 밀어주기만 하면 찍어 주니, 민주노조니 어쩌니 하면서 회사와 다툴 필요가 없다. 그러니 조합장이 회사에 아부만 잘 하면 오랫동안 그 자리에 머물 수가 있다.

하지만 이번에 지금 조합장은 출마하지 않았다. 왜 나오지 않았을까. 조합원들은 한마디로 말했다. "야, 그게 나와 봤자 뻔하지. 뭐 해 놓은 게 있어야 찍어 주지." 하지만 해 놓은 게 없어도 회사에서 밀어주면 당선되는데 나오지 않을 까닭이 없다. 그렇다면 이번에 지금 조합장이 출마하지 않은 것은 회사가 조합장을 젖혀 놓았다는 말이 된다. 회사는 이번에 끗발 좋은 관리자 정 부장 친구를 밀어줬다. 지금 조합장도 마음대로 갖고 놀 수 있지만 정 부장 친구 지원규를 세워 놓으면 누이 좋고 매부 좋은 일 아닌가. 결국은 이번에도 회사가 밀어준 그 지원규가 137표, 반수를 넘어 당선이 됐다.

이번 선거에서 회사에 빌붙은 조합원들이 너무 많다는 것을 절실히 느꼈다. 알아서 긴다고 표현하면 될까. 오히려 회사는 겉으로 드러나지 않았다. 내가 걸핏하면 '어? 선거 개입하는 거야?' 하고 또라이처럼 회사에 시비를 건 탓도 있겠지만 회사는 무리하게 겉으로 드러낼 필요조차 없었다. 왜? 조합원들이 알아서 해 주는 데 뭐 하러 설쳐.

별 또라이 같은 조합원도 있었다. 내가 선거운동을 하는데 사진기로 내 얼굴을 찍기도 하고, 해고된 남춘현 씨가 선관위 사무실에 들어가 있으니 왜 해고된 사람이 선거에 개입하느냐고 미친놈처럼 설치면서 밀어내기도 했다. 조합에서 제명당한 내가 선거운동을 하니까 아마도 무슨 꼬투리라도 잡을 게 없나 하고 내 얼굴을 찍었겠지. 나는 3년 전에 대의원 대회 때 유인물을 뿌려 조합에서 제명당했다. 그 유인물은 대의원에 출마한 조합원들 이름, 나이, 입사한 날짜를 적어 조합원을 소개한 내용이 들어 있었다. 그 유인물을 돌렸다는 핑계로 제명했지만 사실은 내가 다음 조합장에 출마할까 봐 걱정이 됐던 것이다.

나를 제명해 노조 민주화 운동을 위축시키려 했지만 어림 반 푼어치도 없는 소리. 시내버스 선거운동에서 혁명(?)이 일어났다. 이때껏 시내버스 조합 선거는 그저 술이나 사 주고 표를 얻어 선거를 치렀다. 좀 더 나아가 봐야 그저 계조직이나, 입사시켜 준 사람 '인맥'으로 선거를 치러 결판이 났는데 이번 선거운동은 거기에서 벗어날 수 있다는 것을 보여 주었다.

우선 선관위가 막아 마음대로 유인물을 뿌리지는 못했지만 그래도 조합원들한테 돌릴 만큼은 돌렸다. "유인물 왜 뿌려?" 하면 "야, 제명당할까 봐 무서워서 못 뿌리지, 나 제명당했는데 뭐가 무서워?

약 오르면 또 제명해."

또 어깨띠를 걸었다. 앞면에는 '기호 2번 김정수'라고 쓰고, 뒷면에는 '이번에는 바꿉시다' 하고 써넣었다. 운동원들은 어깨띠를 처음 두르고 쑥스러워하다가 일단 메고 나서는 그게 아니었다. 회사 사무실 앞에 열 명이 나란히 서서 분위기를 휘어잡았다. 지원규 쪽은 한구석으로 쫓겨 똥 씹은 얼굴을 하고 앉아 있었다. 우리 운동원들은 힘이 생기는 듯했다. 정년을 앞둔 조합원이 띠를 두르고 그 땡볕에서 두 시간 동안 꼼짝 않고 서 있는 걸 보고 우리는 이번 선거에서 이길 수 있다고 자신했다.

놈들은 우리 표가 10%도 안 나올 거라고 만만히 보면서, 맨날 밤마다 영업소에 봉고차를 대 놓고 일 끝나는 조합원들을 잡아 술만 먹이려고 애쓰다가 '어마 뜨거라, 이게 아닌데' 하면서 지들도 다음 날 어깨띠를 둘렀다. 다음 날 아침에 일산영업소에 가 보니 조합원들이 눈에 띄게 노란색 바탕에다 글귀를 써서 어깨띠를 두르고 마당 가득 있었다. 눈치를 보니 거의 반강제로 어깨띠를 두르고 있지만 쪽수가 많아 언뜻 보면 그래도 분위기가 그게 아니었다.

우리는 그놈들이 그렇게 나올 줄 알고 미리 피켓과 현수막을 커다랗게 준비해 놓고 있었다. 현수막에는 진한 풀색 바탕에 노란 글씨로 '확실한 민주노조 기호 2 김정수'라고 써넣었다. 그걸 담에다 걸어 놓으니 조합원들에게 안 보이게 하려고 회사는 버스로 가로막았다. 그래? 그렇다면…… 우리는 현수막에다 깃대를 꽂아 더 높이 올려 걸었다.

또 고양청년회에서 피켓을 만들어 주어 피켓도 들었다. 노란 바탕에 까만 글씨로 '확실한 민주노조 내 손으로 결정하자' '비밀투표 보장되는 내 한 표가 중요하다' '노조가 발전해야 회사도 발전한다'고 글귀를 써넣었다. 저쪽에서 따라 만들 시간을 주지 않으려고 투표 전날 원당영업소와 일산영업소에서 펼쳐 들었다.

그자들은 좋은 자리를 차지하려고 전날 우리가 서 있던 선관위 사무실 앞에 진을 치고 있었다. 하지만 전날과 달리 거기는 뜨거운 햇빛이 정면으로 내리쬐고 있었다. "그래, 거기 서서 고생 좀 해봐." 우리는 늦어 반대편에 섰지만 그늘이었고, 긴 걸상도 있어서 잠깐잠깐 쉴 수 있었다. 우리가 피켓을 들고 서면 그자들도 따라 서고, 우리가 쉬면 그자들은 거기 땡볕에 쪼그려 앉았다. "자, 다시 저 사람들 훈련 좀 시키자" 하고 일어나서 줄을 서면 그들도 따라 일어났다. "쉬어" 하면 따라 쉬었다. 말 잘 듣는 개 같았다. "일어나!" "쉬어!" "일어나!" "쉬어!" 그렇게 몇 시간을 하니 더위 먹은 똥개들 마냥 축 늘어졌다.

참 여덟 표 나온 후보 이야기를 빼먹을 뻔했다. 이 후보는 세상을 몰라도 너무 모르는 사람이었다. 지지자도 없는데 조합장 해 보겠다고 추천인 도장을 받을 때부터 거의 혼자 뛰다시피 했다. 우리가 띠를 만들어 두르면 잽싸게 띠를 만들어 와 몸에 두르고, 피켓을 만들어 들고 있으면 부리나케 피켓을 만들어 와 흔들었다. 책 크기만 한 플라스틱에 '속지 말자' 하고 쓴 피켓을…….

조합원들은 결국 회사가 밀어준 지원규에게 반수를 넘게 표를 몰아주었다. 회사는 선거를 앞두고 늘 하던 대로 시내버스 초보자나 마을버스를 운전하는 기사들을 왕창 입사시켰는데 그 새로 들어온 40, 50명 되는 기사들은 멋도 모르고 지원규를 찍어 주었을 것이다. 마을버스 조건은 대개 사람이 도저히 일할 수 없는 형편이다. 하루 20시간씩 뺑뺑이를 한 달 돌아야 겨우 80, 90만 원을 받고 운행하다 차 스프링이 나갔다고 쫓겨나는 곳이 마을버스인데, 그런 곳에서 일하다 온 사람들은 아마 여기 시내버스가 일할 만한 곳이라고 생각했을지 모른다.

그런 사람들이야 모르고 찍어 주었으니 그러려니 하지만, 조합원들은 알면서도 어용조합을 만들어 주니 정말 이해할 수 없다. 조합원들은 '나는, 잘못된 건 알아. 하지만 먹고살아야 해' 하며 핑계 댄다. 하지만 '먹고살려고' 그러는 것 같지는 않았다. 먹고살려면 그렇게 설쳐야 하나? 그런 조합원들 가운데는 그쪽 편에 서서 더 열성으로 뛴 조합원도 있었다.

시내버스에서 조합원들이 회사에 빌붙어 아부하는 까닭이 있다. 남보다 좋은 차를 배정받고 싶거나, 집하고 가까운 영업소에서 일하고 싶거나, 회사에 잘 보여 혹시나 사고가 나면 잘 봐 달라고 하고 싶어 그러는 것이다. 그런 조합원들은 대개 꼬투리가 잡히면 강제로 사직당하고 퇴직금과 상여금 따위로 300에서 500만 원쯤 손해 보면서 지문이 없어지도록 손을 비벼 재입사한다.

선거가 끝나고 회사는 원당 915번 좌석버스 가운데 일곱 대를 한 탕 더 돌게 만들었다. 조합원들은 그제서야 아이고 내 발등 도끼로 찍었구나, 하지만 별수 있나. 더 좆뺑이 쳐 봐야 알지.

기사들이 '버스일터' 사무실로 모였다. 썰렁했던 '버스일터'에 처음으로 그렇게 많은 사람들이 모였다. (1999년 8월)

186

오늘도 여전히 버스일터를 지킨다

　최만선 씨도 결국 버스를 떠났다. 이제 다시는 버스 운전을 하기 힘들 것이다. 운전사가 만선 씨같이 권리 의식이 강하면 버스 회사에서 신원 조회를 해 안 받아 주기 때문이다. 만선 씨는 이삿짐센터를 차렸다는데 정말 잘됐으면 좋겠다.

　우리 '버스일터', 다시 말하면 '노조민주화추진위원회 버스일터' 회원들이 다른 일들을 찾아 하나둘 회사를 떠나고 있다. 맨 처음 병준이부터 나가기 시작해 설동삼 씨, 광린이, 강영종, 유영석이 나가고, 게다가 얼마 안 있으면 진선이까지 그만둘 것이다. 동삼이 형님은 이불 가게를 차려 나가고, 병준이는 폐기물 처리 운반차를 운전한다고 나가더니 아예 환경업체를 하나 차렸다. 광린이는 화물차, 진선이는 개 장사를 한다고 내년 2월 처갓집 근처로 내려간다고 한다.

그 가운데 최만선 씨는 정말 버스 운전사들한테는 꼭 있어야 할 인물이었다. 나와 같이 '버스일터'를 만들기 전부터 만선 씨는 버스 현장에서 운전사들 권리를 찾으려 무척 애써서 앞장서 왔다.

처음 '버스일터'를 만들 때가 생각난다. 1997년도에 신성교통 변종영 씨, 명성운수 최만선 씨, 그리고 동해운수에 다니는 내가 맨 처음 버스 기사들을 위해서 고양시에 모임을 하나 만들자고 뜻을 모았다. 그러다 신성교통 변종영 씨가 갑자기 과로로 죽어 최만선 씨와 나는 명성 기사들과 동해 기사들 몇몇과 함께 '버스일터'를 만들었다.

'버스일터'는 처음 이름이 '노조민주화추진위원회'가 아니었다. 사실 만선 씨나 나는, 40년 썩은 어용노동조합을 뒤집어엎어 우리도 사람답게 살아 보자고, 늘 한 가지만 생각했지만 처음에는 '노조민주화추진위원회'라고 이름을 걸지 않았다. 그렇게 이름을 걸면 살벌한 버스 현장에서 그 어떤 기사도 참여하지 않을 것이기 때문이었다. 그래서 버스쉼터니 버스일터니 의논하다가 기사들 의견대로 '버스일터'라고 이름을 걸게 되었다.

명성운수 기사 한재갑 씨 집 지하실을 빌려 사무실을 열 때는 정말 마음이 뿌듯했다. 고양시 시민단체와 민주노동당, 전교조 선생님들과 작은책 대표 강순옥 선생님, 그리고 멀리 울산에서 이재관 씨까지 와서 우리 '버스일터'가 잘 되기를 바라고 후원금들도 냈다. '버스일터'는 처음에 버스 기사들이 글을 손수 써서 소식지를 냈다. 우리가 사는 이야기를 글로 쓰다 보면 우리 처지와, 월차 휴가조차 없는 열악한 노동환경을 깨달을 것이고 그러다 보면 버스 기사들이 근로기준법과 단체협약을 알려고 할 것이라 생각했다.

그 무렵 나는 테러를 두 번 당했다. 한 번은 가라뫼에서 도내동 뒷산으로 끌려가서 도망치고, 얼마 뒤 '버스일터'를 만들어 소식지를 낼 무렵 아파트 앞에서 새벽에 세 놈한테 각목으로 죽어라 맞아 뒷머리가 깨져 병원 신세를 졌다. 그래도 그때 '버스일터' 소식지를 내려고 링거 주사를 꽂고 환자 옷에 위에만 잠바를 걸치고 한 손에는 링거 병을 들고 '버스일터' 사무실에 갔다. 그때만 해도 나 혼자만 컴퓨터로 워드를 칠 수 있었다. 그 축축한 지하실에서 나는 링거 병을 들고 최만선 씨와 정수하고 소식지를 만들었다.

그 무렵 생판 모르던, 원당영업소에서 일하는 장경호가 병원에 있는 나를 찾아왔다. 경호는 버스 기사치고는 아직 어려 나이가 서른밖에 되지 않았다. 장경호는 이 아무개가 장경호한테 '버스일터'에 가입해서 비밀을 빼 오라고 시켜서 왔다 했다. 이 아무개는 회사에 개처럼 살랑거리며 아부하고, 회사 앞잡이 노릇하는 사람이다. 푸하하하! 나는 그때 그 이 아무개란 놈이 너무 한심해서 속으로 한참을 웃었다. 그 사람은 쉰이 넘은 기사인데 세상 알 만한 놈이 우리 '버스일터'에서 무슨 비밀을 빼낼 게 있다고 프락치를 보내려 하는지 정말 한심스러웠다.

하지만 그놈 말을 안 들으면 회사에 찍힌다. 그놈 말은 바로 회사 말이었다. 장경호는 병원에 와서 나한테 솔직하게 그렇게 고민을 털어놓았다. 나는 자신만만하게 경호한테 말했다. 우리 '버스일터' 회원으로 가입해서 '버스일터'에서 무슨 일을 하는지 전부 그 사람한테 보고해도 좋다고 했다. 경호는 월간 〈인물과 사상〉 독자였다. 나는 그런 사람이 '버스일터' 회원이 되면 누가 잘못하고 있는지 금방 깨달을 거라고 자신했다. 내가 생각한 대로 그 뒤에 경호는 회사가 가장 무서워하는 운동가가 되었다.

'버스일터' 회원들은 변하기 시작했다. 광현이는 글 쓰는 데 관심이 붙어 생활글을 쓰기 시작하고, 버스 현장에 대해서 조금씩 깨닫기 시작했다. 다른 기사들도 근로기준법과 단체협약을 알기 시작했다. 하지만 그렇게 될 무렵, 기사들이 회사 압박을 받고 '버스일터'를 하나둘 떠나갔다. 얼마 뒤에 끝까지 '버스일터'에 남아 있던 기사들은 드디어 '버스일터'를 '노조민주화추진위원회'라고 이름을 걸고 활동하기 시작했다. 그건 누가 강제로 시킨 것이 아니라 기사들이 스스로 만든 것이었다.

우리는 꾸준히 소식지를 발행하면서 기사들에게 우리 '버스일터'를 알렸다. 동해운수는 노동조합 조합장 선거를 치르기 얼마 전에 '버스일터' 초대 대표 남춘현 씨를 '사고가 난 뒤 직원과 싸웠다'는 핑계로 해고했다. 남춘현 씨는 조합장 선거에 출마할 예정이었다. 우리는 젊은 김정수를 출마시켰다. 비록 깨졌지만 버스조합장 선거에 혁명을 일으켰다. 늘 선전물 하나 없이 술만 먹이고 돈만 쓰는 버스 현장 선거판에 우리는 선전물을 마음대로 뿌리고 현수막에 피켓을 들고 진짜 선거다운 선거를 했다. 하지만 돈을 뿌려야 조합원들이 표를 주는 현실에서 어용노조를 뒤엎어 버리기에는 힘이 딸렸다. 그러고 나서 정수가 해고되었다. 해고 사유는 민주노동당 선거 운동을 했다는 것과 '막탕 거부'였다.

정수 해고 철회 싸움은 정말 멋들어지게 했다. 해고 싸움을 하면서 법정으로 가지 않고 집회를 열고 힘으로 싸워 보았다. 기사들은 회사에 찍힐까 봐 많이 참석하지는 못했지만 시민단체, 민주노동당과 몇몇 노조에서 지원 나와 50명이 넘는 사람들이 일산 본사에서 항의 집회를 했다. 그렇게 항의 집회를 한 것은 정말 버스 현장에서는 처음이었다.

그런데 며칠 뒤 정수가 노동위원회에서 이기고 난 뒤 그동안 일을 못 했던 만큼 돈 1,300만 원을 받고 안타깝게 회사와 합의를 했다. 나는 맥이 풀렸다. 끝까지 가자고, 그렇게 큰소리치던 놈이었는데. 같이 싸우던 사람들을 볼 낯이 없었다. '버스일터는 해서 뭐 해' 하는 생각까지 들었다. '버스일터' 사무실도 문을 닫았다. 정수 때문에 힘이 빠지기도 했지만, 지난여름 장마에 물이 차 썩은 곰팡이 냄새가 나서 들어갈 수가 없었다. 소식지는 내가 혼자 집에서 만들고 있는데 힘이 빠져 버리니까 꾸준히 펴내지 못했다.

처음 '버스일터'를 꾸리던 사람들이 이제 많이 떠났다. 나는 자꾸만 옛날 모임 '일원화' 생각이 난다. 그때도 이렇게 '일원화' 회원들이 하나둘 나가면서 '일원화'가 깨졌다. 혹시 그짝 나는 건 아닐까. 하지만 내가 아직 시내버스를 몰고 있고 '버스일터' 회원이 남아 있는 한 그만둘 수 없다. 게다가 기사 하나가 '버스일터' 회원으로 들어왔다. 다시 힘이 생긴다.

또 우리 '버스일터' 소식지를 기사들은 기다린다. 소식지 나올 때 돈이 없으면 화전영업소 기사들한테 건다. "후원금 좀 내세요" 하면 어떤 기사는 5천 원이나 만 원을 그 자리에서 선뜻 주기도 하고, 밖으로 나를 불러내 몰래 주기도 한다. 나는 그럴 때면 마음이 울컥

한다. 괜히 눈물이 나올 때도 있다.

"고맙습니다. 소중히 쓰겠습니다."

아, 그래서 나는 오늘도 소식지를 만들고 있다. 사람들이 떠나거나 말거나. (2001년 11월)

2004년 12월 31일 내가 회사를 떠난 뒤 '버스일터'는 점점 힘을 잃어 지금은 이름만 남아 있다. 이제 더는 회사와 싸울 수 있는 꼴통(?)들이 나오지 않는다. 하지만 그때 '버스일터' 회원이었다가 회사를 그만두고 나간 사람들은 지금도 열심히 활동을 하고 있다.

나는 휴가 간다

1993년 8월 14일, 나는 고양시에 있는 동해운수에 들어와서 조용히 일만 하려고 했다. 전에 삼화에서 일할 때 기사들 권익을 찾는다고 꼴통으로 찍혀 엄청 고생했기 때문이다. 이제는 벙어리처럼 입 다물고 일만 죽어라 하자고 마음먹고 일하는데, 글쎄 아주 조금이나마 이른바 '빨갱이 의식'이라는 물이 들어 그게 마음대로 되나. 관리자들이 기사들을 종처럼 부려 먹는데 속에서 부글부글 끓었다.

그 가운데 기사들이 일주일에 한 번씩 당연히 쉴 수 있는데도 관리자가 허락을 해 줘야 쉴 수 있다는 게 가장 눈에 거슬렸다. 기사들이 비굴한 얼굴로 아부하고 아양을 떨면서 하루만 쉰다고 하면 댁댁거리면서 봐주는 척, 인심 쓰는 척하고 쉬게 해 주는 게 아주 가증스러웠다. 물론 회사에 찍힌 기사들은 잘 쉬지 못했다. 아부하고 아양 떠는 기사들만 한 달에 한두 번이나 쉴 수 있었다. 연·월차 휴가는 아예 수당으로 지급해 버려 기사들이 그런 게 있는지조차 모르고 있었다.

나는 그걸 보면서도 참자, 참는 게 장땡이다 했다. 내가 또 여기서 싸우기 시작하면 끝장을 봐야 할 텐데 참고 살자. 그렇게 속으로 부글부글 끓어도 참고 일하고 있는데, 1994년 1월 13일에 사고가 났다. 길이 미끄러워 앞서가던 차를 살짝 들이받아 범퍼가 조금 찌그러졌다. 사고가 별로 크지 않아 사고 처리도 안 했다. 하지만 동해운수는 그다음 날 일을 주지 않았다. 만근을 깨자는 수작이었다. 만근은 한 달 30일에서 휴일을 뺀 나머지 26일을 채우는 것이다. 만근을 못 하면 무사고수당, 월차수당, 주휴수당 따위를 받지 못해 월급에서 20만 원 남짓 차이 나 버린다. 그래서 몇십만 원짜리 사고가 나면 기사들은 허다하게 자기가 물어내기도 한다.

나는 기사들이 가장 무서워하는 과장한테 항의했다.

"아니, 과장님 조그맣게 사고 났는데 왜 일을 안 주는 거요?"

과장은 동해운수에서 처음으로 나처럼 사고 내고 무식하게 큰소리치는 놈을 만났는지 '뭐 이런 놈이 다 있어?' 하듯이 눈을 똥그랗게 떴다. 나는 더 크게 눈을 뜨고는 내 왼쪽 가슴에 있는 주머니를 손바닥으로 툭툭 치면서,

"내 면허증이 여기 있는데 왜 일 안 주는 거요?"

다시 따졌다. 과장이 숨 넘어가는지 더듬거리면서 말했다.

"당신, 내일부터 화전영업소에서 일해."

"내가 시계불알이야? 여기 원당영업소에서 일한 지 얼마 됐다고

화전영업소로 가란 말이오? 나는 못 가."

　나는 원당영업소로 일주일을 출근 투쟁하고 난 뒤 선배 기사들이 말려 화전영업소로 쫓겨났다. 화전영업소는 똥차만 있어서 기사들이 '아오지탄광'이라고 하는 곳이었다. 쫓겨나면서 나는 선전포고를 했다.

　"다음 달부터 월차 적치해."

　월차를 수당으로 받지 않고 휴가로 갈 수 있게 모아 두는 걸 무식한 먹물 말로 '적치'라고 한다. 월차는 한 달을 만근하면 한 개씩 생긴다. 그러니까 1년을 모아 두면 12일을 쉴 수 있다. 월차휴가는 노동자 권리다.

　그 뒤부터 나는 동해운수에서 처음으로 월차휴가라는 권리를 찾아 먹게 됐다. 회사는 나를 해고하려고 무지하게 애썼다. 조금만 지각해도 며칠씩 징계를 내렸다. 또 다른 기사들한테는 휴일에 일을 주었지만 나한테는 휴일에 일을 하나도 주지 않았다. 지금도 그렇지만 그때는 정말 임금이 적어 휴일에도 한두 개 일을 해야 겨우 먹고살 수 있었다. 한 시간 일해서 받는 시급이 3,000원 정도였다. 또 혹시나 몸이 아파 하루 결근하면 휴일대체 근로를 시키지 않았다. 하루 일 안 하고 휴일에 대신 일하는 걸 휴일대체라고 하는데 그걸 못 하면 만근이 깨진다.

　나는 몇 번 징계를 먹고 나서 철저히 자기 관리를 해 하루도 결근하지 않았다. 나는 기사들한테 연·월차를 모아 두었다가 휴가를 가자고 선전했다. 바둑모임, 축구모임과 일산, 원당, 화전영업소 앞 글자를 딴 친목 모임 '일원화모임'을 만들어 꾸준히 기사들한테 알렸다. 하지만 기사들은 내가 휴일에 일을 하지 못하자 선뜻 월차를 모아 두지 못했다.

그리고 나서 1994년 9월, 동해운수에 들어와서 1년이 되는 날이었다. 임금명세서를 받아 보니 어라? 연차수당이 나와 있었다. 회사에 입사하여 1년이 되면 연차휴가가 10일이 생긴다. 연 만근 312일을 채우지 못하면 8할, 곧 연차휴가가 8일이 생기는데 만일 312일에서 10% 넘게 31일 이상을 빠지면 연차휴가는 하루도 발생하지 않는다. 적어도 281일은 일을 해야 8일은 받을 수 있다. 이 연차휴가는 근속 1년마다 하루씩 더 생긴다. 내가 올 8월 14일이면 10년을 근무하니 연차휴가가 19일 생긴다. 하지만 연차수당을 받게 되면 연차휴가를 갈 수 없다. 나는 회사에 가서 따졌다. 내가 분명히 월차를 휴가로 쓰겠다고 했는데 왜 연차는 수당으로 지급하냐고 따지자 관리자가,

"여기 동해운수는 월차는 있어도 연차는 없어요" 하고 느물거렸다. 그래? 나는 그 관리자 책상에 있는 전화기를 들었다. 들어서 집어던진 게 아니고 아내한테 전화를 걸었다.

"태희 엄마, 지금 은행 가서 연차수당 30만 얼마 나온 거 있지? 그거 고대로 찾아와."

아내는 그걸 찾아왔다. 나는 그 돈을 과장 책상 위에 올려놓고 말했다.

"연차 적치시키려면 시키고 말 테면 마. 노동부에 가서도 그렇게 우기나 보자."

그리고 돌아 나왔다. 과장이 쫓아 나오면서 말했다.

"알았어요, 알았어. 이번 달에는 월급 계산 했으니까 다음 달에 떼 드릴게요."

허참, 그럴 거 뭣 하러 우기고 있어? 나는 그날 바로 연차휴가를 이틀을 썼다.

그리고 몇 년이 지나면서 사람들은 나를 따라 하나둘 월차휴가를 신청했다. 가만 보니 내가 연·월차휴가를 쓰면서 잘 노는데 월급은 자기들하고 같거나 오히려 많을 때도 있으니 쓰고 싶지 않았겠나. 아참, 나는 1996년에 회사에 아부하던 노동조합에서 조합원 제명을 당해 조합비를 내지 않았다. 그러니 똑같이 일하면 다른 사람들보다 임금이 조금 많았다. 기사들은 아주 조금씩 변했다. 회사는 기사들이 월차휴가를 써 먹으면 찍어 놓고 불이익을 주었지만, 그렇게 하면 그 찍힌 사람들은 더욱더 뭉쳤다.

한번은 회사에서 연·월차를 신청하면 다 받아 준다고 하면서 도장을 받았다. 그런데, 연·월차휴가를 적치할 사람만 도장을 찍으라 하니 누가 찍겠나. 분명히 회사에 찍힌다는 걸 알 텐데. 결과는 뻔했다. 조합원들은 거의 월차를 쓰지 않겠다고 했다. 회사는 그것 보라는 듯 아직 기사들이 연·월차휴가를 적치하기 싫어하니 안 한다고 했다. 가증스러운 놈들.

그러거나 말거나 꾸준히 활동해서 작년까지 한 스무 명이 넘는 기사들이 연·월차를 쓰고 있었다. 자꾸만 월차를 쓰는 사람들이 늘어나고 안 쓰는 사람들도 월차를 쓰게 해 달라고 회사에 대고 항의하니까 회사는 다시 한번 가증스럽게 연·월차 적치할 사람들은 1년 전과 똑같이 도장을 찍으라고 공개 투표에 부쳤다. 그런데 결과는?

푸하하하! 나는 그날 밤새 뒹굴면서 웃었다. 연·월차를 쓰겠다는 기사들이 90%가 넘었기 때문이다. 회사는 어마 뜨거라, 하고 투표를 다시 한다는 둥 설쳤지만 에구 그게 무슨 소용이람. 박정희, 전두환 노태우 쫓겨나듯 권력 아닌 권력은 무너지게 마련이다.

어용조합도 회사에 빌붙어 살살거리다 같은 운명을 맞았다. 2003년 5월 22일에 지부장 선거 공고가 붙었고 5월 30일에 어용 집행부는 쫓겨났다. 그것들과 함께 관리자들 셋이 휴일에도 기사들을 종처럼 부려 먹다 쪼르르 쫓겨났다. 회장이 실컷 부려 먹고 쫓아낸 것이다.

지금 지부장이 뽑히고 나서 회장도 어쩔 수 없었는지 결국 모두 연·월차휴가를 쓸 수 있게 되었다. 나는 그렇게 이 연·월차휴가로 10년을 싸워 왔다. 나는 나름대로 지독하게 싸웠다고 생각하는데 지금 조합원들은 어떨까. 그 연·월차휴가가 그냥 저절로 생겼거니 하겠지? (2003년 7월)

관리자들 탐구

〈작은책〉 11월호 편집 마감일이 다가와 9일, 10일에 연·월차휴가를 내려고 했다. 배차실 김 소장한테 월차 용지를 달라고 하니

"아, 이제 그거 사무실에서 받는대요" 한다.

"그래요? 언제부터 그랬지?" 하면서 사무실로 갔다.

얼마 전에 김 과장이라는 사람이 새로 왔는데, 책상 앞에서 컴퓨터 화면을 들여다보고 있다. 그 옆에 동해운수 노동조합 전성일 지부장이 쪼그리고 앉아 같이 컴퓨터 화면을 들여다보고 있다. 지부장이라는 사람이 이제 들어온 쫄따구 밑에서 쪼그리고 앉아 있으니 꼭 아랫사람처럼 보여 보기가 안 좋다.

지난해 노동조합 선거 때 회사에 아부하던 어용 지부장이 선거에 져서 쫓겨나면서, 그 지부장과 한통속이던 관리자들도 책임을 지게 되었는지 전부 쫓겨났다. 그리고 관리자 둘이 새로 들어왔다.

시내버스 회사에 관리자로 들어오면 자기가 무슨 큰 권위를 갖고 들어오는지 오자마자 우리 기사들을 전부 자기 아랫사람으로 생각한다. 참 웃긴다. 나이가 저보다 위든 아래든, 그 회사를 오래 다녔든 안 다녔든 기사들은 다 자기 밑이라고 생각하는 것이다. 사실 관리자들은 기사들보다 나이가 많은 사람들이 별로 없다.

노무과 소장도 그랬다. 작년에 처음 들어왔을 때는 그래도 기사들한테 존댓말도 하고 예의가 있는 것 같더니 한 1년 있으니까 혀가 반 토막으로 줄어들었는지 이건 반말도 아니고 존댓말도 아니게 기사들을 대하는 것이었다. 늘 얼굴을 찌푸리고, 턱을 치켜들고 말이다.

물론 관리자들이 그렇게 되는 건 우리 기사들이 약한 처지에 있기 때문이다. 운행하다 사고가 나면 아무래도 고개를 숙일 수밖에 없고, 먹고살려면 회사에 잘 보일 수밖에 없다.

그런데 나는 사고도 별로 안 나서 회사에 고개 숙일 일도 없지만 성질이 워낙 엿 같아서 관리자가 기사들을 억압하면 그 꼴을 보지 못한다. 더구나 회사는 근로기준법이나 단체협약을 밥 먹듯 위반하면서도 기사들한테 떽떽거리면 그 꼴을 봐줄 수가 없다. 그래서 한번은 사무실에서 이야기하는데 소장이 반말을 자꾸 하기에 좋게 말했다.

"소장님, 제가 부탁하는데 우리 기사들한테 반말 좀 하지 맙시다. 소장님이 반말을 안 하고 대우를 해 주면 소장님도 더 인격적으로 대우받는 거요."

소장은 소태 씹은 얼굴이었지만 내가 바른 소리를 하는데 그 자리에서 뭐라고 할 수가 있나. 똥 씹은 얼굴로 고개만 끄덕거리고 있었다. 그런데 그 버릇이 고쳐지지 않았다.

그리고 얼마 뒤에 시에서 나와 기사들한테 보수교육을 하는데, 우리 기사들이 새벽까지 일하고 나서 몇 시간 못 자고 아침에 바로 교육을 받을 수가 없는데도 교육을 받아야 한다고 했다. 그렇게 하고 그날 어떻게 또 일을 나갈 수 있나. 게다가 그 보수교육은 동원교육이기 때문에 당연히 기사들한테 임금을 주고 시켜야 한다. 그래서 내가 사무실에 가서 항의했다. 물론 소장은 말도 하기 싫다는 듯 안 된다고 했다. 그래서 나는 나중에 일이 더 커지기 전에 어쨌든 회장한테 보고하라고 했다. 그랬더니 보고하는 것은 자기 마음이라고 했다. 여전히 반말 투였다.

"그래요? 그럼 소장님 마음대로 해요. 뭐 대화가 안 되는구만."
하고 빙글빙글 비꼬면서 문 쪽으로 나왔다. 갑자기 뒤에서 기차 화통 삶아 먹은 소리가 들렸다.

"뭐? 새끼야!"

"뭐? 새끼?"

나는 어이가 없어 뒤돌아 그 소장을 보면서 눈을 똥그랗게 치켜떴다. 그 소장, 자리에서 벌떡 일어나더니 나한테 다다다다다 뛰어나온다. 내 목을 쥐려는 듯 왼손을 쫙 펴서 뻗으면서 오른손으로 때릴 듯 주먹을 쥐고는,

"뭐, 이 좆만 한 새끼가!"
하는 것이었다.

"뭐야, 좆만 한 새끼? 좆만 한 새끼? 내가 좆만 해?"

나는 눈을 부릅뜨고 앞으로 한 발 더 나갔다. 소장은 내 목을 쥐려고 하던 왼손에 힘을 주지 않고 살짝 쥐고는 부들부들 떨고만 있었다. 나는 속으로 같이 욕을 하면서 '이거, 확 잡아당겨? 내팽개쳐?' 하다 참았다. 아니야. 이 좋은 기회를 놓칠 수가 있나. 나는 사무실을 나오면서,

"나보고 좆만 한 새끼라고 했어? 그냥 넘어갈 것 같아? 나 지금 운행 나가니까 갔다 와서 보자."

밖에서는 조합원들이 웅성거리면서 우리가 싸우는 걸 보고 있었다. 나는 속으로 웃음이 나왔지만 조합원들한테 큰 소리로 떠들었다.

"야, 소장이란 사람이 나보고 좆만 하대. 저게 소장이야?"

결국 몇몇 조합 간부들을 빼고는 기사들은 거의 그 교육을 받으러 가지 않았다. 교육 카드에 도장을 받아 준다고 해서 카드를 내놓았는데 어떻게 됐는지 모르겠다. 그리고 회사에 근로자 폭행이라고 내용증명을 보낸다고 하다가 어떻게 그냥 넘어가고 말았다. 그건 언제라도 보낼 수 있으니까.

사장도 새로 들어왔다. 사장은 점잖아 보였다. 처음 들어와서도 공고를 붙여 들어온 걸 알리고 기사들한테 협조해 달라고 했다. 기사들을 보면 먼저 고개를 숙였다. 하지만 사장은 역시 회사 쪽 이윤을 생각하기에 한계가 있었다. 사장이 기사들한테 가장 불리하게 한 것은 사고가 나면 돈을 물리는 거였다. 나는 그 사람은 좋지만 싸울 수밖에 없었다.

"왜 기사들한테 돈을 받아요?"

"당신이 뭐요?"

"나? 기사요. 왜요? 기사가 항의하면 안 돼요?"

"지부장도 있는데 왜 당신이 나서?"

"단체협약에 기사들이 사고 나도 책임을 질 수 없다고 되어 있는데 왜 돈을 받아요? 안 돌려주면 나중에 한꺼번에 물어 주게 될 거요."

하고 막 항의했지만 마음은 좋지 않았다. 이 사장이 무슨 죄가 있나? 뒤에 있는 회장 때문이지. 하여튼 그래도 회사는 기사들한테 돈을 물리는 걸 겉으로는 드러내 놓고 하지는 않았다.

그리고 한두 달 전에 지금 과장이 또 들어왔다. 회사에서 발령장도 내려보내지 않고, 누가 '저 사람 과장이래' 하니까 과장인 줄 알지, 사람을 봐도 인사할 줄도 모르고 어슬렁어슬렁거리기에 누군지 알 수가 있나. 아니 자기가 새로 들어오면 처음 보는 기사들한테 "아, 이번에 새로 들어온 과장입니다" 하고 인사 좀 하면 자기 위신이 깎이나? 그러면 기사들이 무시하나? 오히려 정말 좋은 사람 들어왔다고 반길 게다. 그런데 들어온 지 얼마 되지 않아 거만을 떨고 다니니 나는 그 모습이 아니꼬웠다.

하루는 그 사람이 내가 모는 버스를 탔다. 나를 처음 보는데 이렇다 저렇다 말도 없다. 나이도 나보다 어려 보이고, 똑같이 이 회사에서 월급쟁이고, 나는 이 회사에서 10년이 넘었는데 이 사람은 이제 갓 들어온 신입이다. 자기가 나보다 더 높을 까닭이 없다. 단지 사무실에 있다는 까닭으로? 개똥이다. 그 사람이 내 차를 타더니 문 앞쪽에 앉는다. 나는 '어디 가려나' 하고 생각하고 바라보지

도 않았다. 조금 가더니 나한테,

"어디 길 막히는 데 있으면 이야기 좀 해 줘요" 한다.

이게 무슨 귀신 씻나락 까먹는 소리인가. 나는 대꾸도 하지 않고 무슨 소리인가 생각해 보니 아하, '높으신' 분이 노선을 '시찰'하러 '가시는' 중이구만. 나는 한참 생각하다 "아니, 우리 노선에 안 막히는 데 있나?" 하고 중얼거리면서 무시해 버렸다. 그 사람은 꾸벅꾸벅 존다. 졸거나 말거나 내버려뒀더니 서울역에서 내린다.

그리고 그냥저냥 지내고 있는데 오늘 차 배정 때문에 부딪친 것이다. 내 차례를 뒤바꾸어 놓지 않나, 원당에 근무하는 화종이 형을 좌석버스에서 갑자기 입석버스 기사로 내려놓지 않나. 그래서 그 형이 항의하니까 오히려 전에 '무정차 통과' 했다고 '시말서'를 받고 일산으로 발령을 내렸단다. 그때 화종이 형이 아침 출근 시간에 손님이 너무 많이 타서 못 태우고 갔다는데 그걸 '무정차 통과'라고 하는 것이다. 귀에 걸면 귀고리 코에 걸면 코걸이다. 나는 왜 그 형을 일산으로 보내냐고, 어디 기사들을 마음대로 보낼 수 있을 거 같으냐고, 그냥 넘어가지 않을 것이라고 항의하고 사무실을 나왔다.

그리고 나서 월차휴가를 내려고 사무실에 다시 들어간 것이다. 사무실에서 월차 신청서에 날짜를 써서 주고 돌아 나오는데,

"안건모 씨, 이리 좀 와 봐요" 한다. 또 뭐야?

"내일 모레 뭐 할려고 그래요?"

어쭈, 나는 또 어이가 없었다. 그 소리는 내가 10년 동안 연·월차휴가를 쓰면서 한 번도 들어 보지 못한 소리다. 나는 눈을 똥그랗

게 뜨고 턱을 치켜들면서 대꾸했다.

"내가 뭘 하든? 왜 남의 사생활까지 간섭해?"

"뭘 하는지 알아야 할 거 아니오."

"기사들이 연·월차를 쓰고 뭘 하든? 연·월차는 내가 쓰고 싶을 때 쓰는 거요. 회사가 그걸 안 받아 주려면 사업에 막대하게 지장이 있을 때라야만 되는 거요. 회사에 막대하게 지장이 있다는 걸 입증해요."

과장은 발끈하면서 대답했다.

"그걸 입증할 테니까 내일모레 일해요. 연차 받아 줄 수 없어요. 나중에 만근 깨지고 후회하지 말아요."

"나는 연차 냈으니까 일 안 해. 회사에 막대하게 지장이 있어서 연차휴가 못 받겠다는 걸 입증해."

그리고 나와 버렸다. 다음다음 날 나는 일을 나가지 않았다.

(2003년 11월)

그 과장은 회사에서 무슨 애기를 들었는지 그냥 일을 주었고 그다음부터 나한테 고분고분해졌다.

왕따

　나는 왕따다. 집에서나 동네에서나 직장에서도 왕따다. 명절 때나 제사 때 집에서 친척들이 모이면 나는 대화에 끼지 못한다. 세상을 보는 눈이 나랑 달라 대화가 되지 않는다.

　텔레비전 뉴스를 보다가 "아니, 저 새끼들 왜 이라크에 우리 군인들을 보내려고 안달하는 거야?" 하고 내가 분통이 터져 말하면, 여기저기서 "미국이 요구하면 안 들어줄 수 있냐?" "야, 우리가 참전해야 그래도 재건 사업 같은 떡고물이라도 얻어먹지" 하면서 우덤벼든다. 한두 사람이라야 논쟁을 벌이지 도무지 엄두가 안 난다. 그래서 나는 형제들이 모이는 날이면 대화에 끼지 못하고 책만 보거나 컴퓨터만 하고 있다. 아니면 엉뚱한 소리나 가끔 하고.

　지난 12월 9일, 어머니 칠순 잔치 때는 정말 완전한 왕따가 됐다. 우리 형제는 내 위로 쉰여덟, 마흔여덟인 형님, 밑으로 마흔넷,

마흔인 여동생들이 있는데 얼마 전에 어머니 칠순 잔치를 해야 되냐 안 해야 되냐 하면서 회의 아닌 회의를 했다. 나는 물론 반대였다. 별로 남들과 놀기 싫어하시는 어머니도 칠순 잔치는 싫다고 하고, 지금 얼마나 어렵게 사는 사람들이 많은데 무슨 뷔페에서 돈 낭비하면서 춤추고 노는 잔치를 할 필요가 있냐, 그건 어머님을 위하는 게 아니라 우리 자신들을 위한 것이다, 하면서 반대했다. 작은형수님과 큰형수님은 그래 그 말도 맞는 말이라고 했지만 작은형님과 큰여동생은 칠순 잔치를 꼭 해야 된다고 했다. 그런데 그 핑계가 좋다. 여태껏 남들한테 부조만 했는데 조금이라도 되돌려받아야 하지 않겠느냐는 것이었다. 나는 할 말이 없어 입을 다물었다.

나는 어머니 칠순 잔치를 한다고 내 동료들이나 아는 이들한테 전혀 알리지 않았다. 아니 가만히 생각해 보니 알려도 사실 칠순 잔치에 올 사람이 없었다. 한 서너 사람은 못 이겨 오기는 오겠지만 부담을 주기 싫어 이야기를 안 했다. 하지만 역시 우리 형제들은 이 사람 사는 세상에서 나처럼 왕따가 아니고 정말 친구들이 많았다. 내 큰여동생은 아주 어렸을 적 친구들도 찾아왔다. 세상에……. 나도 잘 아는 아이들, 아니 여자…… 아니 아줌마들이었다. 두 살 어린 동생이라 어렸을 적 같이 어울리기도 했던 사람들이다. 작은형님도 친구와 동료들이 많이 왔고 매제들도 손님들이 많이 찾아왔다. 아무도 찾아오지 않는 나는 정말 왕따가 됐다. 그런데…….

칠순 잔치를 하던 그날은 12월 9일, 노동자대회가 열리는 날이었다. 나는 그날 뷔페에서 사진만 찍고, 슬그머니 빠져나와 노동자대회를 갔다. 내가 버스를 타고 시청 앞으로 가는데 작은형님한테 가족사진도 다 찍지 않았는데 어디 가냐고 전화가 오고 난리였다. 그 날은 왕따 정도가 아니라 완전히 또라이가 되었다.

사실 내가 민주노총 조합원도 아니고 어디 단체에 소속된 것도 아닌데, 거기를 가고 싶었던 건 어떤 특별한 까닭이 있어서가 아니다. 전에 내가 들었던 말, "노동자들은 쪽수야" 이 말이 늘 내 마음속에 있었기 때문이었다. 다시 말해 집회하는 데 얼마나 많이 모이냐에 따라 우리 노동자들 힘을 보여 주는 잣대가 된다는 말이었다. 나는 그 말을 늘 마음속에 두고 시간만 되면 혼자라도 집회 현장을 찾아다니려고 했다.

지난 2003년은 WTO 각료회의 저지 투쟁으로 이경해 동지가 자결했고, 손배가압류, 부당노동행위, 비정규직 차별, 이런 거 때문에 여섯 명이나 되는 노동자들이 죽음으로 항거한 한 해였다. 온 나라의 노동자 농민들이 들고 일어서야 했기에, 짱돌 하나 집어던지지 못하는 나였지만 '대가리 수'라도 채워야 된다고 나갔던 것이다. 그런데 왜 어릴 때부터 밑바닥 노동자로서 자란 형제들이 그런 나를 이해하지 못하는지…….

이런 왕따 현상은 동네에서도 마찬가지다. 가끔 동네에서 이웃에 있는 세 가족끼리 같이 술을 먹으면서 화기애애한 이야기를 나누지만, 정치나 세상 돌아가는 이야기는 피한다. 내가 그 사람들과 이야기할 때 논쟁을 벌인 적은 없지만 내가 그이들이 보기에 너무 과격(?)하다고 미리 알아서 스스로 나와 대화를 피하는 것이다.

가장 왕따를 많이 당하는 곳은 내가 지금 일하는 동해운수다. 나는 여기 동해운수에서 10년을 넘게 일해 온 고참 가운데 고참이다.

그런데 사람들은 나와 잘 어울리지 않으려고 한다. 나는 회사에 찍힌 놈이고 게다가 비조합원이다.

우리 서울시내버스는 한국노총 자동차연맹 서울버스노동 '어용' 조합에 속해 있다. 그런데 나는 조합원 자격이 없다. 1996년 노동조합 대의원 선거 때 비집행부 쪽으로 출마하면서 대의원 후보들 약력이 적힌 '유인물'을 배포했다는 어이없는 까닭으로 조합에서 제명을 당했다. 후보 약력 홍보물이 불법 유인물라니. 그런 노동조합이 다 있나? 그 뒤로 지부장이 한 번 바뀌고, 다시 지난해 7월에 중도파인 전성일 씨를 우리 노조민주화추진위원회 '버스일터'가 밀어주어 당선되면서 회사보다 더 조합원들을 탄압했던 어용조합이 쫓겨났다. 그리고 약속대로 전성일 지부장이 내 조합원 제명을 풀어줄 줄 알았다. 그런데 1년이 지난 지금까지 감감무소식이다.

전성일 지부장은 당선된 뒤, 내가 회사와 어용조합 때문에 집하고 가장 먼 곳으로 쫓겨나 근무하던 화전영업소에서, 지금 집과 가까운 일산영업소에서 근무할 수 있게 도와주었다. 그리고 고정으로 타는 버스도 좋은 차를 타게 되었다. 하지만 조합원 제명만은 안 풀어 주는 것이다. 제명을 당해 조합원 자격이 없어도 사실 조합원과 별 차이는 없다. 오히려 조합비를 안 낸다는 좋은 점도 있는데 다만 지부장 선거권, 피선거권이 없다는 사실이다. 아마 제명을 안 풀어 주는 까닭이 내 선거권, 피선거권이 풀리는 게 두려워서 그런 게 아닌지 모르겠다.

아참, 전성일 지부장은 내 제명을 안 풀어 주는 까닭이 내가 민주노총 조합원이기 때문이라고 다른 조합원들한테 우긴다. 한국노총 산하 단체에서 개별로 민주노총 조합원으로 가입할 수가 없다는 건 태어난 지 석 달 된 똥개도 잘 알고 저도 잘 알 터인데 말이다. 참, 얼마 전에 상급단체인 서울버스노동 '어용' 조합에 있는 조직부장인지 조지부장인지 하는 장 뭐라고 하는 놈은 '안건모가 전성일 지부장을 죽이려고 하는데 전성일이 가만있겠냐'고 했단다. 상급단체에 있는 조지부장, 아니 조직부장이라는 사람 수준이 이 정도면 알 만하지 않은가.

어쨌든 지난해, 지부장이 바뀌고 악랄하던 관리자들도 쫓겨났고 새로 관리자들이 들어왔는데 분위기 파악 못 하던 소장이 운행하다 사고난 기사들한테 자부담을 시키고 반말로 대하기에 한 번 싸우고, 과장이 내가 낸 월차휴가를 안 받아 주고 강제로 일을 시키려다가 "연·월차는 회사에서 받아 줘야 쓰는 게 아니고 우리 권리야" 하고 월차휴가 용지를 내던져 버리고 일을 하지 않아 한 번 싸웠다. 관리자들은 그 뒤 나한테 말 한마디 건네지 않았다.

노동조합 간부들 가운데에는 회사에 아부하려고 하는 간부들이 몇몇 있는데, 그 가운데 어떤 간부는 새로 들어오는 기사들한테 '안건모는 비조합원이니까 어울리지 마라'고 이간질까지 한다. 그런 게 노동조합 기획실장이란다. 그렇지 않아도 회사에 찍힐까 봐 기사들이 나와 잘 어울리기를 꺼리는데 그런 간부까지 있으니 조합원들이 더욱 나와 어울리지 못하는 것이다. 그래서 나는 왕따가 되는 것이다.

동갑내기 동료는 가끔 농담을 한다. "야, 건모야 오늘 술 한잔할래?" 하다가 금방 고개를 돌려 다른 기사들을 보면서 "아니야, 야하고 술 먹으면 안 돼. 야하고 먹으면 금방 소문나. 괜히 찍히면 나만 손해지." 장난기 있어 그냥 우스갯소리로 넘어가지만 농담 속에 뼈가 있는 말이다.

이런 일도 있다. 나는 사람들과 어울려 산에 가기를 좋아해서 한 달에 한두 번씩 산을 간다. 가기 전에 배차실 칠판에다 '몇 날 며칠 산을 갑니다. 같이 가실 분은 연락 주십시오' 하고 써넣는다. 그러면 산을 좋아하는 어떤 조합원들은 그날 꼭 같이 가자고 연락을 해 온다. 그런데 막상 그날이 되면 그 사람이 안 오는 것이다. 왜? 나와 같이 가는 게 아무래도 눈치가 보이거나 회사에 아부하는 어떤 놈들이 뒤에서 협박(?)을 한 것이다.

나중에 그 조합원과 따로 마주치는 때가 있어서, 왜 그날 안 왔냐고 하면 미안해하는 얼굴로 "나도 산을 좋아해서 같이 가면 좋은데, 안건모 씨랑 어울리면 뒤에서 말이 많아서……" 그런다. 그러면서 아주 이상하다는 듯이 "아니, 다른 회사는 안 그런데 왜 여기는 그렇게 말이 많은지 모르겠어요" 한다. 나는 어이가 없어서 "어디는 안 그래요? 어디 사업장이나 나 같은 사람하고 어울리면 말이 많고 못 만나게 은근히 뒤에서 압력이 오는 거요. 그것보다 그런 것 때문에 동료끼리 못 어울리는 사람들이 있다는 게 더 문제예요. 아니, 지금 나이가 몇인데 사람들이 회사 눈치 때문에 사람 못 만나고 좋아하는 산도 못 가고 좋아하는 술도 못 먹어요? 그렇게 스스로 알아서 기는 사람들 때문에 우리 노동자들 처지가 노예처럼 이 모양이 꼴이고 한 줌도 안 되는 자본가들이 상전 노릇 하는 거예요."

우리 기사들과 대화도 잘 안 된다. 노동자들 집회 때문에 길이 막히면 "에이 씨벌놈들 또 집회야?" 쌀개방을 하면 농촌이 망한다고 하면 "그럼 라면 먹으면 되지" 이라크를 침략한 미국을 보면서 "역시 세계의 경찰국가야, 말 안 듣는 북한이나 싹 쓸어 버리지" 한다.

이런 또라이 같은 말에 나는 맞장구를 칠 수 없다. 그래서 나는 늘 왕따다. (2002년 12월)

징계위원회 풍경

일산에 있는 동해운수 본사 전무실에서 징계위원회가 열렸다.

징계위원회에 올라온 사람은 화전영업소 기사들만 네 사람, 전부 운행하다 사고가 난 사람들이었다. 사고만 나면 다 징계위원회에 올라가나? 그건 아니다. 회사에 밉보이거나, 찍힌 기사들만 올라간다. 물론 회사 일에 불성실해서 찍힌 게 아니라는 건 누구나 알고 있는 사실이고.

나는 지난 9월 10일 항공대에서 오른쪽 큰길로 나가다 앞차를 살짝 받은 일이 있다. 그 때문에 징계위원회에 올랐다고 회사에서는 뻥을 치지만 다 귀신 씻나락 까먹는 소리다.

내가 이 회사에 들어온 지 벌써 6년이 넘었다. 처음 들어왔을 때 보니 연·월차휴가도 없는 것이 뭐 이런 개떡 같은 회사가 다 있나 하고 월차 적치를 시작하면서 나는 찍히기 시작했다. 나 말고 세 사람도 찍힌 사람들이다. 노조 민주화를 하자고 만든 모임 '버스일터' 회원이 두 명이고 한 사람은 회원은 아니지만 상당히 권리 의식이 있는 사람이다.

일산 배차실에서 기다리고 있으니 따로따로 한 사람씩 부른다. 내 차례가 왔다. 전무실을 들어가니 관리자들 다섯이 앉아 있고 허수아비 조합장이 한쪽 구석에 찌그러져 있다. 김 과장이 권하는 의자에 앉았는데 정 부장이 소파에서 허리를 구부정하게 일어나면서 내 무릎 한쪽을 민다.

"위원장도 계시는데 자세 좀 똑바로 합시다."

가랭이가 벌어졌다 이거지. 위원장이면 전무를 말하는 모양인데 이런 같잖은 징계위원회 열어 놓고 권위를 찾으려고 해? 다리를 더 벌렸다. 징계위원회는 엄숙(?)했다. 판사처럼 낮게 깐 전무 목소리부터 밤톨같이 생긴 아무개 과장이 껄떡거리면서 "안건모 씨는 여기 동해운수 들어온 지 6년이 넘었는데 징계가 몇 번이죠?" 하는 시건방진 소리까지…….

"글쎄요…… 몇 번인가. 세 번? 네 번?"

김 빼려고 하는 소리에 관리자들이 한마디씩 한다.

별 쓰잘 데 없는 거 가지고 한참 씨름을 하고 나니 전무가 가로막는다.

"자, 최후진술하시오."

최후진술? 사형선고 내리나? 나는 회사의 노무관리가 너무 억압적이고 형평성에 어긋난다고 몇 마디 하고는 끝냈다. 하고 싶은 말은 많았지만 쇠귀에 경 읽기일 텐데 해 봐야 무엇 하랴.

며칠 뒤 징계 결과 통보가 날라왔다. '15일부터 22일까지 승무
정지'

엿 먹어 봐라 이거지? 아무리 나를 엿 먹여 봐라 내가 회사를 떠
나나. 중이 절 보기 싫으면 절을 떠나야 된다고?

나는 중이 아니라 일을 해야 하는 노동자거든. (1999년 11월 한겨레)

짜고 치는 고스톱

내 입이 마르고 닳도록 또 한번 얘기를 해야 되겠다. 시내버스 파업 얘기인데 지나간 얘기라고 건성으로 읽지 않으셨으면 좋겠다. 내년에도, 내후년에도 똑같은 일이 반복될 테니까.

지난 4월 4일, 시내버스가 파업을 한다고 했다가 극적 타령, 아니 극적 타결을 했단다. 새벽 4시가 타결 시한이라고 했는데 3시 40분에 아슬아슬(?)하게 극적 타결이 됐단다. 웃기는 쨤뽕들.

시내버스 파업! 일반 사업장 파업과 비슷하다고 생각하면 큰 오산이다. 시내버스는 파업을 하면 회사가 도와준다. 아니 도와주는 정도가 아니라 기사가 "나 파업 안 해!" 하고 차를 끌고 나가려 해도 못 나가게 한다. 회사에서 파업을 하는 것이다. 지난 1997년 3월, 오전에 잠깐 했던 파업도 회사에서 배차를 해 주지 않고 관리자들이 못 나가게 해서 차 운행을 못 했던 것이다.

이번에는 어땠는가. 파업한다는 전날 4월 3일, 파업출정식이라나 뭐라나. 회사에서는 오전반 기사들보고 파업출정식 행사장을 가라고 오후반 기사들을 일찍 출근하게 해서 친절하게 한 탕을 빨리 교대를 시켜 주었다. 웃기는 일 아닌가.

사실 시내버스는 조합원들이 스스로 파업을 할 수 없게 돼 있다. 한국노총 아래 있는 30년 어용노조는 우리 조합원들의 의식을 마비시켜 버렸다. 조합은 다달이 3만 원 정도 되는 조합비를 떼 가고 있지만 그걸 올바르게 쓰는 조합은 없다. 사업장에서 자기 임금을 계산할 줄 아는 조합원이 한두 명밖에 없고 연·월차휴가조차 모르는 조합원들이 많지만 그런 것들을 교육한 적이 없다. 조합원들의 단결을 돕고 의식을 높일 수 있는 노보나 소식지를 내는 조합은 단 한 군데도 없다. 그런 걸 내려는 조합원이 있으면 나처럼 노조에서 영원히 제명을 당한다.

우리나라 시내버스 사업주들은 정말 사업하기 쉽다. 어용조합이 "임금 올려 줘!" 하면 사업주들은 정부에 대고 "버스 요금 올려 줘!" 하면 되니까. 그럼 정부는? 버스 요금을 올리는데 먼저 여론을 잠재워야 한다. 그래서 시내버스 파업 소동이 벌어지고 '극적 타결!' 타령이 나오는 것이다. 그래도 여론이 잠잠해지지 않으면 사업주들은 1997년도처럼 슬쩍 몇 시간 정도 버스를 세운다. '시민들아, 아무 소리 하지 말아라. 버스가 없으니 얼마나 불편하던가' 하고 겁을 주는 것이다. 이렇게 시내버스 파업 소동은 어용조합과 사업주가 짜고 정부가 들러리를 서서 이루어지는 것이다.

우리 기사도 임금이 오르니까 괜찮은 거 아니냐고? 천만에. 기껏해야 임금 몇 퍼센트 올리고 단체협약에서 '상여금 지급 기간에 입사한 조합원은 3개월은 상여금을 지급치 않는다'는 이런 거나 '퇴직금 누진제 없다' 하고 개악해 말짱 도루묵을 만들어 왔다. 이번에도 임금 인상 요구율 12.6%에 완전월급제니 아홉 개나 되는 요구 중에서 임금 6.4%만 달랑 올려 주고 끝났다.

그래 놓고 정부한테 또 무슨 약속을 받았는지 모르지. (2000년 4월)

징계위원회? 개똥이다!

오늘은 징계위원회가 열리는 날이다. 지난 9일 사고가 났는데 오늘 22일, 여태껏 일을 주지 않고 있다가 이제야 징계위원회를 연다는 것이다.

사고는, 시내버스 회사에서 늘 일어날 수 있는 그런 사고였다. 앞서가던 차, 스타렉스가 신호에 걸려 서는 걸 보고 브레이크를 잡았는데 미끄러지면서 받은 사고였다. 앞차 운전사가 뒷목이 뻐근할 정도로 다치고 차 수리비는 백만 원 정도가 나왔다고 했다. 내가 실수를 한 거니까 내 책임이다. 하지만 우리 버스 회사는 노사끼리 맺은 단체협약에 기사가 사고가 나도 회사에서는 기사한테 책임을 물을 수 없게 되어 있다.

11시에 사장실을 들어갔다. 탁자를 중심으로 회사 관리자들이 양쪽 소파에 앉아 있었고 바깥쪽으로 걸상이 하나 있었다. 지들은 편안하게 푹 파묻힌 소파에 앉고 나는 학교 걸상 같은 딱딱한 걸상에 앉으란다. 거기 앉아서 훑어보니까 왼쪽에는 지 소장, 공장장, 우 실장이 앉아 있고 오른쪽에는 육 부장과 노동조합 총무가 앉아 있었다.

조합 총무는 조금 이상한 사람이다. 나는 1996년 어용조합 집행부에서 제명을 당했는데 이 총무는 안건모가 조합에서 제명당했을 때 잘라야 했는데 회사에서 그때 안 자른 게 실수였다는 둥, 조합에서 제명을 당하면 회사에서 당연히 해고를 시켜야 한다는 둥 하면서 회사 편을 드는 게 회사 총무인지 조합 총무인지 헷갈리는 사람이다.

육 부장이 말했다.

"그럼 안건모 씨의 비위 사실을 말씀드리겠습니다."

전에도 징계위원회를 몇 번 들어간 적이 있었는데 가장 웃기는 말이 이 '비위 사실'이었다. 아니 내가 무슨 돈을 훔쳤나 사기를 쳤나, 비위 사실이라니.

"에, 안건모 씨는 경기도 탄현동 1579번지 탄현마을 1203동 502호에 살고, 1993년 8월 14일 입사를 했고, 1994년 1월 16일, 17일 승무거부로 징계 경고조치를 당했고, 12월 21일 담장 추돌을 하고 임의 운행을 하여 승무 정지 10일을 당했고, …… 2003년 1월 9일 아현동에서 사고가 있었습니다."

참 '비위 사실'도 많다. 뒤이어 지 아무개 소장이 나선다. 이 지 소장은 들어온 지 얼마 되지 않은 관리자인데 사고 처리를 담당하고 있다.

"안건모 씨는 1994년 1월 14일 사고로 배상 30만 원이 나왔고 그 때문에 1994년 14일, 16일 승무 정지를 당한 일이 있습니까?"

"대답 거부합니다. 계속해 주십시오."

나는 느물느물거리면서 대답했다. 소파에 앉은 사람들처럼 흉내를 내려고 최대한 몸을 뒤로 제꼈다. 젠장, 걸상이 너무 딱딱해.

지 소장이 눈이 휘둥그레지면서 얼굴색이 변했다.

"왜요? 생각이 안 납니까?"

"생각이 나는 것도 있을 것이고 안 나는 것도 있을 테지만 나는 그런 질문에 대답을 거부할 테니 그냥 계속하십시오."

지 소장이 또 물었다.

"생각이 안 난다는 말입니까?"

"대답을 거부한다고 했습니다. 그 까닭은 나중에 말씀드리겠습니다."

나는 조폭 쫄따구처럼 얼굴을 찌푸리면서 눈을 크게 뜨고 '거부'라는 낱말에 힘을 줬다. 지 소장이 신경질을 부리듯 옆 사람한테,

"대답을 거부한다고 써요."

하고 말했다. 씨발, 쓰거나 말거나. 나는 오늘 해고될 각오하고 여기 나왔다. 해고당하면 최만선 씨가 하는 이삿짐센터에서 날일 하면서 끝까지 해고 무효 싸움을 할 작정이었다. 나는 다른 노동자들처럼 생계 팽개쳐 놓고 싸울 자신은 없다. 대신 노동일이라도 하면서 아주 끈질기게 몇십 년이고 물고 늘어질 자신이 있었다.

지 소장이 질문을 끝냈다. 다음에 우 실장이 고개를 처박고 들여다보면서 말한다.

"안건모 씨는 1994년 12월 21일 담장을 무너뜨리고 임의 운행을 하여 승무 정지 10일을 당한 적이 있습니까?" 담장? 무릎 높이도 안 되는, 다 무너져 가던 블록 몇 개가 담장이란다.

"대답을 거부합니다. 계속하십시오."

우 실장이 멀뚱멀뚱한 눈빛으로 몇 가지를 더 물었다. 나는 그다음부터는 대꾸도 하지 않았다. 다음은 공장장이 자기가 갖고 있는 종이를 들여다보면서 멋쩍은 듯 중얼거린다.

"대답 거부한다고 하니 뭐 이거 질문해 봤자……."

옆에서 지 소장이 명령하듯이 말한다.

"예, 그래도 하세요."

공장장이 어쩔 수 없이 읊는다.

"안건모 씨는 1995년 11월 2일 전용차선 위반으로 걸려 성실복종위반으로 이틀 승무 정지를 받은 적이 있습니까?"

젠장, 자기들이 배차를 뺀 걸 승무 정지란다. 그때 회사가 배차 뺀 것 잘못했다고 월차로 돌려 만근을 채워 주고서…… 쯔쯔. 나는 대꾸도 하지 않았다. 지 소장이 마지막으로 나선다.

"안건모 씨는 2003년 1월 9일 아현동에서 앞차를 받는 사고를 낸 바 있습니다. 이번에 난 사건인데 이런 사실에도 대답 거부합니까?"

나는 대답했다.

"아니오, 이번 일은 대답 거부할 필요가 없습니다. 그런 사실이 있습니다."

지 소장은 나보고 최후진술을 하라고 했다. 최후진술? 그래 좋다. 최후진술이라고? 나는 따발총처럼 퍼붓기 시작했다.

"먼저 내가 이 징계위원회에 복종할 수 없는 까닭은 형평성의 원칙에 어긋난다고 생각하기 때문이오. 정말로 우리 노동자들한테 마음속으로 복종을 받으려고 한다면 사고가 났을 당시 징계위원회를 열어 정당하게 해야지, 사고 난 지 13일이 지난 다음에 이게 무슨 징계위원힙니까? 또 어떤 사람들은 자부담을 했다고 징계위원회를 안 열고 나는 자부담을 안 했다고 이렇게 징계위원회를 여는 것은 분명 형평성에 어긋나는 것입니다. 내가 동해운수에 들어온 지 10년이 다 되는데 그 10년 동안에 징계위원회가 몇 번 열렸습니까? 나보다 더 큰 사고가 나도 징계위원회 없이 일을 했어요. 왜 나만 '징계위원회'라고 여는 겁니까? 내가 자부담을 안 한다고 징계위원회를 연다는 건 누가 봐도 알 수 있습니다. 게다가 징계위원도 노사 동수로 해야지 이게 뭡니까?"

자부담이란 기사가 사고가 나면 상대방 차를 고치는 돈을 기사가 물어내는 것을 말한다. 전에는 회사에서 기사들한테 돈을 물어내라고 하지 않더니 요즘 지 소장이 새로 온 뒤로 기사들보고 수리비의 반 정도라도 물어내라고 했던 것이다. 나는 숨도 쉬지 않고 이어 말했다.

"그리고 내가 옛날 사고에 대해서 대답을 안 한 까닭은 회사에서 가장 좋아하는 취업규칙 제65조에 '이중 상벌 금지에 동일한 공적이나 징계 사유에 대하여 중복으로 상벌하지 아니한다'고 되어 있어요. 그런데 지나간 거 가지고, 더구나 옛날 껀 다 시말서나 승무정지나 모두 내가 대가를 치른 것들입니다. 그런데 뭔 상관이 있다고 그걸 하나하나 또 묻는 겁니까?"

그때 지 소장이 말을 막았다.

"아니, 안건모 씨. 잠깐만, 취업규칙 제66조에 보면 '징계의 사유가 수 개 중복될 때에는 중징계로 조치하여 가중 처벌의 요건이 된다'고 나와 있어요."

나는 그 말이 끝나기도 전에 말했다.

"그건 한 가지 사건에, 이를테면 어떤 날에 지각을 했는데 그날 운행을 하다 사고가 났다거나 하는 것처럼 한 사건에 두 개 중복될 때에 적용한다는 거요!"

지 소장이 인상을 찌푸렸다.

"아니, 지금 우리를 가르치는 거요?"

나는 눈을 더 크게 뜨면서 말했다.

"아까 한 말에 반박하는 거요. 또한 징계위원회가 부당하다는 건 취업규칙 제70조를 보면 노동자한테 감봉을 한다면 임금 총액의 10분의 1을 초과하지 못하게 되어 있어요. 그런데 내가 벌써 13일을 일을 못했는데 그게 얼마입니까. 40만 원에서 50만 원이에요. 취업규칙에 나온 '1개월 정직'이라는 조항이 있지만 근로기준법에 미치지 못하는 취업규칙은 무효예요. '근로기준법 제98조 제재규정의 제한'이라는 규정에도 노동자 징계할 때 감봉은 임금 총액의 10분의 1을 초과할 수 없게 되어 있어요. 이 근로기준법이나 단체협약에 못 미치는 취업규칙은 무효입니다. 그리고 요즘 회사에서는 부인하고 있지만 어디까지나 사실은 사실이에요. 왜 사고가 나면 기사들한테 자부담을 시키는 겁니까? 사고 위험 때문에 회사에서 보험을 드는 거예요. 단체협약 제27조 '운전자보험 및 대물보험'을 보면 교통사고의 정신적 부담을 줄이기 위해 운전자보험을 들게 돼 있어요."

공장장이 나섰다. 이 사람은 자기가 회사 관리자인 줄 안다.

"안건모 씨 얘기만 해요."

나는 몸을 앞으로 내밀면서 목소리를 더 높여 소리를 빽빽 질렀다.

"지금 내 얘기 하는 거요! 자부담 안 한다고 나 징계위원회 여는 거 아니오? 단체협약에 운전자보험을 들게 되어 있고 구상권 청구를 할 수 없게 되어 있어요. 왜 기사들한테 부담을 시키는 거요? 이 단체협약은 사업주와 우리 버스 기사들과 한 약속이에요. 약속! 왜 이런 약속을 안 지키는 거요?"

그냥 놔두면 끝이 없겠다 싶었는지 말을 막으면서 지 소장이 나선다.

"알았어요. 안건모 씨. 더 할 말 없어요?"

한참 말하는데 더 할말 없냐니……. 에이 김샌다. 나는 더 말하고 싶지 않았다.

"없어요!"

사무실을 나와 배차실로 갔다. 다시 들어오라고 전화가 왔다. 다시 사장실로 갔더니 지 소장이 혼자 앉아 있다.

"아하 참, 안건모 씨, 너무 그렇게 하지 마아."

"내가 뭘 어떻게 했는데요? 나 잘못한 게 많으면 해고하면 되는 거요. 하지만 나 하나 자른다고 또 나 같은 사람 안 나올 거 같아요? 우리 노동자들은 누르면 누를수록 또 튀어나오는 거예요."

"알았어요. 알았어. 아, 뭘 그렇게 어렵게 해. 내일부터 일을 하고……. 대신에…… 뭘 좀 하나 써 줘야겠어."

지 소장은 뭘 써 줘야 한다면서 말을 쉽게 꺼내지 못했다. 그래서,

"뭐요? 시말서 쓰라는 거요?"

했더니 난처한 듯한 얼굴로,

"그러니까 서로 좋게 일을 처리하려면 지금까지 일을 안 한 거에 대한 임금 청구를 안 하겠다는 각서 같은 거라도……."

하고 말을 얼버무린다.

지 소장은 두 가지 서류에 나한테 확인을 받으려고 했다. 하나는 징계위원회 통보를 내용증명이 아니고 전화로 받았다는 것과, 그동안 일을 못 한 것에 대한 임금 포기 각서 같은 거였다. 징계위원회 통보는 그저께 나한테 전화로 징계위원회에 나오라고 해서 내가 어이가 없어,

"아니 무슨 징계위원회를 전화로 통보해요?"

하고 항의를 했더니 혹시 내가 그걸 문제 삼을까 봐 전화로 통보를 받았다는 확인을 받으려고 하는 것이고, 또 하나 임금 포기 각서는 전에 내가 사고 났을 때 나한테 일을 며칠 주지 않아 회사에서 나 일 안 준 거 임금 달라고 우긴 적이 있는데 아마 그것 때문에 문제를 없애려고 한 것 같다.

나는 몇 번 안 된다고 우기다가 서명을 해 주었다. 내가 서명을 했더니 지 소장이 괜히 친한 척, 봐주는 척 고개를 끄덕거리면서 말한다.

"그럼 내일부터 일해."

밖을 보니 눈이 오고 있었다. 내일 아침 길이 얼어 일하기가 힘들 것만 같았다. 한번 튕겨 보고 싶기도 하고, 14일 쉬다가 눈 오는 날에 갑자기 일할 생각을 하니 끔찍하기도 했다.

"아뇨, 눈이 오네요. 모레부터 할 거요."

"그래, 그럼 모레부터 해."

완전 '니 마음대로 하세요'다. 어? 근데 이 사람이 언제부터 나한테 반말했지? 나는 지 소장이 반말하는 게 거슬려 은근히 기분이 상했지만 일을 다시 할 수 있다는 째지는 기분에 오늘만 봐주기로 했다. 하지만 그렇게 노동자들한테 반말하다가 언젠가 한번 나한테 된통 당할 거야. 그나저나 에구 이런 회사에서 무슨 징계위원회. 개똥이다! (2003년 3월)

한밤중의 테러

오늘은 퇴원을 하는 날이다.

나는 지난달 31일 새벽에 여기 일산 복음병원 중환자실에서 수술을 받고 310호실에서 19일 동안 있었다.

처음 며칠 동안은 밤에 잠도 오지 않았다. 뒷머리를 칼로 후벼 파는 듯한 아픔 때문이기도 했지만 정체도 모르는 놈들한테 또 당했다는 생각에 무섭기도 하고, 왜 그놈들을 한 놈이라도 때려눕히지 못했나, 아니 한 대라도 때려 보지 못했나 하는 생각에 억울하기도 해서였다. 시간이 갈수록 억울한 생각은 그뿐만이 아니었다. 왜 처음에 도내동 뒷산으로 납치를 당했을 때 나는 그것을 그냥 우연이라고만 생각하고 말았을까. 그때 그게 누군가가 나를 노리고 있어 계획을 세우고 한 짓이었다는 것을 알았더라면 이렇게까지 처참하게 당하지는 않았을 텐데.

지난 9월 4일 새벽, 도내동에서 있었던 일은 지금처럼 이렇게 심하게 당하지는 않았지만 공포감으로 떨던 생각은 지금도 몸서리치는 일이었다.

새벽 두 시쯤, 나는 분명히 버스를 타려고 정류장으로 갔는데 잠이 들었는지 기절을 했는지 어떤 자가용에서 잠을 자고 있었다. 누라 내리라는 소리에 차에서 내리니 아무것도 보이지 않는 깜깜한 산속, 어? 여기가 어디지? 내가 왜 이런 델 왔지? 하고 생각하는데 "이 씨입 쌔끼!" 하면서 각목으로 내 뒷통수를 치던 그놈의 소름 끼치던 낮은 목소리. 한 서너 대를 맞고 술이 확 깨면서 그저 도망가야 산다고 있는 힘을 다해 뛰는데 내 앞을 가로막고 있던 그 닭장 철망들. 그 철망은 내 키보다 높았다. 한 손에는 손가방을 들고 있어 쓰지 못하고 한 손으로 그걸 잡고 기다시피 겨우 넘으면 또 앞에 가로막혀 있던 그 철망들. 누군가가 나를 죽이려고 어딘가에 가둬 놓았어. 오늘 나는 여기서 죽는구나.

나는 그때 어엉어엉 흐느껴 울면서 산을 헤맸다. 그렇잖아도 깜깜한 밤에 안경은 잃어버려 앞은 하나도 보이지 않았고 구두 한쪽도 없어졌다. 나는 그 깜깜한 산속을 헤매고 철망을 네 개나 넘었다. 마지막 철망을 넘었을 때 나는 무슨 야트막한 절벽 같은 곳으로 굴러 떨어졌다. 그곳은 아카시아 숲이었고 온몸에 가시가 박혔다.

'으흐흑!'

그놈들한테 들킬까 봐 소리도 못 지르고 흐느낌 같은 소리를 뱉으면서 아픔을 참았고 거기에 죽은 듯이 누워 있었다. 여기서 죽는 건가? 안 돼. 일어나야지. 땅에 손을 집고 일어서는데 풀 숲에 달빛에 비쳐 내 옆에 반짝거리는 게 있다. 이게 뭐야? 시계 아냐? 소름이 쫙 끼쳤다. 아, 여기 나 말고도 누가 죽은 사람이 있구나. 아, 나도 여기서 죽는구나.

시계를 들어 가만히 보니 아니었다. 그건 내 시계였다. 으휴 가슴이 두근두근한다. 아니, 이건 또 뭐야? 뼈라다. 다시 또 머리가 쭈뼛거린다. 대체 여기가 어디야. 무슨 군부대인가? 도대체 내가 어디를 들어온 거야? 여기서 죽는구나. 울음이 흐느낌으로 나왔다. 마누라가 생각났고 아들 태희가 생각났다. 태희 엄마, 태희야, 도대체 왜 내가 이런 데서 헤매는 거야. 왜 이런 일이 일어났지. 난 오늘 여기서 죽을 거 같애. 안 돼. 여기를 빠져나가야지. 이런 데서 죽을 수 있나. 그래, 살아야 돼. 죽을힘을 다해 그곳을 기어나오는데 나뭇가지 사이에 왼쪽 신발이 걸려 빠져나오지 않는다. 신발이 빠지거나 말거나 발을 그냥 빼 버렸다. 오른쪽 신발은 언제 없어졌는지 모르겠다. 나는 양말만 신은 채 걸었다.

그곳은 전부 아카시아 숲이었다. 내 키만 한 아카시아 나무들이 엉켜 있는 숲을 빠져나오는데 발바닥은 가시가 박히고, 얼굴이고 가슴이고 다 찢기고 웃옷 단추는 다 떨어졌다. 그 아카시아 숲을 빠져나오니 이번에는 어디가 어디인지 분간을 못 하겠다. 멀리 차가 다니는 듯한 불빛만 보고 산에서 내려오니 그때가 새벽 3시 30분쯤 되었다. 지나가는 빈 택시들이 많아 손을 들고 세워 봤지만 내 피투성이 꼴을 보더니 전부 다 도망가는 것이었다. 그래도 배짱 좋은 택시 기사가 차를 세워 주어 탈 수 있었다. 집에 오니 새벽 4시였다.

마누라는 내 피투성이 꼴을 보더니 자지러졌다. 이제 '버스일터'니 뭐니 하는 걸 때려치우고 그냥 일만 하라고 했다. 하지만 나는 그걸 그냥 우연이라고 했다. 그때 술에 너무 취해 있어 기억이 잘 나지 않았고 아무리 곰곰 생각해 봐도 우리 버스 기사들 권익을 좀 찾아보자고 '버스일터'라는 단체를 만든 일이 그렇게 나를 납치해서 죽일 만한 일이 아니었기 때문이었다. 나는 그때 일을 경찰서에 신고도 하지 않고 금방 잊어버렸다. 그게 내 실수였다.

그러고 나서 두 달이 다 될 무렵이었다. 10월 30일, 그날은 일이 일찍 끝났다. 회사 옆 포장마차에서 기사들 몇몇이 술을 먹고 철우 형하고 신촌교통 903번을 탔다. 철우형은 자기 집 근처 이마트 앞에서 내렸다. 나는 술을 그리 많이 먹지는 않았다. 한 넉 잔? 그래도 피곤해서 그만 깜박 졸았나 보다.

"여기 아니에요? 내려야지요!"

누가 소리지르기에 깜짝 놀라 깨 보니 버스가 그랜드백화점을 지나 우리 집 근처 횡단보도에 걸려 서 있다. 신촌교통 기사가, 내가 내리는 곳을 알고 깨워 준 것이다.

"아, 고맙습니다" 하면서 얼른 내렸다. 따라 내리는 사람은 없었다. 바로 앞에 있는 횡단보도 신호가 끊어질 때가 되어 깜박깜박하기에 총총걸음으로 건넜다. 그리고 다시 오른쪽 횡단보도를 건넜고 다시 왼쪽 길을 따라가다가 마지막 사거리 횡단보도를 건너는데 왼쪽 길 건너편에서 누가 이쪽으로 건너오고 있었다. 나는 오른쪽에 있는 우리 아파트 담을 따라 걸었고 나보다 뒤늦게 건너온 그 사람은 내 뒤를 따라오고 있었다. 나는 그저 우리 아파트 사람이려니 하고 아무 생각 없이 오른쪽 아파트 정문으로 들어섰다. 그리고 다시 오른쪽에 있는 화단 샛길로 들어섰다. 한 서너 발자국을 떼는데 뒤가 섬뜩한 느낌이 든다.

고개를 홱 돌려 뒤를 보니 어떤 놈이 각목을 치켜들고 서 있다. "뭐야?" 전에 도내동 산에서 당했던 일이 번쩍 떠올라 소름이 쫙 끼쳤고 또 당했구나 하는 생각에 다리에 힘이 풀렸다. 얼른 몸을 돌려 가던 쪽으로 도망가려고 하는데 거기도 몽둥이를 번쩍 치켜든 놈이 보인다. 달빛에 비쳐 얼굴은 보이지 않는다. 내 뒤에 있던 놈이 바짝 다가서는 거 같아 앞에 있는 놈한테 달려들었다.

"뭐야, 이 새끼들아!" 혹시나 지나가는 사람이나 우리 아파트 사람들 들으라고 큰 소리로 발악을 하면서 덤벼들었지만 "퍽!" 하고 내 뒷머리가 깨지는 소리가 난다. 그러거나 말거나 앞에 있는 놈 눈깔이라도 후벼 판다고 손가락을 곤추세우고 덤벼들었다. 앞에 있는 놈은 뒤로 살짝살짝 물러서면서 몽둥이를 휘두른다. 몽둥이가 왼쪽 머리에 맞아 안경이 삐딱해지고 피가 튀었다. "퍽! 퍽!" 내 뒤에 있는 놈은 있는 힘을 다해 몽둥이를 자꾸만 내리치고 피가 안경에 범벅이 돼 앞이 보이지 않았다. "어억! 뭐야! 이 새끼들아!" 울부짖으면서 다시 뒤로 돌아 그놈한테 덤벼들었지만 다시 뒤에서 내려친다. 숨이 가빠지고 토할 것 같다. 좁은 샛길이라 어디 도망갈 데도 없다. 아파트 벽쪽으로 몰렸고 자꾸만 몽둥이가 날아왔다. 다시 있는 힘을 다해 덤벼들었다. "뻑!" 왼쪽 뒷머리에서 뜨거운 피가 뭉클 솟아나 목덜미로 흘러내리는 것 같다. 정신이 가물가물해지는 것 같았지만 거기서 쓰러지면 나는 죽을 것 같아 죽어라 덤벼들었다.

"야, 이 새끼 되게 질기네."

뒤에 있는 놈이 낮게 중얼거리면서 또다시 있는 힘을 다해 내 뒤통수를 내리친다. 도내동 산속에서 "이 씨입 쌔끼" 하던 소리하고 같은 말소리다. 그 소리를 들으니 다시 그때 생각이 떠오르면서 덤벼들 힘이 없어지고 맥이 풀린다. 그 낮은 소리에 내가 여기서 쓰러지지 않고 덤비면 죽을 것 같았다. 아니 더 덤벼들 힘도 없다. 숨을 못 쉬겠다. 나는 그대로 잔디밭에 쓰러졌다. 가물가물하지만 정신은 있었다. 죽은 듯이 보이려고 숨을 참아 보려 했지만 "허어허어" 하는 소리가 새어 나온다. 그놈들이 나를 똑바로 눕힌다. 뒷머리에서 뜨거운 피가 쏟아져 나와 목덜미로 흘러들어 간다. 두 놈이 내 양쪽에서 쭈그려 앉는 것 같다. 말은 한마디도 없이 내 주머니를 뒤진다. 수첩이니 뭐니 다 꺼내 잔디밭에 꺼내 놓는다. 하지만 꼭 뭘 찾는 것 같지는 않다. 손가방에 있던 내 지갑이니 도장이니 하는 잡다한 물건들을 다 꺼내 잔디밭에 흩어 놓는다. 아! 그때 또 다른 사람 그림자가 달빛에 어른거린다.

'아! 지나가는 우리 아파트 사람인가?' 이제 살았다. 나는 그 사람이 '이거 봐. 뭣들 하는 거야?' 하고 참견을 할 줄 알았다. 그래, 그 사람이 한마디라도 하면 다시 일어나 덤벼들어야겠다. 헌데 이런, 그놈도 내 발밑에 쭈그려 앉더니 바지 주머니를 뒤진다. 세 놈이었구나. 맥이 탁 풀린다. 이제 제발 그놈들이 가기만 바랐다. 그놈들이 일어났다. 그리고 잠깐. 눈을 떠 보니 아무도 없다. 갔나?

"허엉허엉!" 다시 흐느껴 우는 소리가 저절로 나왔다. "도대체 이게 뭐야. 왜 이런 일이 나한테 일어나지?" 뒷머리를 손으로 누르고 일어나 앉으니 손가방은 그대로 있고 물건들만 잔디밭에 널려 있다. 나는 울면서 그걸 가방에 쑤셔 넣었다. 토할 것 같다. 얼른 병원에 가야지. 별거 아닐 거야. 비틀비틀 기다시피 화단 옆을 지나 엘리베이터 쪽으로 갔다. 경비실은 문을 꼭 닫은 채 경비가 자고 있다. 발로 확 문짝을 걷어차려다 아니야, 지금 병원에 가는 게 급해. 다행히 엘리베이터는 1층에 멈춰 서 있다. 집으로 올라갔다. 마누라가 보면 기절할지도 모르는데 어떡하지. 907호 우리 집을 지나 908호 벨을 눌렀다. 두 번. 세 번을 누르고 우리 집으로 들어갔다. 우리 집은 언제나 문을 잠가 놓지 않는다. 마누라는 자고 있다. 얼른 피가 범벅이 된 잠바를 화장실에 던져 놓고 안경을 벗었다. 한쪽 알은 완전히 피가 묻어 하나도 보이지 않는다. 그대로 쓰러졌다. 마누라가 깼다.

"태희 아빠!"

마누라는 울음 섞인 소리로 비명을 질렀지만 내 옆에 다가서지를 못했다. 제발 마누라가 놀라지 말았으면 하는 생각에 아무렇지도 않은 듯이 말하려 했지만 나오는 소리는 흐느낌뿐이었다.

"빨리 병원에…… 근형이네 깨워. 지환네 전화 걸어. 얼른 태희 엄마.…… 나 병원에 가야 돼……."

마누라가 울면서 전화를 했고, 지환이 아빠가 부리나케 올라왔고 아파트를 다시 내려와 그 집 봉고차를 탔다. 정신이 가물가물해진다. 꿈인가 생시인가. 여기가 어딘가. 자고 싶다.

"어떻게 다쳤어요. 아저씨! 지금 어디가 제일 아파요? 아저씨 정신 차려요."

"뒷머리요. 뒤가…… 뒤가……추워요. 으으으"

그리고는 중환자실에서 하룻밤을 보내야 한다는 둥 피를 너무 많이 흘렸다는 둥 하는 소리를 가물가물 들으면서 나는 잠이 들었다. 춥다.

병원에서 머리 반쪽을 아예 짜깁기를 했다고 한다. 상처가 너무 깊어 며칠 뒤 새 살이 나올 때를 기다렸다 전신 마취를 하고 다시 꿰맸다.

퇴원을 하는데 날이 무척 춥다. 어디부터 가야 되나. 그동안 할 일이 너무 밀렸다. 마누라는 모든 일에 손을 떼고 좀 쉬라고 하지만 그럴 수가 없다. 내가 무슨 해결사는 아니지만 내가 하는 일이 우리 버스 기사들한테 조금이라도 도움이 되는 일이라는 것은 분명한 사실이니까. (1998년 11월)

사고가 난 뒤 경찰에 신고했지만 범인은 잡지 못했다. 회사는 가해자가 있는 사건은 임금이 나오지 않는다고 우기면서 내가 병원에 있던 날짜만큼 임금을 주지 않으려고 했다. 나는, 그러면 범인을 찾아내라고 주장하면서 임금을 주지 않으면 노동부에 고소하겠다고 내용증명을 보냈다.
회사는 결국 임금을 주었다.

동료들 이야기

　　우리 동료들 이야기를 좀 해 보고 싶다. 10년 동안 동해운수에서 버스를 운전하면서 같이 지냈던 사람들, 지금도 같이 일하는 사람들 이야기를.

　　버스 운전 경력 20년 가운데 10년 동안 동해운수에 근무하면서 일산, 원당, 화전 세 영업소를 다 다녔다. 1993년에 처음 동해운수에 들어와서는 원당영업소에서 잠깐 일한 적이 있었다. 거기서 숙소와 식당, 기사들 노동조건이 열악하다고 회사를 비판했다고 고 아무개라는 동료가 회사 관리자한테 찔러 화전영업소로 쫓겨났다.

　　쫓겨난 화전영업소는 본사와 따로 떨어져 있었고, 회사에서 조금이라도 찍힌 기사들이 모여 있어 그런대로 마음들이 잘 맞았다. 화전영업소 동료들은 노동조합 민주화를 바라던 우리 '버스일터'가 소식지를 만드는 데 뒤에서 몰래 돈을 내 주기도 했다. 물론 거기에

236

도 회사에 아부하는 '간신'들은 있었는데, 그런 간신들이 나서서 설치는 분위기는 아니었다.

동해운수에서 가장 악랄했던 간신은 원당영업소에 있던 이 아무개라는 사람이었다. 이 사람은 겉으로는 겸손하고 젊은 사람들한테조차 인사를 잘 했지만 속으로는 우리 노동자들 피를 빠는 흡혈귀였다! 사업주들은 어디서나 노동자들을 관리하고 노동자를 이용하는데 바로 이 사람이 그 대표였다. 이를테면 회사에서 신입 사원을 받을 때 이 아무개가 소개를 하면 회사에서 잘 받아 준다. 또 입사를 하고 일을 할 때 웬만한 사고가 나도 이 아무개가 회사에 부탁을 하면 봐준다. 기사들은 회사에 입사를 하려면 그 사람에게 돈까지 갖다 바치거나 여러 가지 선물을 해야 한다. 그리고 입사한 뒤 그 사람 말을 잘 들어야 한다. 안 들으면 다른 사업장으로 쫓겨나거나 사고가 나면 사표를 강요받는다. 하지만 그 이 아무개는 결국, 회사에 빌붙어 간신 짓 하던 어용 지부장이 선거에 떨어지면서 빽 없는 늙은이가 되어 쪽도 못 쓰고 한 반년을 더 일하다가 사라졌다.

지난 2002년 집행부가 바뀌고 나는 일산영업소로 왔다. 일산에도 그런 사람이 있었다. 집행부가 바뀌고 조합 총무가 된 이 아무개인데 이 사람은 정말 '엽기적'이다. 이 사람과 술자리를 한번 같이한 적이 있었는데 회사 관리자가 말하듯 수첩을 들여다보면서 거만하게 나한테 "당신은 '정직'이 두 번 있었구만" "담을 무너뜨린 사고가 있었구만" "전용차선위반으로 회사에서 두 번이나 과징금을 물은 적이 있었고……" 어쩌고 해서 내가 하도 어이가 없어 "아니 그런 정보는 어디서 났나? 총무는 지금 회사 총무인가?" 하고 물으니 그렇다고 한다. 그것도 두 번씩이나. 세 번째 내가 "분명히 지금 조합 총무가 아니라 회사 총무라는 말인가?" 하고 물으니 그때서야 "아니, 조합 총무다. 내가 헷갈린다" 하고 대답했다. 또라이는 또라이다. 선거 전에는 나한테 자기는 민주노총 조합원이라고 아득바득 우기더니 말이다.

그리고 내가 1996년에 '제2 노무과'라고 했던 어용조합에 조합원 제명을 당한 걸 두고 이 아무개는 "내가 회사라면 안건모는 벌써 잘랐어" 하고, 또 작년 1월 내가 운행하다 사고가 났는데 동료들한테 "야, 안건모 이거다 이거" 하면서 손칼을 목에 대고 잘리는 흉내를 내면서 좋아하더란다. 사고 나면 다 잘리는 줄 알았던 모양이지. 요즘은 또 새로 들어오는 조합원들한테 '안건모는 비조합원이니까 어울리지 마라'고 이간질까지 한다. 내가 그렇게 해서 왕따당할 사람인가? 이 아무개는 결국 총무에서 물러나 이름뿐인 무슨 실장으로 내려앉았다.

그런가 하면 그저 조용히 회사만 다니는 사람도 있다. 무슨 사연이 그리 많은지 얼굴에 늘 그늘이 져 있다. 다른 동료들은 일찍 나와 다른 동료들과 이야기를 나누거나 장기를 두거나 하면서 시간을 보내는데 장기 취미도 없고 이야기도 나누지 않는다. 일이 끝나고 기사들과 술자리도 하지 않는다.

같은 동료들이라고 하지만 나이 차이가 아버지와 아들뻘도 있다. 이제 서른이 갓 넘은 기사와 정년이 다 된 사람들과 차이는 거의 30년 차이가 나는데 어쩔 때 보면 참 볼썽사납다. 아버지뻘 되는 사람한테 아저씨도 아니고 형님도 아니고 "형, 담배 하나 줘" 하고 반말로 담배 하나 달라고 하지 않나 배차실 걸상에 비스듬히 누워서 어른이 들어와도 본체만체하지 않나 별 녀석들이 다 있다.

정말 웃기는 동료도 있다. 58년 개띠, 내 동갑내기 황수다. 이놈은 나만 보면 눈을 가늘게 뜨고 "으음, 자네 부친이 누군고?" 하면서 거드름을 피우면서 익살을 부린다. 머리가 빠져 조금 대머리인 조합원을 보면 제 바지춤에 손을 집어넣어 사타구니에서 털을 뽑아 그 꼬불꼬불한 털을 동료 머리 위에 올려놓으면서 "야, 이거라도 좀 심어라, 심어" 한다. 방귀는 또 얼마나 잘 뀌는지 다리 하나만 들고 힘만 주면 언제 어디서도 방귀가 뿡뿡 나온다. 하루는 "야, 이거나 먹어라" 하면서 방귀를 뀌는데 소리가 이상했다. 경쾌한 나팔 소리가 아니라 좀 찌그러지는 소리였다. 그리고 밖으로 나갔는데 조금 뒤 어떤 동료가 허리를 꺾고 웃으면서 배차실을 들어오는 것이었다. 황수가 화장실에서 종이에 물을 묻혀 팬티를 닦고 있더라나. 방귀와 함께 똥이 나온 것이었다. 배차실은 그날 웃느라고 뒤집어졌다. "황수 없으면 무슨 재미로 사냐?" 하는 사람도 있다.

별별 동료들이 많지만 역시 남을 생각해 주는 동료들이 가장 좋다. '운수 노동자의 인간다운 삶' 〈버스일터〉 모임 동료들과, 버스일터에 가입은 못 하고 있지만 후원회비를 내주고 뒤에서 도와주는 많은 동료들도 그런 동료들이다. 그런 사람들은 자기 자신과 가족만을 위하지 않는다. 비록 회사에 찍혀 불이익을 받지만 다른 동료들이 불이익을 받으면 같이 고민하고, 우리 노동자의 권리를 찾기 위하여 애쓴다. 인간답게 살려는 동료, 나는 그런 동료가 좋다.

(2004년 4월)

내 돈 내가 달라는데

아침에 김 과장한테 전화가 왔다. 회장이 나를 보자고 한다. 회장이? 아니, 회장이 날 왜 보재? 회장이 우리 기사를 만나자고 할 때는 별로 없다.

우리 회사는 지금 기사들과 정비사, 또 직원들한테 줄 임금이 7, 8억이 밀려 있다. 우리 기사들 것만 해도 지난 2월부터 7월까지 5% 올라 한 사람에 40만 원에 8월분 상여금 일부와 정비사들 1년치 상여금과 연차수당 따위가 전부 8억 가까이 되는 것이다.

나는 지난 9월 22일부터 기사와 정비사들 마흔여섯 명의 서명을 받아 노동부에 진정서를 냈고 해결이 빨리 안 날 것 같아 지난 11월 29일에는 시청 앞에서 '시내버스 체불임금 해결하라'고 일인 시위를 했다. 그리고 교통개선총괄국과 대중교통과를 들어가 시내버스 회사 책임 관리를 철저히 하라고 요구했다. 그리고 이틀 뒤 대중교

통과에서 회사를 찾아왔다. 아마 그것 때문에 회장이 나를 보자고 하나 보다. 나는 과장한테 지금 바쁘니까 조금 있다가 간다고 한번 퉁겨 보고 꾸물거리다가 회사를 갔다.

출근한 기사들과 인사를 나누고 배차실에 앉아 있었다. 배차 주임이 "안건모! 회장 사무실로 가 봐!" 배차 주임은 꼭 반말로 이름을 부른다. 나보다 나이가 조금 위지만 지 아들 이름이나 쫄따구 이름 부르는 듯하는 게 영 귀에 거슬려 언제 한번 얘기를 해야겠다 하면서 회장실로 갔다. 회장실 문을 열고 들어가니 왼쪽 편에 거만하게 앉아 있는 회장 모습이 보이고 무늬만 대표이사인 염 사장이 뒤로 돌아앉아 있다. 회장이 소리를 친다. "뭐야?" 사장이 고개를 뒤로 돌려 보더니 "안건몹니다" 한다. 나는 고개를 까딱 숙이고 들어가 문을 닫았다.

"새끼야! 안건몹니다 하고 들어와야지, 여기 와 앉아!"

본래 회장이 그저 아랫사람만 보면 소리 지르고 기를 죽인다는 소문을 듣고 있었다. 하지만 회장이 나한테 할 수 있는 게 기껏해야 해고밖에 더 있겠냐? 나는 사장 옆에 앉으면서 조용하게 말했다.

"그럴 시간이나 줬습니까?"

"뭐야? 새끼야, 이 새끼 시말서도 석 장이나 있고 사고도 있는 놈이 뭐가 잘났다고……."

"회장님, 새끼 새끼 하지 마시오. 나도 군대 간 아들이 있어요. 그리고 내 이 회사 11년 넘었습니다. 11년 동안 근무하면서 그런 사고 없고 시말서 안 쓴 사람 봤습니까? 그리고 내 돈 내가 달라는데 뭐가 잘못됐습니까?"

이 말을 하면서 회장이 전에 다른 기사한테 한 말이 생각났다. 그때 노동조합 상집간부들과 지부장이 회장과 면담을 했는데 그 중심 아무개가 회장한테 밀린 임금을 달라고 하니까 회장은 경리부장을 불러 "야, 쟤 줄 거 얼마야? 돈 줘서 내보내" 하더란다.

회장은 내 말을 듣자마자 사장을 바라보면서 "뭐야? 이 새끼 돈 안 준 거 있어?" 하고 소리친다. 사장이 꼿꼿이 앉은 채로 "11월 24일 돈이 안 나가고……" 하고 말하다 만다. 회장도 다 아는데 말할 필요가 없겠지. 그나저나 그다음에 "야, 쟤 줄 거 얼마야? 돈 줘서 내보내" 이런 말이 나올 줄 알았는데 어? 갑자기 말소리가 낮아지면서 "지금 다른 회사는 우리보다 밀린 데가 얼마나 많은데" 한다. 참 내, 임금을 안 준 건 빚을 진 거나 마찬가진데 이렇게 빚진 놈들이 오히려 큰소리치는 건 사업주들뿐이다. 어이가 없다.

"왜 밀린 회사만 보십니까. 저는 우리보다 더 잘 주는 회사를 보고 있어요."

"새끼야, 그러면 너 혼자 달라고 해야지. 왜 잘난 체하면서 단체로 서명을 해서 달라고 하는 거야. 니가 어려우면 어렵다고 하면 돈 안 줄 사람 있어? 그리고 서울시에는 왜 찾아가 물의를 일으켜?"

"거, 왜 자꾸 새끼 새끼 하는 거요? 에? 자꾸 새끼 새끼 하지 마십시오. 그리고 잘난 체라뇨? 나도 사리 판단할 줄 아는 나입니다. 그리고 아무리 회사가 어려워도 기사들은 카드로 돌려막으면서 살고 있어요. 왜 임금을 안 주는 겁니까? 더구나 이번에 발생한 11월 상여금은 시에서 다 나온 거 아닙니까. 왜 시에서 나온 돈조차 주지 않고 있습니까?"

"그러면 먼저 이야기를 해야지. 아무 말 없이 있다가 노동부에 가고 말이야."

"전 내용증명으로 분명히 통보를 했습니다."

회장이 그 소리를 듣자 누구한테 했냐고 또 벼락같이 큰소리를 치더니 노무과로 전화를 한다. 우 실장이 서류를 들고 와서 회장한 테 "여기……" 하면서 서류를 보여 준다.

"뭐야? 이거!"

회장은 있는 힘을 다해 소리 지른다. 아마 평생을 저렇게 큰소리만 치고 살아왔으리라. 우 실장이 얼마나 놀랐는지 용수철 튀듯 뒤로 튕겨 나간다. 흐흐흐 저러다 공황장애 걸리겠다. 한두 번 당하면 충분히 예상할 수 있을 텐데 아직 훈련이 덜 됐나? 회장은 "이런 게 있으면 뒷장도 설명을 해야지 그냥 결재만 맡으면 되냐?"고 소리지른다. 하지만 뻥이 너무 심하다. 뒷장에는 아무것도 없다. 그리고 내용증명을 회장이 검토 안 했을 리가 없다. 회장은 다 알면서도 저런다. 회장은 그때 결재 올렸던 사람들 다 데려오라고 큰소리를 친다. 우 실장은 바로 앞에 있는 사장과 자신뿐이라고 우물우물한다. 회장은 나한테 다시 말을 걸고 우 실장은 나가 버린다.

"이 회사 주인이 누구야?"

"우리 노동잡니다."

회장님입니다 하는 대답이 나오기를 바랐겠지만 나는 주저하지 않고 대답했다. 속에서 흐흐 웃음이 나온다. 회장이 갑자기 또 큰소리로 "뭐야? 이 회사 책임자가 누구야?" 하고 소리친다.

"책임자는 회장님이지만 이 회사 주인은 우리 노동잡니다."

"왜 노동자가 주인이야?"

"우리 노동자들이 아니면 이 회사가 돈을 벌 수 있습니까?"

할 말 없으니까 회장은 다른 트집을 잡으려고 한다.

"경리과에 가서 문을 발로 찼나?"

나는 아니라고 대답했더니 전화를 들어 경리부장을 오라고 한다. 이 경리부장 아주 웃기는 여자다. 나이는 쉰은 되어 보이는데 너무 뻔뻔하다. 이번에 우리 기사들을 무시해도 너무 무시했다. 밀린 임금을 달라고 서명을 해서 노동부에 진정한 기사들만 빼놓고 다른 기사들 임금을 먼저 준 여자다. 그 경리부장이 들어와서 "이 사람이 문을 발로 찼어요" 하고 회장한테 일렀다. 사실 어제 경리과를 들어갔다가 나오면서 문을 한 번 걸어찼지만 내가 안 찼다는 데야 어쩔 거야. 그 경리부장은 또 "버스일터 홈페이지에 '임금도 밀렸는데 회장이 자가용을 또 바꿨나' 하는 글은 왜 썼어요?" 하고 별 시시콜콜한 걸 끄집어낸다. 이런 또라이 같은 년, 지가 회장 딸이라도 되는 줄 아는 모양이지? 회장은 대수롭지 않은 이야기라는 듯 덤덤하게 자신은 회사 돈은 절대로 쓴 적이 없다고 한다.

나는 그 여자한테 기사들한테 임금을 주려면 다 같이 줘야지 오히려 진정서를 안 낸 사람들부터 먼저 돈을 지급했냐고 하니까 노동부에서 지급 지시가 안 내려와서 그렇다고 또 우긴다. 사장은 옆에서 나한테 "그래서 돈을 얼마나 늦게 줬어요?" 한다. 나는 큰 소리로 "줄려면 다 줘야지. 왜 따로따로 주는 거요?" 했다. 사장이 그 말을 듣자 벌떡 일어나더니 나간다. 경리부장은 또 노동부에서 지급 지시가 안 내려왔기 때문이라고 한다. 나는 몸을 뒤로 제끼고 고개를 들면서 "거 왜 쓰잘데없는 핑계를 대요?" 하니 말문이 막히는지 얼굴이 굳어지면서 "이 아저씨가……" 한다. 나는 눈을 부라리면서 버럭 소리를 질렀다. "이 아줌마가, 왜 쓰잘 데 없는 핑계를 대냐고?" 회장은 그 여자가 말도 안 되는 핑계를 대니까 조용하게 "노동부에서 회사 운영하는 건 아니잖아" 하면서 말을 막는다. 회장은 나한테 다시 묻는다.

회장은 나하고 도무지 말이 안 되는지 다른 말로 돌렸다. 사고를 낸 기사들은 책임을 져야 한다고 했다. 나는 우리 기사들은 사고를 일부러 내는 사람은 없고 배차 시간에 쫓겨서 사고가 나는 것이라고 했다. 회장은 불가항력은 어쩔 수 없지만, 원칙을 지키지 않고 운전하다가 사고를 내는 기사들은 책임을 져야 한다고 말했다.

원칙을 지키자고? 회장이 말하는 원칙은 신호를 지키고 위반을 하지 말자는 얘기 같았다. 그 말은 물론 맞지만 그 원칙을 지킬 수 있게 배차 시간을 넉넉히 줘야 한다. 하지만 나는 말대꾸하지 않았다. 원칙을 지키자는 말은 맞기 때문이다. 다만 회사도 단체협약과 근로기준법을 지키는 그 원칙을 지켰으면 좋겠다는 생각을 했다. 회장이 천천히 일어나면서 나한테 악수를 청했다. 참 별일이다. 회장이 왜 이렇게 사근사근해? 나는 악수를 하면서 생각했다. 회장 자신이 한 말은 남뿐이 아니라 자신한테도 돌아간다는 걸 왜 모를까. (2004년 12월)

결국 며칠 뒤 회장은 정비사, 기사들 밀린 상여금을 지급했다.

마지막 운전

2004년 12월 24일, 오늘이 마지막 날인 줄 몰랐다. 다음 주 월요일까지 일하고 수요일쯤 월차를 내서 토요일까지 쉬고 만근을 채운 뒤 사표를 쓰려고 했다. 그런데 오늘이 마지막이 될 줄이야.

그동안 엄청 고민했다. 지난 11월 말에, '일하는 사람들의 작은책' 송병섭 대표가 나보고 작은책으로 들어와 같이 일을 해 보자고 했을 때, 나는 도무지 상상이 되지 않았다. 시내버스 운전을 20년 가까이 했는데 내가 운전을 안 하고 다른 일을 할 수가 있을까? 그동안 내가 〈작은책〉 편집책임이라는 이름을 걸고 연·월차를 써 가면서 일을 하기는 했지만 그래도 버스 운전을 놓고 〈작은책〉 편집 일을 한다는 건 처음부터 끝까지 전부 내가 도맡아 해야 된다는 말인데, 내가 정말로 할 수 있을까 하는 온갖 걱정이 다 들었다.

가장 먼저 걸리는 게 돈이었다. 그래도 시내버스 운전은 전보다 많이 올라 상여금까지 하면 한 달에 평균임금이 240만 원 가까이 된다. 하지만 작은책은 이윤이 남지 않아 일하는 사람들이 가져갈 수 있는 돈은 안 봐도 뻔하다. 그것도 요즘 경제가 어려운 데다 출판업계는 더욱 어려워, 적자가 없었던 교보문고조차 적자라고 하는데 잘못하면 문을 닫아야 하니 그게 더 큰 문제다. 그렇게 되면 나는 다시는 버스 운전을 할 수 없는데 뭘 하면서 살아야 하나 걱정이었다. 시내버스 업계는 다른 업종보다도 민감해 회사에 찍힌 기사들은 다른 회사에 취직이 안 된다. 블랙리스트를 작성하기도 하고 전화로 서로 연락해서 그 기사의 성향이 어떤가 조사한 뒤 조금만 삐딱해도 안 받아 주기 때문이다.

또 다른 문제는 내가 정말 동해운수를 떠나면 우리 동해운수 버스 기사들은 어떻게 될 것인가 하는 걱정이었다. 내가 그동안 동해운수에 있었기 때문에 우리 기사들이 크게 덕 본 건 없지만 그래도 그나마 노동운동을 한답시고 해고를 두려워하지 않고 댁댁거리면서 싸워 왔고, 〈버스일터〉 소식지를 발행하고, 또 가끔 신문이나 라디오에 회사의 부당한 노동 탄압에 대해 폭로를 해 왔기 때문에 회사에서 그렇게 쉽게 대하지 못한 것은 있었다. 지난번에도 우리 동해운수에서 밀린 임금 때문에 내가 마흔여섯 명의 서명을 받아 노동부에 가고, 시청 앞에서 일인 시위를 하면서 항의한 뒤 회사는 어쩔 수 없이 7억 가까이 되는 밀린 임금을 주기도 했다. 정비사 가운데에는 900만 원까지 밀린 사람도 있었는데 이번에 그 돈을 한꺼번에 다 받을 수 있었다. 아니나 다를까. 나중에 안 일이지만 내가 나온 뒤 12월 31일, 회사는 상여금 3/4분기 중 일부를 이번 달에 회사가 어려워 지급하지 못하겠다는 공고를 붙였다. 내가 있을 때는 분명히 지급하겠다는 약속을 한 바 있었는데 나오자마자 달라진 것이다.

또 다른 걱정이 있었다. 내가 그동안 글을 여기저기 쓴 것들을 모아 2월쯤에 책으로 내려고 하는데, 현장에서 버스 운전사로 운전을 하면서 책을 낸다면 분명 홍보 효과가 더 있을 텐데 운전을 하지 않으면 그만큼 홍보 효과가 떨어지지 않을까 하는 욕심에서 나온 걱정이었다. 그리고, 또 책을 낼 때 되니까 우쭐해져서 버스 운전을 그만 두는 거 아니냐 하는 오해가 생기지 않을까 하는 걱정이었다.

어쨌든 여러 가지 걱정이 많았지만 작은책으로 가기로 결정을 내릴 수밖에 없었다. 〈작은책〉은 나를 글 쓰는 노동자로 새로 태어나게 했던, 우리 노동자들의 진보 잡지다. 조선, 중앙, 동아 같은 엉터리 '찌라시'들이 판치는 우리나라에, 일하는 사람들이 이 세상을 올바로 볼 수 있도록 도와주는 그런 잡지가 하나는 살아남아야 한다는 절박한 심정이 들어 결정을 내릴 수밖에 없었다.

하지만 마누라를 설득해야 했다. 마누라는 내가 버스 운전을 그만두면 임금이 적어서 어떻게 사냐 하는 것과, 작은책이 망하면 다시는 버스 운전도 할 수 없는데 어떻게 하냐 그 두 가지 걱정을 했다. 나는 며칠을 설득했다. 이제 우리 아들도 다 크고 대학만 졸업하면 되는데 뭐 그렇게 걱정을 하느냐고. 그리고 작은책이 왜 꼭 망하는 것만 생각하나 잘 될 수도 있지 않느냐 하고 설득을 하다가 안 돼서 작은책이 망하더라도 내가 무슨 일을 하든 마누라한테 빌붙어서 살지는 않겠다고 사정을 했다. 마누라는, 운전할 때는 차비도 들지 않고 점심값도 들지 않았는데 작은책을 가면 차비에 점심값에 또 용돈에, 뭐가 남는 게 있냐고 따졌다. 나는 점심은 작은책에서 해 먹고 용돈도 많이 가져가지 않겠다고 설득을 했다. 마누라는 내켜 하지 않았지만 결국은 허락을 해 주었다.

12월 31일까지 일을 하고 사표를 쓴다고 마음먹은 뒤 한 달 동안 일을 하는데, 별별 생각이 다 들었다. 임금 문제와 작은책 운영 문제를 제쳐두고라도, 운전을 하면서 노선에서 늘 마주치는 기사들을 보면서 '아, 저 사람은 내가 나가는 걸 어떻게 생각할까. 아마 아쉽게 생각하겠지?' 그러다 회사에 아부를 해서 나랑 몇 번 싸운 아무개가 보이면 '아 저놈은 내가 나간다고 하면 입이 찢어지게 좋아하겠다. 참, 회사는 내가 나간다고 하면 얼마나 좋아할까. 그 좋아하는 꼬라지를 어떻게 보지?'

그런 생각들을 하면서 한 달을 보냈다. 그러면서 둘레에 나를 아는 사람들한테 내가 버스 운전을 그만두고 작은책으로 가는 걸 어떻게 생각하냐고 물어봤다. 하지만 내가 버스 운전을 그만두는 것을 찬성하는 사람은 한 사람도 없었다.

사표를 쓰기로 결정한 뒤부터는 머릿속에 온갖 고민이란 고민이 들어 일이 되지 않았다. 별별 고민을 하다가 앞차를 들이받는 사고도 몇 번 날 뻔했다. 한 달을 채우고(달 만근) 사표를 써야만 퇴직금에서 손해가 나지 않지만 사고가 나면 더 손해가 아닌가 하는 생각도 수없이 나고, 또 연말이라 모임이 많아 술을 먹고 다음 날 아침 술이 덜 깬 채 일을 나갈 때가 많았는데, 그거 조금 더 일하다가 음주로 걸리면 인생 조지는 거 아닌가 하는 생각도 들었다.

며칠 동안 술을 많이 먹어 아침에 계속 술이 덜 깬 채로 일했다. 그렇게 날마다 전날 술을 먹고 일을 하니까 몸이 완전히 녹초가 되었다. 지친 몸으로 운전을 하면서 가만히 생각하니 오늘 '버스일터' 모임이 있다. 그 모임에서 술을 먹으면 내일 또 몽롱한 채로 일을 하게 될 게다. 에라, 돈이고 뭐고 내 몸이 살아야지 안 되겠다. 에라, 어차피 사표 쓸 거 돈 좀 손해 보더라도 오늘 사표를 써야겠다고 마음먹었다.

　세 번째 탕, 막탕을 돌아오면서 오늘, 아니 지금 이게 마지막 버스 운전이라고 생각하니 쓸쓸해졌다. 처음 버스 운전을 시작할 때가 떠오르고 그동안 운전을 하면서 생겼던 지나간 일들이 떠오르면서 내 앞날이 어떻게 될까 하고 괜히 마음이 울적해졌다. 1985년부터 지금까지 오로지 이 버스 운전을 했는데……. 거의 20년을 버스 운전만 했는데…….

　종점을 들어와 차 청소를 하고 지 아무개 상무실을 들어갔다. 12월 24일, 금요일이었다. 지 상무한테 사표를 쓰겠다고 했다. 상무가 화들짝 놀라면서 입이 함지박만 하게 벌어졌다. 왜 사표를 쓰냐고 한다. 그러고는 갑자기 친한 척하면서 손가락으로 옆 사무실을 가리키면서 "사무실에 이야기했어?" 하고 반말로 이야기한다. 이게 왜 갑자기 반말이야. 그래 오늘 마지막이니 싸우지 말자. 내가 아니라고 했더니 갑자기 "하지 말아" 한다. 나는 무슨 소리인가 하고 "뭔 소리요?" 하고 되물었더니 "좆같잖아" 한다. 좆같애? 나는 어이가 없어 속으로 웃음이 나왔다. 옆 사무실이면 총무과와 노무과를 말하는데 거기서 책임자는 지 상무 자신이다. 그런데 그 사무실이 좆

같다니 어이가 없다. 아마도 지 상무 자신이 내 사표를 받아 자신의 공로로 삼으려고 하는가 보다. 그래, 이왕 사표 쓰는 거 너 원하는 대로 해라.

나는 12월 31일까지 남은 6일을 연·월차를 써 버리고 1월 1일 날짜로 사표를 내겠다고 사표 용지를 갖고 오라고 했다. 상무는 급했는지 서식이고 뭐고 그냥 백지를 갖고 오더니 쓰라고 한다. 지 상무는 너무 좋아서 덜덜 떠는 것 같다. 내 이름을 쓰고 직위를 쓰고 회사를 그만둔다는 소리를 썼다. 사표 쓰는 손이 괜히 떨렸다. 참, 회사 그만두는 게 이렇게 쉬운 거로구나. 이 사표 한 장이면 이제 다시 버스 운전을 못 하는 거야? 이렇게 세상 갈림길이 간단할 수가 있다니. 사표를 다 쓰고 지 상무한테 주었다. 지 상무는 괜히 들떠서 29일 소주나 한잔하자고 그런다. 헛소리인 줄은 알지만 그러자고 했다.

사무실을 나왔다. 1666호, 내가 몰던 버스가 보이고 동료들이 보였다. 갑자기 다른 세상으로 나온 것처럼 모든 게 낯설어 보였다.

(2004년 12월 26일)

4장 | 시내버스를 정년까지

고추장에 꽁보리밥을 비벼 먹으며

우리 아버지는 황해도 연백이라는 곳에서 태어났다고 한다. 나는 아버지가 젊었을 때 어떻게 살았는지 아는 게 별로 없다. 말이 없고 웃지도 않고 굉장히 무서웠다. 성격이 불같아 한 번 말해서 안 되면 두 번째는 눈을 부라리며 호통을 쳤다. 아버지 어린 시절과 젊은 시절이 무척 궁금하지만 물어볼 엄두가 나지 않고, 커서 몇 번 물어봤지만 전혀 말을 안 하셨다. 특히 6·25 전쟁 때는 어디에서 보냈는지 가장 궁금했다.

아버지는 키가 무척 작지만 젊었을 적에는 몸이 단단했다고 한다. 처음 결혼한 부인 사이에 아들 하나를 낳고 부인은 죽고, 어떻게 하다 충남으로 내려와서 지금 살아 계신 우리 어머니를 만났다. 어머니는, 그때 아버지는 염전에서 일하고 있었는데 사촌 언니가 총각이라고 속이고 중매를 서서 그런 줄만 알고 결혼했다고 한다.

아버지는 그 뒤 고모부가 교감으로 있는 마포 동도고등학교 수위로 일했는데, 학교 안에 집도 있어서 거기에서 살았다. 아마 아버지한테는 그때가 가장 편하지 않았을까 싶다. 그 뒤로는 내 기억으로 고생만 하다 돌아가셨으니까. 고모부는 교감으로 있으면서 그때 서울에서 몇 안 되는 부자 축에 끼어 있었나 보다. 학교 안에 큰 양계장이 있고 만리동에도 굉장히 큰 인쇄소가 있었는데 작은아버지에게 책임을 맡겼다. 그리고 그때만 해도 흔치 않던 지프차를 몰고 다녔다고 하니 괜찮게 살긴 살았나 보다. 그런 고모부가 5·16 쿠데타를 일으킨 박정희에게 학교를 뺏겼다고 지금도 말씀하시는데, 내용은 자세하게 잘 모른다. 5·16 쿠데타가 1961년에 일어났으니, 나는 그때 서너 살쯤 되었겠지.

빈털터리가 되어 고모부는 강원도 주문진으로 내려가고 우리 식구는 지금 서대문구청 옆, 철거민인가 피난민인가 그런 사람들이 모여 사는 양철동네로 이사 갔다. 그 마을은 지붕이 모두 양철로 되어 있어서 양철동네라고 한 것 같다. 여기서부터 조금씩 기억이 난다. 나는 야맹증이 심해서 밤만 되면 하나도 보이지 않아 밖에 나오면서 마루를 더듬거렸다. 그리고 오줌소태라고 하던가? 왜 그렇게 오줌이 자주 마렵고 누려고 해도 나오지 않았는지.

처음에는 거기에서 지금 유진상가가 있는 홍제국민, 아니 홍제초등학교까지 걸어 다녔는데 애들 걸음으로 한 삼십 분 걸렸을까? 그렇게 멀지는 않았지만 '행길'이라고 하는, 학교로 가는 그 길은 누런 흙먼지가 바람에 날리고, 또 비만 오면 진흙탕으로 변해 걷기가 힘들었다. 집에서 학교 쪽으로 가다 보면 왼쪽은 전부 산이고,

오른쪽은 집 뒤에 있는 개천이 홍제초등학교 앞으로 해서 저 멀리 세검정 너머 산으로 이어져 있었다. 초등학교 조금 못 가서는 길 양쪽으로 멀리 돌산이 있었는데, 하얀 돌들을 깎아 내며 일하는 아저씨들이 언제나 조그맣게 보였다. 가끔 산허리쯤에서 큰 돌을 깨뜨리느라 난포라고 하던 다이너마이트를 터뜨릴 때는 돌들이 길까지 날아올까 봐 공사하는 사람들이 양쪽에서 길을 막았다.

나중에 우리가 백련사 밑 산중턱으로 이사하고 3, 4학년쯤 되어서 길이 포장되고 버스가 다녔나 보다. 그때 버스 삯이 3원인지 5원인지 했는데, 버스에 올라탈 때 내지 않고 내릴 때 냈다. 그 덕분에 공짜로 많이 탔다. 그때는 차장이 앞문에 하나 뒷문에 하나, 둘이었는데 앞으로 타서는 뒷문으로 내리면서 앞에서 냈다고 우기고 도망치듯 내리고는 했다. 워낙 손님이 많아 뒷문에 있는 차장이 앞문에 있는 차장에게 물어볼래야 물어볼 수도 없고 물어봐도 그걸 어떻게 낱낱이 기억하겠나.

초등학교 들어가기 전에 아버지가 무슨 일을 했는지 기억나지 않지만 끼니를 때우기가 어려웠나 보다. 어머니는 고개도 가누지 못하는 작은 여동생을 등에 업고 녹번동 좁은 산길을 넘어 은평초등학교까지 뽑기 장사를 하러 걸어 다녔다. 설탕을 녹여 붕어 모양이나 동물 모양 같은 틀로 찍고 나서 아이들이 그 모양대로 떼어 내면 '덤'으로 하나 더 주는 뽑기. 하지만 아이들은 거의 그 모양대로 다 떼어 내지 못했다. 돈이 없는 아이들은 점심 급식으로 옥수수빵이 나오면 그걸 주고 뽑기를 했다. 쌀이 떨어져 밥을 지을 수 없을 때 어머니는 그 옥수수빵으로 우리 끼니를 때우기도 했다.

양철동네에서 간뎃말이라고 하는 마을로 이사를 갔다. 이 대감 집이라는 곳으로 가서 방을 얻어 살다가 내가 초등학교 1학년 때 백련사 아래 산중턱에서 루핑으로 천막집을 짓고 살았다. 천막을 지으려면 각목이라도 있어야 하는데 그 돈이 없어 어머니가 스웨터를 맡기고 천 원을 빌렸다고 한다. 아스팔트 같은 기름을 먹인 루핑 집은 텐트처럼 생겼고, 바닥에는 '가마때기' 두어 장을 깔아 놓고 한쪽 귀퉁이에는 솥이니 그릇이니 어지럽게 쌓아 놓았지만 남의 집은 아니었다. 산중턱을 깎아 처음으로 지은, 아니 만든 집이었지만 그런대로 살 만했다.

아버지는 거기에다 터를 잡으려고 무진 애를 썼다. 아버지는 언제부터인지 양은 그릇도 때우러 다녔고 우산도 고치러 다녔다. 아버지가 없을 때 산지기라는 사람이 와서 남의 산에다 집을 지었다고 천막집을 부수었다. 어머니는 한낮에 뜨거운 해를 피할 데가 없어 우산을 쓰고 있기도 했다. 가끔은 팔다리가 없는 상이군인들이 지팡이를 짚고 서너 명이 몰려다니며 허가 없이 집을 지었다며 돈을 내놓으라고 생떼를 쓰며 천막을 들어 올려 뒤집어 버리고는 했다.

아버지는 그렇게 버티면서 그 옆에 집을 지었다. 블록을 져 나르고 시멘트를 바르고 슬레이트를 올렸다. 우물도 파고 뒷간도 짓고 축대도 쌓았다. 불 때는 아궁이를 만들어 놓아 형과 나는 갈퀴로 솔가지를 긁어모아 땔감을 해 오고, 큰 오리나무를 둘이서 번갈아 도끼로 잘라 끌고 내려오기도 했다. 산지기한테 걸리면 죽는다고 겁을 주어 산지기가 쫓아오면 냅다 도망치고는 했는데 발바리처럼 얼마나 잘 뛰었는지 한 번도 붙잡힌 적은 없다. 우리 집 뒤쪽으로 올라가면서 대장간이 생기고 집들도 몇 채 더 생겼다. 그 위 골짜기에도 집이 한 채 있었다. 우리 집 밑에는 신 씨네라고 기와집이 한 채 있는데, 그 집에는 포도나무도 있었다. 포도가 탐스럽게 열릴 때는 몰래 내려가 따먹기도 했다. 뒷산으로 올라가면 백련사라는 절이 있는데, 언제나 목탁소리가 은은히 울려 퍼졌다.

하늘은 언제나 파랬다. 어머니가 장사를 하러 가서 아무도 없을 때 멀리 모래내에서 기적 소리가 들려오고, 김포공항 쪽으로 날아가는 비행기 소리가 아스라이 들리면 가슴이 싸해졌다. 양철동네에서 맑은 시냇물이 내려와 집 앞으로 해서 모래내 기찻길 밑을 가로지르며 흘렀다.

개천 건너편에는 집이 없는 사람들이 천막을 치고 살아 천막촌이라 하는 마을이 있었다. 천막촌 아이들과 냇가를 사이에 두고 돌팔매질도 가끔 했다. 또 천막촌에는 만화 가게가 있는데 그 가게에는 돈 받고 보여 주는 텔레비전도 한 대 있었다. 황금박쥐와 아톰인가 하는 만화를 보려고 어머니를 졸라 돈을 받아 가 보면 골방에 꾀죄죄한 아이들이 오글오글대고 있고 발꼬랑내가 코를 찔렀다. 냇가 모래밭 귀퉁이에는 물이 흐르지 않아 아이들과 축구를 하고 놀았다. 양철동네 쪽에 개천 다리 밑에도 움막집이 한두 채 있었다. 장마가 져서 큰물이 내려갈 때는 나무, 그릇 같은 것들이 떠내려오고 어른들은 긴 막대기를 들고 개천 옆에 서서 그것들을 건져 내느라 정신이 없었다.

지겹도록 꽁보리밥에 고추장을 비벼 먹었지만 굶지는 않았다.

아버지가 가끔 수박을 사 와 우리 네 남매는 화채를 만들어 먹었다. 형과 나는 아카시아 그늘에서 장기를 두며 시간을 보내기도 하고 마당에서 팽이도 돌리고 구슬치기도 했다.

아버지는 개고기를 좋아해 집에서 개를 키우고 가끔 잡아먹었다. 아버지는 성격이 차가워 내가 개하고 정이 들었건 안 들었건 필요하다 싶으면 그 자리에서 잡아먹었다. 성질 급한 아버지는 조금 잔인하다 싶게 개를 잡았는데 도끼로 머리통을 치거나 나일론 줄을 목에 걸고 마당에 만들어 놓은 마루 밑으로 집어넣고 삼각형으로 되어 있는 다리 받침대 사이로 잡아당겨 죽여 버렸다.

아버지는 그렇게 나쁜 사람은 아니었지만 나이 차이가 많아서인지 의처증이 심해 어머니를 심하게 때렸다. 밥을 먹을 때 밥상을 뒤집어엎거나 어머니 머리끄덩이를 잡고 팽개치며 발길질을 했다. 매를 잘 들지는 않았지만 한번 들기만 하면 우리를 발가벗겨 놓고 가죽 혁대로 때렸다. 나는 그래도 형보다는 덜 맞고 자란 것 같다. 본디 겁이 많기도 했지만 아버지처럼 밤에 가위눌리는 병이 있어, 낮에 피곤하거나 놀라기라도 하면 밤에 잘 때 꼭 가위눌리기 때문에 나를 덜 때린 것 같다. 온순했던 나는 아버지를 닮아 갔다. 나는 공부도 못하고 몸도 약해 학교에서 아이들에게 놀림을 받고 맞기도 했다. 아버지는 날마다 맞고만 다닌다고 너는 손이 없느냐고 하면서 힘이 없으면 돌멩이라도 들어서 찍어 버리면 될 것 아니냐고 했다. 며칠 뒤 아버지가 가르쳐 준 대로 학교에서 나한테 집적거리는 놈을 돌멩이 대신 연필로 찍어 버렸다.

학교 가는 게 죽기보다 싫었다. 육성회비를 못 내 구박을 받고,

4학년 때까지 구구단을 외우지 못해 선생한테 맞기 일쑤였다. 5학년 때 겨우 외웠지만 두 자릿수 곱셈을 못해 숙제할 때면 징징 울기도 했다. 숙제를 못 해 가면 선생한테 맞는 게 무서웠기 때문이었다. 그렇게 무섭던 아버지가, 숙제를 하면서 내가 훌쩍거리자 두 자릿수 곱셈을 꼼꼼히 가르쳐 주었다. 그때부터 두 자릿수 곱셈을 할 수 있게 되었다.

몸이 약해 학교를 빠질 때가 많았다. 한번은 무단결석이라고 선생한테 시퍼렇게 멍이 들도록 종아리를 맞았다. 육성회비도 못 내고 부모가 학교에 한 번도 찾아오지 않아 선생은 나를 별로 좋아하지 않았다. 커서 깨달았지만 선생이 부모를 오라고 하는 건 돈 따위를 바치라는 뜻이었다. 정이 많은 어머니는 내 종아리를 보더니 돈 없는 게 죄라고 울먹였다. 저녁에 아버지가 들어와 내 종아리를 보았다. 그렇게 자식한테 관심 없어 보이던 아버지는 아무 말이 없더니 다음 날 학교로 찾아왔다. 아버지는 아이들이 보거나 말거나 삿대질을 하면서 선생한테 막 대들었다. 세상에 이럴 수가 있느냐고, 나를 부르더니 종아리를 걷어 보이며 아이를 이렇게 때릴 수가 있느냐고 눈을 부라리며 따지고 들었다. 그러면서 애 삼촌이 신문사 기자인데 신문에 내야겠다고 거짓말까지 하면서 사과하라고 했다. 선생은 처음에는 꼬박꼬박 대꾸하다 삼촌이 기자라고 하자 말이 쏙 들어갔다. 삼촌은 조그만 구멍가게를 하고 있었다. 그런 거짓말에 쩔쩔매는 선생을 보니 야, 기자가 굉장한 것인가 보다 싶었다.

철거 계고장에 학교를 그만두고

6학년이 끝날 무렵 내가 생각해도 공부를 너무 못하고 집이 가난하여 중학교에 갈 수 있을 것 같지 않았다. 초등학교를 졸업하고 공장에 들어갔다. 아버지에게 공장에 들어간다고 하니 아무 말도 안 했다. 걸상 다리 밑에 그믐달처럼 휜 막대를 가로 대어, 앉으면 몸이 앞뒤로 흔들흔들거리는 '개동이 의자'를 만드는 공장이었다. 걸상 다리에 래커를 칠하는 공장이었는데, 처음 들어가서는 손가락 지문이 하나도 보이지 않을 정도로 사포질만 했다. '공돌이'가 될 소질은 있었는지 붓으로 래커 칠하는 것을 석 달 만에 배웠다. 그때 월급은 6천 원쯤이었는데 오야지는 내가 칠하는 것을 금방 배우니 나에게만 일을 맡기고 농땡이만 깠다. 전부 여섯 달인가 다녔다. 처음 석 달 정도는 월급을 받았는데, 도급을 맡은 오야지가 나중에 석 달 치 월급을 떼어먹고 도망을 가서 그만두게 되었다.

〈동아일보〉에서 신문을 받아다 길에서 다방으로 신문을 팔러 다니기도 했다. 어느 날은 그날 하루 종일 신문을 팔아 몇백 원을 벌었는데 독립문에서 잃어버리고 길가에 앉아 한참 동안 서럽게 울었다.

다음 해, 형이 2학년 다니다 그만둔 범산고등공민학교에 들어갔다. 초등학교 때 그렇게 공부를 못했는데 그 학교에 들어가자마자 1등을 했다. 그 학교는 연희동 고개에 있었는데 인가는 나지 않았다. 1학년쯤 다니다가 학교가 망해 홍제동 화장터 옆에 있는 대성고등공민학교에 들어갔다. 그 옛날에는 화장터를 지나다니기가 무서웠는데 지금은 그 자리에 고은초등학교가 들어서 있다. 대성고등공민학교에서는 장학금을 받기도 하면서 다녔다.

하지만 생활이 쪼들려 힘들게 졸업하고 고등학교 검정고시를 보았다. 고등공민학교는 정식 중학교와 달라 검정고시에 붙어야 고등학교 연합고사를 볼 자격이 생긴다. 용산 어딘가에 있는 선린상고에서 발표를 했다. 발표하는 날, 아무도 관심이 없었고, 나도 기대도 하지 않고 혼자 발표를 보러 갔다. 합격자 명단에 내 번호가 있었다. 3×××! 잊어버리지도 않는다. 눈물이 주르륵 흘렀다. 나는 왜 그리 눈물이 많은지. 기쁘기도 하고 쓸쓸하기도 하고, 돈이 없어 고등학교에 들어갈 수도 없을 것 같아 서울역까지 걸어가면서 눈물을 흘렸다. 지나가는 사람들이 나를 바라보았다.

형은 그때 박스 공장에 다니고 있었는데, 나보고 입학금을 대 준다고 고등학교에 들어가라고 해서 연합고사를 봤다. 그때는 실업계가 전기였고 인문계가 후기였다. 실업계 시험을 먼저 봐서 떨어지면 인문계 시험을 볼 수 있었다. 노동자들을 많이 나오게 하려고 그렇게 만들었나 싶다. 대학에 가고 싶었지만 도저히 집안 사정으로 그렇게 될 것 같지가 않았다. 축구를 좋아해서 혹시나 축구라도 할 수 있을까 하고 한양공고 기계과를 쳤는데 기계과는 안 되고 금속과에 합격했다. 처음에 들어가서 2등도 하고 공부를 열심히 했지만 대학을 못 간다고 실망한 데다 금속과에 취미가 없어 2학년까지 다니다가 그만두게 되었다.

학교에 다닐 때는 날마다 아침이면 백련사를 오르내리며 운동을 하고 맑은 공기를 마셨다. 여전히 몸은 빼빼 말랐지만 백 미터를 13초까지 뛸 만큼 체력이 좋아졌다. 자전거를 빌려 임진각까지 네 시간 만에 갔다 오기도 했다. 형이 다니는 공장 사람들하고 자전거를 타고 경기도 마석에 갈 때, 다른 사람들은 고갯마루에서 모두 포기했는데, 나는 마석고개를 한 번도 쉬지 않고 올라갈 수가 있었다. 막내 여동생과 나만 학교를 다니면서 편안하게 생활해, 공장 다니는 큰 여동생과 형한테 미안했지만, 아버지가 어머니를 때리지만 않으면 세상에 아무 걱정이 없는 것 같았다.

아버지는 우리 집 뒤에다 방 두 개를 들여 놓고 전세를 주었다. 나는 뒷집 사는 동갑내기 여자애를 무척이나 좋아했다. 이름이 정정란이다. 키가 무척 작지만 얼굴이 귀엽고 언제나 명랑했다. 그애 아버지는 딴따라 출신이었다. 집에는 전기 기타까지 있어 기타를 배운다고 핑계 대며 나는 그 집을 들락거렸다. 그 애는 낮에는 공장에 다니고 밤에는 간호보조사 학원에 다녔다. 첫사랑이었을까. 나는 밤늦게까지 공부하다 그 애가 올 때쯤이면 양철동네 버스 정류장까지 마중 나가 집까지 둘이 걸어오면서 이야기 나누는 게 좋았다.

그런대로 행복하게 사는데 무허가라고 정부에서 철거 계고장이 날아왔다. 아파트 입주권으로 '딱지'가 한 집에 한 개씩 나왔지만, 우리 같은 사람들은 아파트에 들어갈 처지가 안 되었다. 돈이 많아 투기하는 사람들은 딱지를 있는 대로 사들였다. 15만 원인가 받고 딱지를 그 사람들에게 팔았는데 그 돈으로는 뒷방 전세 빼 주기도 모자랐다. 우리는 또 빈털터리가 되어 양철지붕과 얇은 널빤지로 지은, 다 허물어져 가는 응암동 판잣집으로 이사를 가야만 했다. 결국 학교를 그만두고 박스 공장에 들어가 일을 하기 시작했다. 하지만 하기 싫은 일을 어쩔 수 없이 하니까 기술을 배우지도 못하고 재미도 없었다. 형은 힘든 노동으로 위염과 어깨 결림이 생겨 고생하고 있었다. 그러나 나는 변덕이 심해 또 한 번 대학 검정고시를 치른다고 공장을 그만두고 시험 공부를 하다가 시험을 석 달 앞두고 그만뒀다. 그 뒤 다시는 공부를 할 수 없었다.

집에서 빈둥대고 있자니 아버지가 용돈이나 벌어 쓰라고 일하는 데 따라다니라고 해서 내키지 않지만 가끔 따라다녔다. 아버지는 시멘트 바르는 일도 잘하고, 벽돌 쌓는 일, 미장일도 잘했지만 주로 아궁이를 고치고 보일러 놓는 일을 했다. 나는 아버지와 서먹서먹해서 말은 잘 안 했지만 일은 열심히 했다. 어떤 집에서는 한 일주일 일하기도 했는데, 그 집에서 우리가 아버지와 아들 사이인지 모를 때도 있었다. 서로 말을 안 했기 때문이었다. 나는 아버지가 시키기 전에 연장을 갖다 주고 시멘트와 모래를 섞은 사모래를 개고

벽돌을 날라다 주었다.

군에 입대하기 전에 구로공단을 헤매며 공원 모집 광고들을 훑어봤지만 내가 들어갈 만한 곳은 어디에도 없었다. 한번은 모집 광고를 보고 집을 나와 기아 자전거를 만드는 공장에 들어갔다. 하루 종일 단순하게 프레스를 반복해서 찍는데, 똑같은 일을 되풀이하니 시간이 무척 더디게 가고 지루했다. 나는 성격이 급하고 참을성이 없었다. 무엇보다도 일이 끝나고 기숙사에서 잠잘 때 모기가 무섭게 달려들어 견딜 수 없었다. 다른 사람들은 모두 모기장을 치고 자는데 모기장 살 돈도 없지만 모기장을 칠 만한 자리도 없고 누구 하나 도와주는 사람도 없었다. 한 달도 못 버티고 나왔다.

보안대에서 군대 생활을 하고

공장과 노가다를 번갈아 하면서 그럭저럭 사는데 영장이 떨어졌다. 1979년 7월 19일에 입대했다. 머리를 깎고 광운공대에 모였는데 아버지가 따라왔다. 떠날 무렵 아버지 눈에 눈물이 고였다. 아버지 눈물을 처음 보았다. '아, 아버지도 감정이 있었구나' 하고 생각했지만, 군대 들어갈 걱정 때문에 깊이 생각하지 않았다.

25연대에서 훈련을 받고 610(운전)병과를 받아 진해 육군수송학교에 갔다. 운전면허증도 없었는데 어떻게 운전병과를 받았는지 모르겠다. 육군수송학교에서 정비 교육을 받으러 연병장에 모여 있는데 비상이 걸렸다. 나중에 알았지만 박정희 대통령이 총에 맞았다는 거다. 10·26이었다.

후반기 교육을 받고 보안대로 빠져 자대 배치를 받기 위해 보안사령부에 대기하고 있다가 장위동에 있는 통신보안대로 갔다. 보안대는 빽 있고 돈 있는 사람들만 간다는 곳인데, 어떻게 내가 그리로 빠졌는지 모르겠다. 짐작에 내 앞 번호와 뒷 번호도 보안대로 빠졌는데 나는 거기 묻어갔지 싶다. 빽도 없고 돈도 없이 어떻게 묻어간 사람들은 부대에서 조금 근무하다 일반 부대로 쫓겨나기도 한다. 사돈의 팔촌까지 조사한다는 신원 조회에 걸리기 때문이다.

보안사령관은 전두환이었다. 자대 들어간 지 얼마 안 돼 또 비상이 걸렸다. 총알을 지급받고 야전잠바도 못 입고 뛰어나갔다. 우리 부대 앞에는 철조망을 사이에 두고 공수부대가 있는데, 그 공수부대를 바라보고 개골창에 엎드려 있다 거기서 공수부대가 넘어오면 무조건 쏘라고 했다. 무슨 영문인지 몰랐다. 나중에 알았지만 정병주 특전사령관을 우리 부대로 끌고 들어왔다고 했다. 12·12였고 전두환이 쿠데타를 일으킨 것이었다. 밤새도록 떨면서 휴전선 철조망이 아닌 공수부대 철조망을 바라보았으나 아무 일도 일어나지 않았다.

1980년 봄에 '광주에 폭도들이 들고 일어났다'고 했다. 운전병들 몇 사람이 파견 나갔지만 나는 아무것도 모르고 부대 안에 있었다. 갔다 온 부대원들에게서 살벌한 이야기들만 흘러나왔다. 광주항쟁이고, '광주학살'이었다. 그리고 아무 일도 없는 것처럼 시간이 흘러갔다. 다른 부대와 달리 외출할 수 있는 기회가 많아 일요일에 외출을 나가면 시내에는 공수부대들이 보였다.

일병에서 상병으로 진급할 때쯤인가 부대에서 별로 하는 일이 없이 어영부영하는 나 같은 사람들이 뽑혀 나갔다. 불량배 소탕 작전인가 뭔가 해서 경찰, 형사, 부대원이 한 조가 되어 경찰차를 타고 어떤 지역을 돌아다니다가 불량배, 기소 중지자, 껄렁껄렁한 사람들을 잡아들이는 일을 했다. 전부 사복을 입고 근무했다. 나는 태릉경찰서 소속이었다. 한번은 다방에서 커피를 마시고 있는데 갑자기 시끄러워지더니 손님 한 사람이 걸상을 디제이 부스 유리창으로 던져 유리창을 와장창 깼다. 그 일행은 네 명이었는데 우리 셋이 일어나니 낌새가 이상했던지 슬금슬금 일어나 후닥닥 도망을 갔다. 내가 얼른 문 앞으로 가서 막는데 그 가운데 한 사람이 나를 밀치더니 층계를 단숨에 뛰어올라 냅다 튀는 것이었다. 백 미터를 못가 나한테 잡혀서 경찰서로 넘어갔다. 그 밖에 미장원에서 돈통을 들고 나오는 여자를 잡기도 하고, 영산강 근처까지 내려가서 장롱 속에 숨어 있는 기소 중지자를 잡기도 했다. 또 다방과 당구장으로, 밤 열두 시 넘어 여관으로 임시 검거를 나가기도 했다. 이렇게 사람을 잡아 아마도 삼청교육대에 보내지 않았나 싶다. 그때는 나라에 충성한다는 생각도 없고, 아무런 의무감도 없이 그저 아침에 기상나팔 울리면 일어나고, 때 되면 밥 먹고, 기합 주면 기합 받듯이 생각 없이 살았다. 그러나 그렇게 변명한들 무엇 하나. 어떤 집을 강도질할 때 그 집에 들어가서 사람을 죽이고 훔친 놈이나 아무것도 모르고 망보는 놈이나 똑같은 죄인인걸.

휴가 때였다. 그때 우리는 홍제동 74번 종점 옆에 살고 있었다. 집에서 쉬고 있는데 아버지가 어머니를 때리기 시작했다. 머리끄덩이를 휘어잡고 개 패듯 발길질하는데 도저히 두고 볼 수가 없었다. 게다가 아버지는 막냇동생 미정이가 자기 딸이 아니라고 하면서 쫓아냈다. 나는 막냇동생을 무척이나 좋아했다. 나는 어릴 적부터 알게 모르게 난폭한 아버지 성격을 그대로 닮아 가고 있었다. 군대 가서는 그 성질이 더욱 굳어 버렸다. 이제는 아버지가 무섭지 않았다. 아버지 팔을 잡아 어머니를 못 때리게 만들었다. 아버지가 우리한테, 또 어머니한테 해 준 게 뭐가 있느냐고 악을 바락바락 쓰고 아버지를 밀어 버렸다. 어머니가 울면서 말려 나는 장롱 쪽으로 돌아서서 씩씩대고 있었다. 아버지가 사기 요강을 머리 위로 치켜들고 내 뒷머리에다 던지는 게 언뜻 장롱 거울에 비쳤다. 뒷머리가 서늘했다. 나도 모르게 머리를 잽싸게 앞으로 숙이며 몸을 움츠렸다. 사기 요강은 아슬아슬하게 빗나가 장롱 거울을 깨면서 산산이 부서졌다. 맞았으면 죽었겠다는 생각이 들면서 아버지를 죽여 버리겠다고 부엌으로 나가 칼을 찾았다. 어머니가 뛰쳐나와 울면서 말렸다. 나는 울면서 집을 나와 버렸다.

돈 천 원을 들고 전국으로

　지긋지긋하던 군대 생활이 끝났다. 큰 여동생은 공수부대 중사하고 결혼하고, 작은 여동생은 서울여상 야간에 다니고 있었다. 형이 박스 공장에 다니며 집안 생계를 그럭저럭 꾸리고 있었다. 아버지하고는 휴가 때 그렇게 싸우고 나서 어색해서 말도 안 했다. 제대하고 나니 할 일이 없었다. 배운 것도 없고 돈도 없었다. 우선 마음을 가다듬고 세상 물정도 알 겸 돈 없이 전국 일주를 해 보자고 텐트와 쌀 조금하고 돈 천 원을 갖고 여행을 떠났다.

　처음에 성남에 있는 조그만 공장에 들렀다. 군대에서 사귀어 휴가 때 일주일 동안 같이 지냈던 혜미를 만났다. 혜미와 함께 지낼 때 나는 제대하고 나서 결혼하자고 했으나, 혜미는 배에 수술한 자국을 보여 주며 자기와 살면 아기도 못 낳고 나중에 틀림없이 불행해질 거라고 거절한 적이 있었다. 혜미는 전에 다른 남자와 살면서 애를 뱄지만 낳지 못했다. 아이는 죽고 혜미는 다시는 아이를 가질 수 없게 되었다고 했다. 아이는 입양해서 키우면 되는데 그까짓 게 무슨 상관이냐고 했지만 혜미는 도저히 결혼할 수가 없다고 했다. 그날 다시 한번 생각해 보라고 마지막으로 달래 보았지만 혜미 마음을 돌이킬 수는 없었다.

마음을 정리하고 이천을 갔다. 이천은 동료 부대원 고향인데, 휴가 때 놀러 간 적이 있었다. 그 동료는 나보다 먼저 제대해 서울에서 일하고 있고, 그곳에는 어머니만 있었다. 거기에서 산에다 텐트를 치고 농사일하는 데 모도 날라 주고 하다가 근처에 무덤 만드는데 7천 원씩 받고 뗏장을 지게로 날라 주기도 했다. 한 사나흘 일했을까.

다시 송탄 쪽으로 가는 완행버스를 탔다. 배낭을 짐칸에 올려놓고 어떤 아가씨 옆에 앉아 비포장 길을 덜컹거리며 한참 가고 있는데, 머리 위에 올려 놓은 배낭에서 쌀이 좌르륵 쏟아지는 게 아닌가. 손님들이 막 웃고, 내 옆 아가씨도 웃었다. 운전기사한테 미안해서 허둥지둥 배낭을 추스르며 쌀을 대충 손으로 쓸어 담고 다시 자리에 엉거주춤 앉는데 옆자리 아가씨가 그때까지 빙그레 웃으며 신기한 듯 나를 보고 있었다. 그때서야 그 아가씨를 자세히 보니 옷차림은 수수하지만 눈도 맑고, 얼굴도 예뻤다. 수줍어했지만 몇 정류장 가면서 이야기를 나눠 보니 마음이 소박하고 시골 사람다운 정이 듬뿍 담겨 있었다. 서로 주소를 적어 주고 여행 끝나면 꼭 편지하자고 약속하고 헤어졌다. 나중에 편지를 주고받는데 세 번째 답장은 글씨체가 달랐다. 그때는 속았다는 생각밖에 들지 않았다.

하지만 그 아가씨와 편지가 끊어진 뒤에 곰곰이 생각해 보고 후회했다. 남에게 부탁하면서까지 나에게 편지한 건 내가 마음에 들기 때문이고, 더구나 직접 써서 보낸 편지에는 진실한 내용으로 사랑을 표현하고 있었는데……. 나는 언제부터인지 고집불통에다 싫으면 칼같이 잘라 버리는 성격으로 변해 있었다.

송탄에서 노가다를 했다. 일주일쯤 일했는데 천장에 붙어 있는 패널을 떼 내다 패널을 뚫고 나온 못을 밟았다. 대못이 신발을 뚫고 발바닥 깊숙이 박혔다. 일을 못 하고 끙끙 앓다가 다음 날 서울로 돌아왔다. 결국 전국 일주를 해 보겠다는 꿈은 깨지고 말았다. 내 의지가 약해서가 아니라 발을 다쳐서라고 속으로 핑계 댔지만, 의지가 약한 것은 분명한 사실이었다. 어쩌면 내가 대입 검정고시를 못 본 것도 돈도 돈이고 형편도 중요했지만 사실은 내 의지가 약해서였다고 생각한다.

직업소개소

이것저것 해 봤지만 오래가지 못했다. 전기기술자를 따라다니며 한 달에 7, 8만 원을 받고 일했다. 그것도 기술을 가르쳐 준다는 핑계로 월급은 적고, 일은 완전히 중노동이었다. 여의도에 있는 아파트에서 형광등을 매달고 드라이버로 조이는 일을 똑같이 되풀이하는데, 목과 어깨가 떨어져 나가는 것 같았다.

또 아파트 벽과 바닥을 따라 관을 묻고, 강철로 된 철사를 배관 안에 집어넣는 일도 했다. 철사 끝에 전기선을 몇 가닥 묶어 반대쪽에서 철사를 잡아당기면 전기 배선이 달려 나온다. 콘크리트 속에 묻힌 관은 곧게 뻗지 않고 구부러져 있고, 아주 길기도 해서 쉽게 잡아당겨지지 않았다. 두 사람 또는 세 사람이 장갑 두 켤레씩을 끼고 강철선을 손에 감기도 하여 "어지기 어자" 하면서 잡아당긴다. 그게 솔솔 따라 나오면 재미있지만 어딘가에 걸려 나오지 않을 때는 진땀이 난다. 그때 왜 구호가 '어지기 어자'일까 궁금했는데, 건축 말들이 거의 일본말로 되어 있어 구호까지도 일본식이었다. 우리 구호 같으면 '영치기 영차'일 텐데.

그 일을 하면서 틈틈이 운전면허 시험을 보는데 자꾸만 떨어졌다. 군대 가기 전부터 박스 공장에 있던 차를 운전하고, 군대 가서는 면허증도 없이 부대장 차 '브리샤'부터 '다찌차' '제무시' 별별 차를 다 몰아 봤다. 그런데 한 번 떨어지니 시험 보러 가면 공연히 떨려서 자꾸만 떨어지는 것이었다. 일곱 번째 가서야 겨우 붙었다.

면허증 하나 믿고 전기기술자를 그만 따라다녔다. 그러나 이제 면허증은 땄지만 누가 써 줄 것인가. 남대문에 있는 기사들 직업소개소에 5만 원을 내고 팔리기만 기다렸다. 거기에는 나 같은 초보자들도 많지만, 시내버스를 몰다가 나이도 먹고 힘이 들어 다른 거나 해 보자고 찾아온 사람도 있고, 영업용 택시를 하다가 사고가 많아 온 사람들도 있었다.

좁은 대기실은 언제나 사람들과 담배 연기로 꽉 차 있었다. 예전에 일하던 곳은 어떻다느니 이야기해 가며 시간을 죽이고 있거나 아니면 구석에서 때에 절은 바둑판으로 바둑을 두기도 했다. 그러다가 사람을 구하는 전화가 오면 소개소에서 어느 정도 조건이 맞는 사람을 보낸다. 사업주 쪽에서 요구하는 나이가 맞아야 하고, 경력이나 지리를 어느 정도 아는가 하는 따위를 기준으로 해서 뽑는다. 돈 많은 사업주들은 돈 한 푼 안 들이고 사람을 구하는 것이다. 사업주들은 싼 맛에 초보자를 가끔 쓰기도 한다. 기사들은 처음에 생활에 쪼들려 앞뒤 재지 않고 들어가지만 막상 일을 해 보면 운전

말고 다른 가욋일이 너무 많거나, 너무 늦게까지 일을 해서 못 견디고 그만두게 된다. 그런 다음에는 또 소개소에 와서 돈을 내고 더 좋은 자리가 없을까 하고 기다리게 되는 것이다.

형 사고로 빈털터리가 되었다

그렇게 마냥 기다리고 있을 때 그나마 집안에서 기둥 노릇을 하던 형이 사고를 내고 말았다. 술을 먹고 공장 화물차를 몰래 끌고 운전하다 영동대교를 건너오면서 깜빡 잠이 들었다고 한다. 멀쩡히 신호를 기다리고 있는 그라나다 승용차를 냅다 받았는데 그 차가 밀려 또 그 앞차를 받았다. 넋 놓고 가다 얼마나 세게 들이받았는지 형이 끌던 화물차는 못 쓸 지경이 됐고, 받는 순간에 몸이 앞으로 튀어 나가면서 배가 핸들에 부딪혔는데 핸들이 부러졌다고 했다. 만약 핸들이 부러지지 않았다면 형은 살아 있지 못했을 것이다. 앞 유리창이 박살나고 코도 찢어졌다.

나는 취직할 생각도 못 하고 거기에 매달려야 했다. 사고 소식을 듣고 영동병원에 가니 조그만 병실에 형이 허리를 잔뜩 구부리고 모로 누워 있었다. 나를 보더니 다 죽어 가는 목소리로 다시는 운전

을 안 하겠다고 했다. 쓴웃음과 한숨이 섞여 나왔다. 겉으로 보기에
는 코에 난 상처밖에 없어 말짱한 것 같았다. 병원에서도 엑스레이
를 찍어 보니 이상이 없다고 했다. 하지만 허리를 펴지 못하고 숨
을 쉬지 못하는 것이 이상했다. 큰 병원으로 옮기려고 응암동 서부
병원으로 가니 받아 주지 않았다. 더 큰 병원으로 가라는 것이었다.
무언가 이상했다. 다시 큰 종합병원으로 갔다. 의사와 인턴들이 달
라붙어 진찰을 해 보더니 장이 터진 것 같아 수술을 빨리 해야 되니
수술비를 내라는 것이었다. 돈? 돈이 어디 있나. 사람이 죽어 가는
데 돈부터 내라니.

아버지는 포기한 것 같았다. 돈 구할 데가 없었다. 오로지 하루
하루 먹고사는 데만 신경 썼지 어디 돈을 모아 놓을 여유가 있었겠
나. 여기저기 다니다 '아, 박스 공장! 그래, 일하다 사고 난 것은 아
니지만 박스 공장에도 어느 정도는 책임이 있을 거야' 하는 생각이
들었다. 하지만 사장은 콧방귀를 뀌었다. 차 열쇠를 몰래 갖고 나가
사고가 났으니 돈을 줄 수 없다고 했다. 나는 법을 전혀 몰랐다. 하
지만 돈 구할 데라고는 거기밖에 없었다. 사정해서 될 일이 아니었
다. 한 푼도 줄 수 없다는 회사 사장한테 형 죽으면 이 공장 다 해
먹을 줄 알라고 반협박으로 30만 원을 받아 냈다. 나는 그때 다 떨
어진 청바지에 군대에서 신고 나온 군화를 신고 다니고, 입은 거칠
었다. 누가 봐도 개차반 같은 성격으로 볼 만했다.

모자라는 대로 입원비를 내서 겨우 수술에 들어갔다. 하지만 수
술은 간단히 끝나지 않았다. 형은 갈비뼈만 이상이 없고 장과 쓸개
가 하나도 성한 것이 없었다. 핸들이 부러질 정도였으니 그럴 만했

다. 형은 세 번이나 수술을 받아야 했다. 일주일에 한 번씩 원무과에서 올라오는 치료비를 감당할 수 없어 내지 못하고 미루기만 하다 거의 다 나을 무렵이 되자 넉 달 동안 치료비가 1,300만 원이나 밀렸다. 의료보험도 없었다.

형을 살게 해 준 것만은 말할 수 없이 고마웠지만 어떻게 할 수가 없었다. 아버지는 아예 포기하여 상관도 안 하고 난 250만 원짜리 전세방을 빼서 200만 원을 내고 퇴원시켜 달라고 사정했다. 아니 순 배짱이었다. 그나마 50만 원 정도는 우리 식구가 비라도 피할 수 있어야겠기에 줄 수 없었다. 전세 계약서도 보여 주었다. 병원에서는 어이가 없는 모양이었다. 병원 원무과 직원이 우리 집에도 와 봐서 사정을 알지만 막무가내로 자꾸 돈을 더 내야 퇴원시켜 준다고 했다. 사실 막무가내는 나였지만, 어쩔 수 없었다. 가진 게 없으니 배짱이 생겼다. "없는 걸 어떡하란 말이오?"

그새 형은 몸이 많이 좋아져서 퇴원하고 싶어 안절부절했다. 형은 결혼식도 올리지 않고 살면서 애가 둘이나 있으니 빨리 나와 돈을 벌어야 했다. 형은 결국 나 없는 사이에 병원 화장실에서 옷을 갈아입고 강원도 고모 집으로 도망갔다.

며칠 뒤 우연히 어떤 신문을 보니 그 병원 원무과 직원 한 사람이 자살했다는 기사가 실렸다. 나한테 돈을 더 받으려고 우리 집도 와 보고 하던 그 사람이었다. 우리 형이 도망을 나오고 난 뒤 같은 병실 환자 하나가 또 돈을 못 내고 도망갔다고 했다. 그 원무과 직원은 과장으로 승진하려던 참이었는데 그 책임이 돌아가 승진하지 못하고 잠실 어느 높은 아파트에서 떨어져 자살했다는 기사였다.

잠깐 동안 가슴이 벌렁벌렁 뛰었지만 이내 차갑게 돌아오고, 동정
이 가지 않았다. 우리 같은 사람도 살려고 하는데 그렇게 아파트까
지 있는 사람이 자살해?

결혼식도 치르지 않고 살았다

　우리 식구는 50만 원으로 경기도 가라뫼에 있는 게딱지만 한 방한 칸짜리로 이사했다. 아버지, 어머니, 형수, 조카 둘, 여동생하고 나까지 일곱 사람이 한방에서 살았다. 나는 형이 나을 무렵 직업소 개소에서 팔려 충정로에 있는 우아미가구점에서 일하고 있었다. 저녁 늦게 집에 들어가면, 처음에는 식구들이 내가 누울 자리를 만들어 놓고 자지만 잠이 들면 엎치락뒤치락하여 잘 자리가 없었다. 나는 집에서 나와 모래내 잔디밭에서 잠을 자기도 했다.

　처음 취직한 우아미가구점에서는 운전을 하면서 가구를 날라야 했다. 운전이야 별로 어렵지 않지만 우아미가구는 톱밥으로 만들어 무거워서 나르기가 힘들었다. 둘이서 장롱을 옮기려면 힘과 기술이 필요했다. 어떤 연립주택은 3, 4층으로 장롱을 들고 올라가야 하는데 1층에서 2층, 2층에서 3층으로 계단이 구부러질 때 장롱을 돌리기가 아주 어려웠다. 장롱 수평을 맞추는 데도 기술이 필요했다. 장롱 수평이 맞지 않으면 나중에 뒤틀려서 문이 잘 여닫히지 않는다. 방이 수평이 잘 되어 있으면 수평을 맞추기가 쉬운데, 그렇지 않은 집은 꽤나 힘들었다. 아무리 하찮게 보일지라도 모든 일에는 나름대로 방법이 있었다.

그때 월급이 20만 원이었는데 생활하기가 벅찼다. 노동일을 하던 아버지는 당뇨병이 생기는 바람에 기운이 떨어져 거의 일을 하지 않고 있었다. 나는 오랫동안 군대에서 갖고 나온 군화를 신고 다녔다. 형수 때문에 옷을 벗지 못하고 잠을 자거나 밖에서 잤기 때문에 청바지는 내 일복 겸 잠옷이었다. 200원짜리 청자를 피우고 점심은 라면으로 때웠다.

우아미가구점 바로 옆에는 페인트 가게가 있었다. 그 가게에서 경리를 보던 아가씨가 창으로 보였는데 꼬시고 싶었다. 하지만 말한 번 걸어 보지 못했다. 지금 내 처지에 어떤 여자가 따를까 하고. 그 아가씨는 짧은 생머리에 이마에는 여드름이 있었지만 생기가 있었다. 언제나 명랑한 얼굴에 촐랑촐랑 까불고 발걸음이 가벼웠다. 출퇴근할 때는 손에, 007가방처럼 생겼지만 그것보다는 작은 자주색 가방을 들고 다녔다. 나중에 알았지만 그것은 클래식 음악 테이프가 들어 있는 가방이었다.

하루는 어디 배달을 나갔다가 밤 열한 시가 넘어 가구점 쪽으로 들어가는데, 그날따라 그 아가씨가 늦게 퇴근을 하고 어김없이 그 가방을 들고 맞은편에서 걸어오고 있었다. 서로 얼굴은 아는 정도였는데, 문득 '아, 기회는 이때밖에 없다'는 생각이 들어 대뜸 말을 걸었다. 시간 좀 내줄 수 없느냐고 하니 그 아가씨가 머뭇거렸다. 나는 거절할까 봐 조마조마했다.

"밑져 봐야 본전 아니오?"

하고 다시 한번 말을 툭 내던지니 고개를 까닥까닥거린다. '어럽쇼, 이 아가씨 보기하고는 다르네' 하고 속으로 좋아서 신이 났지만, 겉으로는 태연하게 서대문 쪽에 있는 다방을 가리켰다. 지금은 〈동아일보〉가 들어서 있는 곳이다.

"저 밑에 있는 다방에서 차나 한잔합시다" 하는데 아차, 주머니에 땡전 한 푼 없는 게 생각나서 먼저 가 있으라고 했다. 터벅터벅 내려가는 걸 보고 얼른 우아미가구점으로 들어가 같이 일하는 사람한테 돈 천 원을 빌렸다. 그때 커피 값이 오백 원이었다. 다방으로 서둘러 가면서 '다방에 들어가 있을까? 가지는 않았을까? 비싼 거먹으면 어떡하지? 내라 그러지 뭐, 까짓것 안 되면 말지' 별생각을 다 했다. 다행히 그 아가씨는 커피를 시켰다.

그 여자 이름은 은아라고 했는데 강원도 간성에서 고등학교를 졸업하고 서울에 언니하고 올라와 있었다. 나중에 알았지만 본명은 은자였다.

그 뒤로 몇 달 동안 연애를 하다 결혼식도 안 하고 가라뫼에서 같이 살게 되었다.

생활은 나아지지 않았다

한창 연애를 하느라 정신이 없을 때 우아미가구점이 팔려 그만
두게 되었다. 다시 직업소개소에 가서 한 달을 기다려서 유한킴벌
리 대리점에 들어갔다. 말이 대리점이지 어두컴컴한 지하실에 화장
지 '뽀삐'나 여자들 생리대 '후리덤' 같은 걸 쌓아 놓은 창고였다. 나
는 차를 운전하고, 판매 사원은 그것을 약방이나 슈퍼마켓 같은 데
로 팔러 다녔다. 낮에 고스톱을 치면서 농땡이를 까는 판매 사원들
때문에 일이 늦게 끝날 때가 너무 많아 사장에게 항의하다 일 년을
못 채우고 해고 아닌 해고를 당하게 되었다. 그때는 해고인 줄도 몰
랐다.

생활은 나아지지 않았다. 아버지는 나이도 더 들고, 당뇨병까지
심해진 데다가 의처증이 더욱 심해졌다. 형은 방을 얻어 나가 자기
식구 먹여 살리기에 바빴다. 다시는 운전을 안 한다고 했지만 시내

버스 회사에 들어가 아예 직업 운전사가 되었다. 막냇동생 미정이는 태권도장 겸 속셈학원에서 아이들을 가르치다 그곳 관장하고 결혼했다.

우리 아기가 달을 못 채우고 아홉 달 만에 태어났다. 몸무게가 2.25킬로그램이었다. 인큐베이터에 들어가야 하는데 포기하고 싶었다. 하루에 6만 원이나 되는 큰돈이 들었다. 큰 여동생이 도와줘서 일주일 동안 인큐베이터에서 키우다 돈을 감당 못 해 죽으면 죽고 살면 다행이라고 그냥 퇴원시켰다. 나는 아기가 태어난 게 얼마나 큰 축복인지 깨닫지 못했다. 모든 게 짜증스럽고 살기 싫었다. 다행히 아기는 건강하게 자라 지금(1997년_편집자)은 중학교 1학년이 되었다.

다시 운전기사 직업소개소에 가서 죽쳤다. 부림환경이라는 회사에 운전사로 들어갔다. 조그만 사무실 하나 얻어 놓고 소독 일을 하는 회사였는데 운전뿐만 아니라 소독도 해야 했다. 아파트 집집마다 바퀴벌레 약을 놓고, 아파트 단지 안에 있는 벌레 먹은 나무들에 긴 막대기를 단 분무기나 '부드드드' 소리가 나는 기구를 기관단총처럼 어깨에 걸고 약을 뿌리기도 했다. 가로수에 뿌리는 약이 무척 독한 것 같았다. 성기능에 장애가 생겼다. 그 회사는 세 사람이 돈을 모아 만들었는데, 돈벌이가 시원찮아 갈가리 찢어져서 나는 겸사겸사 또 그만두어야 했다.

마누라가 둘째 아기를 뱄다. 벌써 다섯 달이 되었다고 하는데 두말없이 지우라고 했다. 키울 자신도 없고 아기가 좋은 줄도 몰랐다. 병원에 가니 나중에 후회한다고 다시 한번 생각해 보라고 했다. 마누라는 애처롭게 나를 바라보았다. 뭐 생각할 거 있느냐고 하며 아기를 지우라고 했다. 병원에서 표현한 대로 '아기를 죽여서' 돌려 낳고 병원을 나왔다. 마누라는 눈물을 글썽이며 나를 원망했다. "괘 씸아, 많이 아팠어."

시내버스를 운전하고 있던 형이 '대형'면허라도 따 놓으라고 해서 틈틈이 면허 시험을 봤지만 번번이 떨어졌다. 네 번이나 보고서야 붙었다. 나는 대형면허를 땄지만 경력이 없어 금방 버스 회사를 들어갈 수는 없었다. 다시 직업소개소로 갔다. 이번엔 성북동으로 팔려 갔다. 그 집으로 가기 전에 조건이 까다로워 많이 망설였다. 늙은 부부만 둘이 사는 집에서 자가용을 운전하는데, 늦게까지 운행할 때가 많아서 출퇴근은 안 된다는 것이었다. 물론 방은 준다고 해서 가 보니, 지하 차고 옆에 조그맣게 들여 놓은 방이었다. 연탄도 땔 수 없고 보일러도 안 들어왔다. 그건 둘째 문제고 그것도 방이라고, 방을 주는 대신에 자기들 빨래를 해 달라고 했다. 말이 빨래나 하는 거지 마누라한테 식모살이를 하라는 말이었다. 그래도 자존심은 있어서 내가 힘든 건 참을 수 있어도 마누라한테 식모살이 시킬 수는 없는 노릇이었다. 마누라에게 그 말은 안 하고 도저히 조건이 맞지 않아서 못 하겠다고 하니 어떤 조건이냐고 꼬치꼬치 물었다. 이야기를 안 하다가 말을 하니 마누라는 가겠다고 했다. 그까짓 빨래 못 해 주겠느냐고.

몇 달쯤 일을 했을까. 운전 일은 힘들지 않았지만 마누라가 안돼 보였다. 행복한 신혼의 단꿈은커녕 남의 집 식모살이라니. 하루는 운행 갔다 일찍 들어오니 마누라는 빨래를 해 주러 갔는지 보이지 않고, 이불 위에서 아기가 혼자 잠자다 깨어나 그 차가운 방 안을 울면서 기어다니고 있었다. 그러잖아도 형이 자꾸만 시내버스를 해 보라고 권해도 대형 경력이 없는데 누가 써 주겠냐면서 미루고 있었는데, 그 꼴을 보고는 도저히 못 살겠다 싶어 되든 안 되든 시내버스 한번 해 보자고, 주인집에 이야기하고 며칠 뒤에 그 집을 나왔다. 대형면허 딴 지 다섯 달쯤 되던 때였다.

내 일을 찾았다

다시 가라뫼로 짐을 옮기고 우이동에 있는 삼화교통 333번에 들어갔다. 333번 노선은 꽤 길어 우이동에서 봉천동까지 왕복 운행했다. 들어갈 때 운전 경력이 짧아 가짜로 성북동 자가용 경력을 2년으로 만들었다.

3일째인가 노선 견습을 받다가 형이 자기가 운행하는 차를 타고 나가자고 해서 그 차를 탔다. 노선 견습은 그냥 차를 타고 다니며 정류장을 익히는 것이었다. 형이 한참을 가다 서울역 광장을 지나 정류장에 멈춰 세우더니 나보고 운전대에 앉으라고 하며 일어섰다. 어떻게 한 번도 안 해 보고 갑자기 버스 운전을 할 수 있느냐고, 못 하겠다고 하니 날 때부터 버스 운전한 사람이 있느냐고 신경질을 부리며 손님들이 보고 있으니 빨리 운전대에 앉으라고 했다. 에라 모르겠다, 뭐 버스가 별것이겠냐 하고 운전대에 앉았다. 버스를 운전해 보니 이건 무슨 집채가 움직이는 것 같았다. 자가용하고는 감각이 다르고 차폭이 달랐다. 정류장에 들어서서 문을 여니 손님들이 아무렇지도 않게 탔다. 아, 저 사람들은 내가 버스 초보인 줄 모르지. 신기했다. 손님이 다 내리고 뒷문으로 안내양이 올라오면서 차를 탕탕 치면 다시 한 번 백미러 보고 앞문 닫고 부웅. 나는 이제야 내 직업을 제대로 찾았나 보다 하고 생각했다. 일하는 게 재미가 있었다. 처음으로 돈을 떠나서 일 자체가 재미있는 걸 찾았다.

333번은 난장판이었다. 우이동 종점에서부터 손님들이 꾸역꾸역 타기 시작해서 정류장 너덧 개만 지나면 더 태울 수가 없었다. 손님들은 차를 놓치면 죽기라도 할 듯이 버스에 매달리다 차가 부릉부릉 조금씩 움직여야 떨어져 나가는 것이었다. 서울역까지 오면 그 다음부터는 내릴 손님이 없으면 무조건 정류장을 통과하고, 한두 사람이 있으면 정류장 맨 앞에다 버스를 찔러 박아 내려 주고 튀어야 했다.

휴일도 없이 따블(연장근로)을 타 서른세 개나 서른다섯 개를 하면 40만 원 정도 받는데, 누런 월급봉투에 명세서는 알아보지도 못하게 대충대충 적혀 있고, 왜 그렇게 떼는 것이 많은지. 버스 앞에 엔진이 있어 숨은 콱콱 막히고, 더위에 땀띠가 나고, 똥구멍에는 치질 따위가 괴롭히고, 운전복이라고 나오는 건 완전히 나일론이라 몸에 척척 휘감겼다. 하지만 그렇게 힘들어도 힘든 줄 몰랐다. 얼른 돈을 벌어 방을 구해야 하고, 먹고살아야 했으니까.

그러다 1987년에 노동자 데모가 날마다 일어났다. 나는 사회 현실에 어두워, 데모는 잘한다고 막연히 생각했지만 그 까닭은 몰랐다. 버스는 그래도 굴러다녔다. 최루탄 연기가 자욱하고 돌멩이들이 버스 지붕 위로 날아다녔다. 최루탄 때문에 눈물 콧물을 질질 흘리면서 운전을 했다. 신기하게도 돌멩이들은 버스 유리창으로는 날아오지 않았다. 서울역 광장에서 데모대들이 몰려다니다 전경들에게 쫓겨 내 차로 몰려올 때는 문을 열어 주었다. 뒤이어 전경들이 쫓아 올라올까 봐 얼른 문을 닫아 버리면 전경들은 문을 발로 차고 욕지거리를 해 댔다. 데모하는 대학생들은 꼬박꼬박 버스표를 내고 올라와서 전경들이 가 버리면 또다시 우르르 내려갔다.

시내버스도 파업을 했다. 333번도 잠깐이나마 운행을 정지했다. 노조가 무엇인지도 모르지만 하여튼 파업은 해야 한다고 생각하고, 신이 났다. 기사들이 모여 웅성거리고 있는데, 나도 몇 마디 떠드니까 형이 가만히 있으라고 윽박질렀다. 데모가 끝나고, 아무것도 변하지 않았다. 그러다가 333번이 한성으로 넘어가 사표를 쓰고 홍제동 161번으로 왔다.

그동안 마누라가 악착같이 살아서 덕분에 200만 원을 모을 수 있었다. 그걸로 홍제동에 방을 구하려고 했다. 복덕방에서 보여 주는 개천 옆 방은 너무 허름해 응암동에 주인집과 부엌을 같이 쓰는 방을 하나 구해 살았다. 다시 2년이 지나 회사 가까운 곳에 방을 구하려고 마누라가 400만 원을 겨우 맞춰 홍제동에 갔다. 복덕방에서 400만 원짜리 방이 있다기에 같이 가 보니 2년 전에 본 개천가에 있는 그 집이었다. 조금씩 우리 월급이 올라 저축해도 전셋값을 못 따라가고 있었다. 누구한테 속고 있다는 기분이 들었다.

홍제동 산동네에다 방 하나를 구해서 살았다. 다시 2년을 열심히 일만 했다. 노조 선거가 한 번 있었지만 그게 우리 사는 것과 무슨 상관이 있는지 몰랐다. 산 밑으로 이사 오고 싶어 돌아다녀 보니 지하방밖에 없었다. 낮에도 불을 켜 놓아야 집 안이 보이는데 그래도 조금 나아 보이기에 이사를 했다.

아버지가 돌아가셨다. 일흔셋이었다. 10년 동안 당뇨병으로, 반평생 의처증으로 몸고생, 마음고생 하다 방학동에서 임종을 지켜보는 사람도 없이 쓸쓸히 돌아가셨다. 어릴 때는 나에게 그래도 가장 잘해 주었지만 커서는 나와 가장 많이 싸운 분이다. 벽제 용미리에 아버지를 묻을 때 형이나 동생들은 아무런 감정이 없는 것처럼 보였다. 일꾼들은 아버지를 묻으며 저승 갈 때 노자가 필요하다고 자꾸만 돈을 달라고 했다. 나는 눈물 콧물 흘리면서 소리 질렀다.

"그만해! 씨팔, 돈이 없어서 평생 고생만 하다 돌아가셨는데 저승 가는데 무슨 노자가 필요해?"

울음이 쏟아져 나왔다.

"아버지, 고생만 하다 돌아가신 아버지……."

아버지하고 싸운 것을 뉘우쳤다. 그렇게 싸우지 않아도 될 문제였는데.

주민독서실

홍제동 지하실 방에서 살 때는 방에 곰팡내가 나는 것만 빼고는 그런대로 살 만했다. 뒷산에 올라가 축구도 하고, 바둑 책도 사 보고, 기원에도 가끔 들러 바둑을 두기도 했다. 아들 태희도 무럭무럭 자랐다. 집으로 오는 골목길에 주민독서실이라는 곳이 있었다. 한 권 빌려 보는 게 300원이었나? 하도 싸기에 집에 올 때는 한 권씩 빌려 버스 운전을 하면서 보기도 했다. 그 주민독서실은 나를 어둠에서 끌어내 주었다.

전에도 책을 많이 봤지만 그 책들 속에 나오는 이야기는 우리 삶 하고는 동떨어진 이야기였다. 내가 초등학교 들어가기 전에는 어떤 책들을 봤는지 모르지만 초등학교 교과서부터 동화책이나 위인전처럼 늘 볼 수 있는 책들은 모두 우리가 사는 현실을 애써 외면했고 나를 어느 한쪽으로만 끌고 갔다.

내가 초등학교 때 본 책에서 생각나는 건 "아버지 아버지 우리 아버지"하고 "바둑아 바둑아, 이리 오너라"밖에 없다. 조금 높은 학년이 되어서는 이승복 어린이가 "나는 공산당이 싫어요" 하고 외치자 그 말을 듣고 무장공비가 입을 찢어 죽여 버렸다는 것과, 1950년 6월 25일 새벽에 북한이 우리 대한민국을 집어삼키기 위해 쳐들어왔다는 것과, '우리의 원수 공산당'을 이 세상에서 하나도 남김없이 무찔러야 한다는 '아아 잊으랴 어찌 우리 그날을……?' 노래를 배운 게 생각난다. 또 있다. 선생님한테 맞을까 봐 '우리는 민족 중흥의 역사적 사명을 띠고 이 땅에 태어났다'는 국민교육헌장을 외우려고 안달하던 것도 생각난다. '이데올로기'가 무엇인지는 모르지만 나는 어떤 무리들에게 알게 모르게 한쪽으로만 생각하기를 강요당한 것 같다. 내 곁에 있던 것들은 모두 내 생각이나 내 의식을 캄캄한 굴속에다 처박아 두게 만들었다.

지금 '나라사랑겨레주민회'로 바뀐 그때 그 주민독서실은 조그맣고 허름한 집을 전세 내 바닥에 장판을 깔고 벽에 책꽂이를 만들어 책들을 꽂아 두고 동네 주민에게 싼 값에 책을 빌려줬다. 책을 좋아하고 값이 싸 자연히 들르게 되었지만 여전히 내가 봐 오던, 흔한 사랑 타령하는 책들만 보았다.

하루는 이제 볼 만한 것이 없어 뭘 볼까 하면서 책을 고르고 있는데, 독서실에 있던 젊은이가 《태백산맥》을 읽어 보라고 했다. 태백산맥? 제목만 봐도 신물 나는 공산당 무찌르는 전쟁소설 같고 너무 길어 엄두가 안 났다. 구석진 곳에 《쿠바 혁명과 카스트로》라는 책이 보였다. 혁명? 혁명이라는 소리만 나면 괜히 거부감이 생겨 무슨 책인가 훑어보니 만화책이었다. 첫 장에 "막대한 희생을 무릅쓰고서 마침내 승리를 쟁취한 쿠바의 민중에게 뜨거운 마음으로 이 책을 바친다"고 써 있었다. 쿠바? 쿠바라면 공산주의 국가 아닌가. '승리'라니 누가 승리했다는 말인가. 카스트로라면 김일성만큼이나 무서운 독재자라고만 알고 있었다. 나는 그 책을 보고 엄청나게 충격을 받았다. 그 책은 나를 어둠에서 처음으로 끌어내고, 세상에서 다른 한편을 볼 수 있게 만들었다.

내가 속고 살았나? 알고 싶은 게 너무 많았다. 《태백산맥》을 보고, 《남미의 혁명가 체 게바라》, 《찢겨진 산하》, 《거꾸로 읽는 세계사》, 《노동의 새벽》, 《새는 좌우의 날개로 난다》처럼 이제는 제목이 거부감을 주는 책들만 골라 밤을 새고, 버스 운전을 하면서 보았다. 세상에, 이렇게 감쪽같이 속고 살았다니.

박정희가 독립군 때려잡던 일본 관동군 소좌였다니. 5·16혁명이 아니라 쿠데타였다니. 이승만이 건국의 아버지인 줄로 굳게 믿었지 친일파를 등에 업고 단독정부를 세운 '망국의 아버지'인 줄 꿈엔들 알았으랴. 내가 근무한 보안부대 사령관 전두환은 쿠바의 바티스타 같은 독재자라는 것도 그때서야 알았다. 생각해 보니 내가 밤새 공수부대 철조망을 향해 총을 겨눈 일이 쿠데타의 한 부스러기였다.

어릴 때부터 의심 한번 안 하고 우리 우방이니 '혈맹'이니 하며 미국이 자유 대한을 공짜로 지켜 주고 이 세계 자유를 지키는 수호신인 줄 굳게 믿었는데. 중세 유럽 때 마녀사냥이나, 미국 상원의원 이름에서 나온 매카시즘이나, 선거 때마다 빨갱이가 나오는 거나 모두 기득권자들이 언제나 쓰는 방식이라는 것도 알았다.

294

왜 3월 10일 근로자의 날과 5월 1일 노동자의 날이 따로 있나 했는데 1886년 미국에서 노동자들이 5월 투쟁을 일으켰고, 1946년 노동자들이 스스로 만든 '조선노동조합전국평의회'(전평)에 대항해 1946년 3월 10일에 이승만이 "……노자(노동자와 자본가)간의 친선을 기한다"며 '대한독립촉성노동총연맹'을 거짓으로 만들었다는 대한노총 역사를 알게 되고서야 '아하!' 하고 무릎을 쳤다.

관념론과 유물론이 있다는 것도 알았고, 세상은 모든 게 연관되어 있다는 것도 알았다. 노조 선거할 때 "그게 밥 먹여 줘? 우리는 열심히 일만 하면 돼" 했는데 현실은 외면하고 죽어라 일만 해 봐야 아무런 소용이 없다는 것도 알았다.

누가 우리 편이고 누가 적인가

그렇게 책을 보다가 아주 우연히 내가 받는 임금을 계산해 보려고 계산기를 두드렸다. 셈이 되지 않았다. 뭐 이렇게 월급 계산하는게 복잡해? 조합 사무실을 가서 계산법을 알아보려 했으나 "그런 건 알아서 뭘 해?" 하고 구박만 당했다. 노동운동단체를 찾아 헤맸다. 버스에 대해서 잘 안다는 보문동으로 갔다. 서울운수노동자협의회? 야, 이런 곳이 있었네.

근로기준법, 단체협약을 알아야 했다. 그제서야 생각이 났다. 전에 우이동에 있을 때 연장근로수당을 찾는다고 기사들이 떠들어 월급봉투에 몇 푼 더 나왔던 것을. 그때는 또 전국에서 통상임금 때문에 말이 많았다. 통상임금은 기본급에다 정기로 지급되는 근속수당, 승무수당, 식대와 교통비를 합한 임금을 말하는데, 월차수당이니 야간근로수당이니 하는 수당을 계산할 때 기본이 되는 임금이다. 그런데 시내버스 사업조합과 기사들에게 어용단체라고 욕을 먹는 서울버스지부가 '기본급(통상임금)'이라고 요상하게 협약을 맺어 놓고 기본급은 곧 통상임금이라고 우기며 통상임금으로 계산해 주어야 할 수당을 주지 않고 기본급으로 계산해 지급해 왔다. 그것을 내가 계산해 보니까 3년 동안(임금 시효 3년) 200만 원이 넘는 것이었다. 서울에서만 시내버스 기사가 2만 명쯤 되니 그게 얼마나 큰돈인가. 나는 그때서야 사업주들 본색을 알았다.

그걸 노조에 이야기하니 먹혀드나. 내 밥그릇 누가 찾아 주냐 하고 3년 동안 받은 임금을 계산해 사업주를 상대로 소송을 걸었다. 그때 한겨레신문을 보면 여섯 개 도시에서 60명이 소송을 걸었다고 한다. 1심에서 지고 항소를 하는데 소송이 거의 끝날 무렵 나와 같이 소송을 건 사람들이 지고 말았다. 분명히 우리가 옳고 또 택시 기사들은 통상임금으로 받고 있는데 왜 같은 나라에서 법이 다른지. 나는 실망하여 그 뒤로 법원에 가지 않았다. 판결문은 집으로 날아오지 않았다. 그리고 흐지부지 끝났다.

그때 변호사도 없이 법원에 들락거리면서 나는 누가 우리 편이고 누가 적인지 분명히 알게 되었다. 그렇다. '회사를 내 집처럼 근로자를 가족처럼'이라며 번지르르하게 선전하면서도 뒤에서는 온갖 방법으로 우리 임금을, 우리 권리를 떼어먹고 있다는 것을……. 그리고 법이라는 건 우리처럼 없는 사람들을 위해서 만든 게 아니라는 것도 알았다.

회사에서 말없이 일하던 사람이 근로기준법을 찾고 권리를 찾으려고 하면 금방 예전과 다르게 압박이 온다. 우선 해고하려고 온갖 트집을 잡는다. 차도 똥차를 준다. 그러나 그까짓 억압은 상관이 없었다. 나는 회사에 종으로 있는 것이 아니고 회사 대표와 계약 관계에 있다는 것을 알았으니, 이제부터 당당하게 권리를 찾아야겠다고 굳게 마음먹게 되었다. 하지만 밤잠 안 자고 그런 일에 너무 신경을 쓰니 몸이 많이 약해졌다. 마누라도 걱정이 이만저만이 아니었나 보다. 더구나 어용조합 조합장은 나를 쫓아내려고 말다툼한 것으로 형사 고소를 해 경찰서까지 드나들었다. 그 때문인지 마누라가 한 번은 쓰러지더니 사흘 동안 일어나지 못해 약국에서 소개해 주는 무슨 링거 주사를 맞고 겨우 일어났다.

그럭저럭 삼화교통에 들어간 지 7년이 넘었을 때 회사가 삼화상운으로 넘어갔다. 돈 많다는 삼화교통이 돈이 없어서 판 게 아니라 시내버스가 점점 이윤이 줄어들기 때문이었겠지. 삼화상운이 삼화교통을 살 때 기사들에게 먼저 사표를 받는 것을 조건으로 내걸었다. 그다음에 다시 입사를 시켜 준다는 것이었다. 본래는 회사가 넘어가면 기사들까지 같이 넘어가는 '고용승계'를 원칙으로 해야 하는데 근속수당을 없애고 햇수 차는 기사들 퇴직금을 떼어먹자는 수작이었다.

겉으로는 회사는 끼어들지 않는 듯 보였다. 어용조합이 뭘 받아먹었는지 조합장이 사표를 받았다. 나는 사표를 안 쓰고 버텼다. 인쇄물을 만들어 뿌리고 몇 사람을 모아 절대 사표를 쓰지 말자고 약속했다. 고용승계를 해 달라고 요구했다. 회사에서는 한 사람씩 불러 꼬드겼다. 한 사람씩 떨어져 나가고 나머지 다섯 사람이 남자 나에게 해고 통보서를 보냈다. 그걸 보더니 나머지 사람들도 사표를 써 주고 말았다. 우리 기사들은 뿔뿔이 헤어졌다.

우리 식구는 일산에 열일곱 평짜리 임대 아파트로 이사했다. 비록 내 집은 아니지만 지하실 곰팡내를 맡지 않는 것만 생각해도 살 것 같았다.

누가 받아 줄 것 같지도 않아 취직할 생각도 않고 고민만 하고 있다가 147번 동해운수에 갔다. 과장이 대뜸 하는 말이 조합 일에 관여하지 않았느냐고 물었다. 시내버스 채용 조건 가운데 가장 중요한 것 같았다. 사업주한테 배운 오리발을 내밀었다. "아니요, 우리는 그런 거 몰라요." 전화로 조회한다고 해도 얼마든지 하라고 했다. '까짓것 안 되면 말지 뭐.' 나가 있으라고 해서 사무실을 나왔다. 한 30분을 밖에서 기다렸다. 여기서 취직이 되지 않으면 다른 곳도 분명히 안 될 건 뻔했다. 안 되면 말지 하고 생각했지만 가슴이 두근두근했다. 틀렸구나. 그런데 이게 웬일. 그때까지도 삼화교통 본사에 사표를 안 써 주고 해고무효소송을 건다고 해서 말을 좋게 해 주었을까. 내가 취직이 되면 삼화교통으로 소송이 안 들어올까 생각했는지도 모르지. 틀렸나 보다 생각하는데 과장이 들어오라고 하더니 내일부터 노선 견습을 하라면서 지정병원에서 건강진단을 받으라고 했다. 야, 됐구나.

싸우더라도 링 위에서 싸워야지

　와서 일을 해 보니 동해운수는 더 개판이었다. 숙소에 쥐가 돌아다니고, 월차 적치도 안 해 주고 수당으로 주고, 쉬는 시간 없이 뺑뺑이를 돌렸다. 단체협약은 있으나마나고 기사들을 종처럼 부려 먹었다. 그래도 거기에서는 조금 참아 보려고 했다. 마누라가 너무 고생하는 게 안타까웠다. 참고 살자. 참고 조용히 일만 하자.

　하지만 그냥 일만 할 수가 없었다. 내가 들어갈 무렵 보문동 출신이 새로 조합장으로 당선했다. 보문동은 내가 임금 계산법, 근로기준법 그리고 노동자 권리를 배운 서울운수노동자협의회를 말한다. 나는 보문동에서 배운 대로 동해운수 노보를 창간했다. 시내버스에서 둘째로 생긴 노보였다. 첫째는 삼양교통에서 나왔는데 그때는 벌써 없어져 버린 뒤였고 우리 동해운수에서 나오는 노보 하나밖에 없었다. 나는 조합에서 교육선전부원이 됐다. 노보를 만드는

데는 어려움이 많았다. 기사들은 회사에 찍힐까 봐 도와주지 않고, 무엇보다 돈이 없었다. 노보는 겨우 두 번 나오고 말았다. 여러 곳에서 방해도 있었고, 조합장이 변한 게 가장 큰 까닭이었다. 혼자서는 노보를 만들 수가 없었다.

원당영업소로 발령이 나서 거기서 일하고 있었다. 우리 기사들이 속된 말로 '가다 브레이크가 들었다'고 하는데, 브레이크가 한쪽이 밀리는 바람에 앞 승용차를 받는 '접촉 사고'가 났다. 차 뒤 범퍼만 상처가 난 조그만 사고였는데 대번에 배차를 빼고 일을 주지 않았다. 과장에게 왜 일을 주지 않느냐고 항의를 했다. 과장 눈이 놀란 토끼 눈처럼 동그래졌다. 뭐, 이런 놈이 있냐는 거겠지.

며칠 뒤 다시 화전 147번으로 가서 일을 하라고 했다. 이번에는 내가 눈이 동그래졌다. 이리로 발령받은 게 언제라고 금방 또 화전으로 가서 일을 하라고 하느냐고 또 항의했다. 회사에서는 내 이름표를 화전에다 걸어 놓고 무단결근이라고 우겼다. 그걸 무시하고 원당으로 출근했다. 동료 기사 하나가 나를 말렸다. 싸우더라도 '링위에서 싸워야 한다'고. 그래, 여기서 해고되면 오랫동안 일을 못하겠지. 마누라 얼굴이 떠올랐다. 결국 화전으로 쫓겨났다.

회사에서는 날 쫓아낼 무슨 건수가 없나 꼬투리를 잡으려고 무진 애를 썼다. 살얼음판을 걷듯이 그렇게 조심하다 지각을 해서 열흘 정지도 먹었다. 마누라는 여기 와서도 그런다고 좀 조용히 살자고 애원했다. 그럴 수는 없었다. 마누라에게는 미안하지만 알고 있는 한 조용히 일만 할 수는 없었다. 조용히 일만 하면 할수록 사업주는 더욱더 뒷구멍으로 우리 권리를 후려 갈 것이다. 결국 조합에서 제명당했다. 끈 떨어진 가방이라고 하나? 겉으로는 분회장을 몰아내려고 하는 사람 증인을 서 주었기 때문이라지만 내가 아무래도 껄끄러우니 회사와 분회장이 짜고 나를 제명시킨 것은 의심할 여지가 없었다. 월차 적치한다고 3년 동안 휴일 근무를 주지 않아 한 번도 휴일날 일을 하지 못했다. 생활이 어렵다고 마누라는 보험회사에 나갔다. 식모살이를 시켰는데 보험회사까지 나가게 만들었으니 할 말이 없었다.

시내버스를 정년까지

　시내버스에 대해서는 할 말이 많다. '자본가의 이윤은 노동자의 잉여노동을 착취한다'는 논리는 어려워서 무슨 말인지 잘 모르겠지만 시내버스 사업주들이 하는 꼴을 보면 금방 '아, 이런 거구나' 하고 이해할 수 있다.

　쥐꼬리만 한 기사들 임금을 떼어먹는 방법이 한두 가지가 아니다. 지난 1987년에는 연장근로를 오랫동안 떼어먹은 것이 들통나 기사들이 들고일어나니 못 이기는 척하면서 떡값 이름으로 얼마씩 주기도 했다. '통상임금은 곧 기본급'이라고 정해 놓고 임금 계산을 하고, 월차를 적치해 주지 않고 수당으로 곧바로 주어 휴가권을 없애 버리기도 한다.

　우리 기사들은 하루에 아홉 시간 일한다. 여덟 시간은 기본근로, 한 시간은 연장근로인데 이른바 '따블'이라는 이름으로 하루 종일 일하면 열여덟 시간을 일하게 된다. 여덟 시간은 기본급으로 하고 나머지 열 시간은 연장근로로 계산해야 하는데도 열여섯 시간을 기본급으로, 나머지 두 시간을 연장근로로 계산하여 기사들 임금을 착취해 왔다. 그것도 기사 하나가 소송을 걸어 이기면 그때부터 할 수 없이 주는 것이다.

사업주들이 떼어먹은 것 가운데 또 근속수당이라는 것이 있다. 근속수당은 회사에 들어온 날부터 해마다 올라야 하는 게 원칙이다. 하지만 1987년까지 근속수당을 주지 않은 게 들통이 나 그때부터 주기 시작하는데 아무리 오래된 기사들도 그때를 입사한 날로 해서 계산하는 것이다. 하지만 사업주는 임금협상에서 다른 수당을 없애 버리며 그 손해를 때워 왔다. 나는 그때만 해도 관심이 없어 잘 생각이 나지 않지만 승무수당이라는 것도 있는데 그것도 언제인지 슬그머니 없어져 버리고 말았다.

우리 기사들 월급을 보자. 시내버스 뒷유리창에 '시내버스 기사 모집' 광고지 붙여 놓은 것을 보면 월급 150만 원에 여러 가지 혜택이 있고 상여금이니 뭐니 해서 무척 많아 보이는 것처럼 해 놓았지만 속임수일 뿐이고 파고들면 우습지도 않다.

먼저 우리 기사들 기본급은 648,576원밖에 되지 않는다(1997년 2월 현재). 거기다 교통비니 근속수당이니 무사고수당, 연장근로수당, 여러 가지 수당을 합쳐야 월 100만 원이 조금 넘는다. 그러니 회사에서 선전하는 대로 150만 원이 되려면 휴일에도 일을 해서 휴일근무수당에다 상여금에다, 또 퇴직하고 받을 퇴직금까지 다 합쳐야 된다는 말이다. 하기는 상여금도 퇴직금도 임금이라고 하면 할

304

말은 없지. 하지만 빠진 게 있다. 우리 기사들은 빡빡한 운행 시간 때문에 사고가 나거나 딱지를 떼기도 해서 1년에 한두 번 정지를 먹을 때가 있는데, 그런 '손실임금'은 아예 계산에 넣지도 않는다. 게다가 월급봉투를 받아 보면 세금이니 고용보험이니 떼는 건 또 왜 그렇게 많은지.

기사들이 회사에서 먹는 밥도 문제가 있다. 흔히들 기사들은 개밥이나 짬밥이라고 말들 하는데 그럴 수밖에 없다. 얼마 전까지만 해도 밥값은 천 원이었다. 지금은 올라 1,200원이지만 여전히 자장면 값 반도 안 되니 그게 개밥이지 사람이 먹는 밥일 수가 있나. 그나마 버스 회사 거의가 월급봉투에 그 밥값이 찍혀 나오지 않는다. 그게 찍혀 나오면 퇴직금 계산할 때 아무래도 많아지기 때문이다.

복지에 대해서 말하자면 한도 끝도 없다. 노사간에 맺은 단체협약대로라면 기숙사, 휴게실, 양호실 따위 여덟 가지 복지시설이 있어야 하는데, 우리 회사뿐만 아니라 시내버스 회사 거의가 그런 복지시설이 단 하나도 없다.

시내버스 기사들은 해고당할 때가 많다. 물론 정식으로 해고 통보서를 보내 자르기도 하지만, 대개 회사에 찍히면 지각이나 사고를 핑계로 일을 주지 않고 못 버티고 스스로 나가게 만든다. 우선 먹고살기 힘들고, 법으로 싸우려면 2, 3년 노동일이라도 하면서 버텨야 하는데 그게 보통 쉬운 일인가. 또 법으로 소송을 걸면 다른 곳에 취직하기가 힘들다. 옛날 노비문서보다 더 무서운 현대 정보망으로 기사들 모든 것이 드러나기 때문이다. 그 때문에 기사들은 법정까지 갈 생각을 아예 하지 못하는 경우가 많다.

운전기사들이 모자란다고 한다. 다 헛소리다. 10년 전 단체협약
이 그대로 내려오고 있다. 아니 오히려 거꾸로 나빠지고 10년 전 운
행 횟수가 하나도 바뀌지 않았다. 근무시간은 늘어나고 월급은 적
어 생활하기가 어렵다. 운행 시간이 빡빡해 쉴 시간이 없다. 손님들
은 버스 기사들이 본래 성질이 나빠 난폭하게 운전한다고 한다. '본
래'는 아니지만 '난폭'은 사실이다. 그렇게 안 하면 살벌한 시내버
스 회사에서 버틸 재간이 없기 때문이다. 버티지 못 하는 사람들이
있으니 기사가 딸릴 수밖에.

기사들은 자기가 일하는 버스 회사에 나쁜 점이 있으면 고쳐 볼
생각은 않고 더러워서 나간다고 한다. 아니면 치사해서 나가고. 그
러나 회사는 기사가 그렇게 나가면 '너 아니면 일할 사람 없냐?' 하
고, 고치려고 드는 법이 없다. 그리고 그 기사는 더 좋은 버스 회사
를 찾아 기웃거리지만 좋은 회사가 어디 있나. 노동자들이 요구하
지 않는데 사업주가 알아서 해 주는 데는 어디에도 없다. 결국 그렇
게 철새처럼 옮겨 다니는 기사들과 '나 몰라라' 하는 사람, '내 일만
잘 하면 되지' 하는 사람들 때문에 시내버스 사정은 점점 더 나빠지
는 것이다.

지금 서울버스지부와 사업조합이 '임금협상 중'이라고 들었다.
그렇지만 조합원들은 돌아가는 사정에 대해서 관심이 없다. 그렇게
조합원들 관심이 없으니까 사업주들은 협상하는 자리에 나오지도
않는다고 한다. 네 멋대로 해라, 이거지. 스스로 무덤 파는 꼴이다.

버스지부는 기사들에게 어용이라고 손가락질받는데, 해마다 파
업을 무기로 쇼를 해 왔다. 그러다가 해마다 '극적 타결'로 끝을 맺

고. 파업은 자기들이 하는 게 아니라 우리가 하는 건데 우리 기사들한테는 교육 한번 안 하고 홍보 한번 안 한다. 사업장마다 노보를 만들어 의식을 깨우쳐 주지는 않고 오히려 방해만 한다.

지난번 시내버스 사업주들이 수익금을 뒤로 빼돌리고, 노선을 조정한다고 공무원들한테 뇌물을 갖다 바쳤을 때다. 그때 조합에서는 파업한다고 거창하게 투표까지 해 놓고 파업한다는 전날까지 아무 소리도 없기에 서울버스지부로 전화를 해 "파업하는 거요, 안 하는 거요?" 하고 물으니 남 이야기하듯 기사들이 파업하는 걸로 다 알고 있지 않느냐고 오히려 나한테 묻는다. 참 어처구니가 없다. 행동 지침도 하나 없고 조합에서는 연락도 없는데 언론에 "시내버스 내일부터 파업!" 하면 기사들이 '어, 내일부터 파업이구나' 하고 일을 안 나오나? 이제 사업주들도 배짱 튀길 만하다. "파업? 어디 한번 해 봐" 하고.

나는 시내버스에서 13년째 일해 왔다. 변덕이 죽 끓듯 해 이것저것 해 봤지만 시내버스에 들어온 뒤에는 내 체질에 맞아 천직이라고 생각하고 오로지 버스 운전만 했다. 여느 기사들처럼 손님들하고 다투기도 하고 지나가는 차들과 싸우기도 하면서 시내버스를 몰고 있지만 해고를 당하지 않는 한 나 혼자라도 사업주와 싸워 가면서 정년까지 버스를 운전할 생각이다.

혹시 알아? 내 아들, 내 조카가 나처럼 시내버스를 운전할지. 내 아들, 내 조카가 시내버스에 들어와 일할 때 "야, 그래도 아버지 때문에 시내버스 일하기 좋아졌어" 하게 만들어야 하지 않을까?

(1997년 2월)

시내버스를 정년까지 한다고 했지만 결국 나는 약속을 지키지 못했다. 하지만 더 좋은 자리를 찾아 나온 건 아니다. 나는 작은책에서 언론 운동과 문화 운동을 하면서 여전히 좋은 세상을 만들기 위해 싸우고 있다.

* 이 글은 제7회 전태일문학상(1997년) '글쓰기부문'에서 우수상을 받은 글입니다. 《굶어야 할 것이 있다》(제7회 전태일문학상 수상작품집2 / 오도엽 외 씀 / 보리)에 실려 있습니다.

프로 기사(바둑)와 버스 기사의 차이

같은 점:

프로 기사도 프로, 버스 기사도 프로다.

프로 기사도 버스 기사도 앉아서 일한다.

다른 점:

프로 기사는 싸울 상대가 정해지지만

　버스 기사는 아무하고나 막 싸운다.

프로 기사는 싸워야 먹고살지만

　버스 기사는 먹고살려니 싸울 수 밖에 없다.

프로 기사는 고개를 숙이고 일하지만

　버스 기사는 똑바로 앞을 쳐다보면서 일한다.

프로 기사는 시간을 물 쓰듯 써야 시간에 쫓기지만(초읽기)

　버스 기사는 시간을 암만 아껴도 언제나 시간에 쫓긴다.

프로 기사는 시간에 쫓겨도(초읽기) 난폭한 사람이 없지만

버스 기사는 시간에 쫓기면(배차시간) 엄청 난폭해진다.

프로 기사는 수입이 짭짤하지만(대국료)

버스 기사는 지출이 짭짤하다.(딱지 값, 사고 비용)

프로 기사는 먹고살 만하지만

버스 기사는 겨우 먹고산다.

프로 기사는 져도 돈이 나오지만(대국료)

버스 기사는 지면(사고 다툼) 살뜰히 모아 놓은 돈 꺼내 오기 바쁘다.

프로 기사는 죽어도(바둑돌이) 이득을 볼 때가 있지만(사석작전)

버스 기사는 죽으면(차에 치인 사람이) 벌금에다가 감옥에다 굶어 죽기 딱 좋다.

거꾸로 가는 시내버스

2006년 6월 1일 1판 1쇄 펴냄 | 2025년 5월 2일 1판 16쇄 펴냄

글쓴이 안건모 | **편집** 김누리, 김성재, 이경희, 임헌

디자인 (주)끄레 어소시에이츠 | **제작** 심준엽 | **영업마케팅** 심규완, 양병희, 윤민영

영업관리 안명선 | **새사업부** 조서연 | **경영지원실** 차수민 | **인쇄와 제본** 프린탑

펴낸이 유문숙 | **펴낸 곳** (주)도서출판 보리 | **출판 등록** 1991년 8월 6일 제 9-279호 | **주소** 경기도 파주시 직지길 492 (10881) | **전화** (031)955-3535 | **전송** (031)955-3533 | **홈페이지** www.boribook.com | 전자 우편 bori@boribook.com

값 15,000원 | ISBN 978-89-8428-236-0 03810